Le bonheur est un papillon

Éditions Eyrolles
61, bd Saint-Germain
75240 Paris Cedex 05
www.editions-eyrolles.com

Cet ouvrage est paru pour la première fois en 2020
dans la collection « Pop'Littérature ».

Éditrice externe : Agnès Marot

Publié dans une première version sous le titre
L'Ombre du papillon chez Librinova

ISBN : 978-2-416-00499-5

MARILYSE TRÉCOURT

Le bonheur est un papillon

Roman
EYROLLES

« Le bonheur est un papillon.
Si nous le chassons, il nous échappe ;
mais si nous nous asseyons tranquillement,
il vient voleter au-dessus de nos têtes. »

Nathaniel Hawthorne

Nous cherchons tous le bonheur,
sans nous apercevoir que, bien souvent,
il est déjà entre nos mains.

Il est présent dans un rayon de soleil,
dans le sourire d'un enfant ou dans les yeux
de l'être aimé et il règne dans notre cœur
dès lors que nous apprenons à apprécier
toutes les merveilles qui nous entourent.

Alors, chers lecteurs, arrêtez de rêver
à une autre existence censée vous rendre
plus heureux et savourez chaque minute de la
seule vie qui existe ici et maintenant : la vôtre.

Marilyse

Prologue

Qui n'a jamais rêvé de revenir en arrière ? Effacer la parole malencontreuse que l'on n'aurait pas dû prononcer, oser aborder cette inconnue que l'on ne reverra plus jamais, reposer ce verre qui nous a fait perdre le contrôle de la voiture et accorder plus d'attention aux êtres que l'on aime avant qu'ils disparaissent ?

Personne n'a cette opportunité. Sauf moi.

On m'a donné une seconde chance, une possibilité de corriger mes erreurs, de faire les bons choix.

J'ai cru que cette fois j'aurais assez de maturité pour mener une existence parfaite, dans laquelle mes choix nous épargneraient la souffrance et les regrets.

Je me leurrais. Parfois, il n'y a pas de bon choix. Il y a juste la vie qui nous teste, encore et toujours, et qui nous pose cette question à la fois simple et menaçante : as-tu appris de tes erreurs ?

1

2015

Pourquoi suis-je ici ? Qu'est-ce qui a bien pu me conduire là, précisément aujourd'hui ?

Le décor est à couper le souffle. Quand on arrive, on ne voit que le vert flamboyant des pins maritimes. Puis, en faisant quelques pas, les épines de pin s'écartent pour nous laisser découvrir un trésor. Une petite crique, enfoncée dans le ventre creux de la falaise, composée d'une plage de galets qui se jette dans l'immensité de la Méditerranée.

Le bleu de la mer n'a jamais été aussi intense, dans mes souvenirs. Là-haut, à flanc de colline, une façade au crépi blanc étincelle entre les arbres. Le temps ne semble pas avoir de prise sur la maison. La tonnelle en fer forgé est toujours en place mais les canisses qui la recouvrent ont disparu. Sans doute emportées par une tempête.

C'est sous cette tonnelle que j'ai appris à dessiner, avec grand-papa Philibert. Il était architecte et savait reproduire une maison en trois dimensions, à main levée. Je n'ai jamais réussi à acquérir sa dextérité. Moi, ce qui me plaisait, c'était dessiner des paysages, en particulier celui qui s'offrait à ma vue. Grand-maman Héloïse me disait souvent que j'étais doué, même si je savais, au fond de moi, que c'était surtout son cœur de grand-mère qui s'exprimait.

Durant presque dix ans, je suis venu ici, pendant les vacances scolaires et les week-ends prolongés, quand mes parents n'étaient pas disponibles pour s'occuper de mes sœurs et moi. De nous trois, c'est moi qui appréciais le plus cette crique. Bénédicte passait ses journées assise sous l'amandier, à lire des piles de livres. Quant à Sandrine, même si elle avait cinq ans de moins, elle adorait me suivre dans mes aventures d'explorateur échoué sur une île déserte et jouait volontiers le rôle de Vendredi. Jusqu'au jour où elle n'a plus voulu venir avec moi, préférant lire des bandes dessinées sur la terrasse.

Alors, j'ai continué tout seul à explorer ce monde que j'imaginais fantastique, regorgeant de créatures improbables et d'univers que j'aurais été le premier à découvrir. Je me voyais déjà en aventurier, comme Robinson ou Indiana Jones. Le soir, quand je rentrais à la maison, couvert de sable et de poussière, le pantalon trempé jusqu'aux cuisses, je racontais à ma grand-mère mes exploits du jour. Je lui parlais de mes rêves de « quand je serai grand ». Elle me répondait : « Si c'est ce que tu veux vraiment, tu y arriveras. »

Peut-être ne le voulais-je pas vraiment, finalement... Grandir, c'était arrêter de rêver, abandonner ses croyances d'enfant, revoir ses ambitions à la baisse. Grandir, en ce qui me concernait, c'était prendre conscience du danger des vols en avion et préférer la routine à l'aventure.

Quand je suis entré en quatrième, mes parents ont estimé que ma sœur et moi étions assez grands pour rester seuls à la maison et nous occuper de Sandrine. Nous ne sommes plus venus aussi souvent. Mes grands-parents me manquaient beaucoup. Je ne le leur ai jamais avoué. Ni à personne d'ailleurs. Aujourd'hui, j'aimerais tellement leur révéler que le soir, quand mes yeux n'arrivaient pas à rester ouverts sur mes livres de cours, je posais ma tête sur mon bureau, je fermais les paupières et je me retrouvais ici, comme par magie. Je sentais l'odeur des pins, percevais l'écume des vagues sur mon visage les jours de grand vent, soupesais les galets que j'aimais tant faire rebondir à la surface de l'eau, et j'entendais la voix de ma grand-mère Héloïse. Ça m'a toujours apaisé.

Un jour, alors que j'étais encore à l'âge où l'on croit que tout est éternel, grand-papa nous a quittés. Rupture d'anévrisme. Mort dans son sommeil. Grand-maman disait toujours qu'il n'y avait pas de plus belle mort... Mais ce n'est pas celle qu'elle a choisie. Elle a préféré prendre les choses en main, comme toujours. Elle l'a rejoint dans les flots bleus, à quinze mètres en dessous de sa maison, là où ses cendres avaient été dispersées un mois plus tôt, jour pour jour. Je n'ai jamais su ce qui l'avait poussée à le faire. Ce que je connaissais de l'amour à cette époque n'était que le reflet des relations entre mon père et ma mère, et je ne pouvais pas croire que ce type de sentiment puisse pousser quelqu'un à vouloir mettre fin à ses jours pour rejoindre l'être aimé dans l'au-delà. Et pourtant...

Je saisis un galet et sa chaleur irradie la paume de ma main. Mon souffle chasse la fine pellicule de sable qui le recouvre. Ils sont morts l'année de mes dix-huit ans. On a dispersé leurs cendres ici. Ils voulaient faire partie de cette plage à jamais.

C'était il y a vingt ans, jour pour jour. Trois mois après, j'ai eu mon bac. Je me suis jeté dans les révisions pour éviter de penser. Le lendemain des résultats, j'ai regardé les photos de nos vacances à la crique. C'est là que j'ai réalisé qu'ils étaient partis. C'est là que j'ai pleuré.

Je ne sais toujours pas ce qui m'a incité à venir ici, aujourd'hui. Comme un besoin irrépressible de revenir aux sources, de quitter le chemin du travail et de rouler, rouler jusqu'à cette maison où j'ai abandonné mon enfance. Peut-être à cause de cette angoisse qui me ronge, qui enfle, me coupe le souffle. D'où vient-elle ? Qu'est-ce qu'il l'a provoquée ? J'ai beau chercher, je ne sais plus. Je me relève et j'époussette mon pantalon noir.

Je remonte le chemin pour rejoindre ma voiture et me retourne une dernière fois vers la maison. Un papillon passe devant mes yeux, se pose sur ma main. Un grand papillon aux ailes d'un profond camaïeu de bleus, tel qu'on en voit dans les pays exotiques. Que fait-il si loin de chez lui ? Il reste un instant sur ma paume, grâce fragile et éphémère. Je retiens mon souffle. Un. Deux. Trois. Il s'envole de nouveau, s'éloigne en dansant. Je le suis, fasciné par la lumière qui traverse ses ailes délicates, comme un tableau mouvant. Il volète doucement, parcourt le sentier devant la maison, se pose sur le portillon. Il semble m'attendre. J'actionne la poignée, effrayant mon comparse ailé qui s'enfuit dans les cieux, me laissant seul, avec un petit pincement au cœur. Le portail est fermé à clé. Je me hisse par-dessus comme j'aimais tant le faire quand j'étais petit. J'y parviens encore, tant bien que mal. Un vieux clou s'enfonce dans mon pantalon et le déchire sur vingt bons centimètres.

Je m'en moque. La maison m'appelle, me pousse en avant, aussi sûrement que l'angoisse me tord les tripes. Je me dirige à l'arrière, contourne la statue éléphant de Ganesh et le citronnier. Sous le cycas, devenu énorme avec les années, le pot en terre cuite est toujours là, à l'envers. Et la clé de la maison se trouve toujours en dessous, dans une coupelle, à l'endroit où nous la cachons depuis des années.

La serrure grince mais finit par céder. En revanche, la porte d'entrée est bloquée. Le bois a gonflé. Je donne quelques coups d'épaule. La porte craque, cède et je tombe par terre, à quatre pattes.

Le couloir est sombre, couvert de poussière. L'angoisse est si violente tout à coup que j'en ai la nausée.

— Thomas, ouvre cette porte.

Je me relève et recule d'un pas, heurte le miroir accroché dans le couloir, qui se brise sur le sol en mille éclats tranchants. Mon reflet dispersé m'observe à l'infini, accusateur.

— Thomas, n'aie pas peur. Ouvre cette porte.

Cette voix, je la connais. Je n'ai jamais pu y résister.

Ma main saisit la poignée, appuie dessus et...

Une lumière aveuglante me fige sur place. Je perçois des bruits autour de moi, sans parvenir à les identifier. Le cœur battant la chamade, je me plaque contre un mur en plissant les yeux, accommodant ma vision tant bien que mal.

Et enfin, je les vois. Des silhouettes. Des hommes, des femmes, qui me sont familiers. Ils sont habillés en noir, me dévisagent bizarrement.

Une femme s'approche de moi. Je la regarde sans comprendre. C'est... c'est ma mère. Sauf qu'elle a vingt ans de moins, les cheveux plus longs et quelques kilos envolés. D'un doigt, elle me caresse le visage et s'éloigne de nouveau. Là-bas, un verre à la main, deux hommes discutent avec animation. Le plus grand porte un verre de whisky à ses lèvres et le vide d'un trait. Mon père.

Déboussolé, je recule dans le couloir, cherche les éclats de miroir sur le sol. Ils n'y sont plus. La glace est toujours accrochée au mur, intacte. Le reflet qu'elle me renvoie est celui d'un jeune homme. Un gosse de dix-huit ans. Avec sa barbe mal rasée, ses yeux bleus, ses lunettes aux verres sales et ses cicatrices d'acné.

Une femme, que je n'ai pas entendue approcher, apparaît alors à côté de moi dans le miroir. Elle a une trentaine d'années et un air de famille, mais je ne la reconnais pas tout de suite.

— Tu en as mis du temps à l'ouvrir, cette porte, Thomas.

Mon corps se tétanise. Les yeux écarquillés, je bredouille :

— Qui êtes-vous ? Qu'est-ce que je fais là ?

— Tu es à une cérémonie funèbre. Une veillée, si tu préfères.

— Une veillée ? Mais qui est mort ?

— Moi, voyons !

Je me retourne brusquement, pour l'observer de face. Je ne contemple que le vide.

2

2015

Mes doigts tremblent. Je n'y comprends rien. Où est-elle ? Je suis sûr d'avoir entendu sa voix. Une voix chaude et douce, à l'accent indéfinissable. Je suis certain d'avoir vu son visage ovale au teint pâle, aux yeux clairs ourlés de mascara noir, aux pommettes saillantes, encadré par d'épaisses boucles brunes. Mais le couloir reste désert. Une jeune femme très maquillée, en minijupe et talons hauts, passe devant moi en souriant. Pas mal… Elle me dit quelque chose. Ah ! Mais c'est ma tante Lynda ! Je détourne les yeux, passablement embarrassé.

J'ai du mal à respirer. J'erre dans le couloir à la recherche de quelque chose – n'importe quoi. Je trouve la salle de bains, y pénètre pour me laver le visage, comme si ça pouvait m'éclaircir les idées. L'eau fraîche glisse sur ma peau.

J'ai dû rester trop longtemps au soleil et avoir un début d'insolation. Ou peut-être me suis-je endormi et tout cela n'est-il qu'un rêve ? Je garde les yeux fermés un moment. Après une profonde expiration, je me redresse lentement, contemplant mon reflet au-dessus du lavabo. Mon visage est toujours celui que j'avais il y a vingt ans.

Derrière moi, dans le miroir, la femme de tout à l'heure est de nouveau là, souriante.

— Aaaah !!!

— Mais arrête donc de crier, bougre d'âne ! s'amuse-t-elle.

Je n'ose pas bouger, de peur de la faire disparaître encore. Elle ne paraît pas avoir envie de s'enfuir, cette fois. Elle demande d'un air faussement boudeur :

— Tu ne me reconnais pas ?

— Non, je ne vous ai jamais vue. Je ne sais pas qui vous êtes.

— Minute papillon, tu es sérieux ?

Cette expression me projette dans le passé. Loin, si loin dans le passé que plus rien ne fait sens.

— Grand-mère Héloïse ?

— Ah, quand même !

Allez trouver quelque chose à répondre à ça.

— Mais... la dernière fois que je t'ai vue, tu étais...

— J'étais morte ! Il faut appeler les choses par leur nom, mon chéri.

Dans le miroir, mon reflet me dévisage avec un air ahuri, la bouche si grande ouverte qu'elle pourrait gober un flan. Je rassemble les pièces du puzzle une à une. L'angoisse, le papillon, mes parents rajeunis, mon reflet de dix-huit ans. Le fantôme de ma grand-mère, telle qu'elle était à 30 ans, à travers le miroir.

Non, décidément, je n'y comprends rien.

— C'est complètement dingue. Je ne peux pas te parler puisque tu es morte !

— Oh, c'est bon, tu ne vas pas rester bloqué là-dessus, quand même ? Je t'ai connu plus imaginatif. Quand tu étais petit, tu croyais aux fantômes dur comme fer.

— Justement : j'étais petit.

— Et tu avais raison. Félicitations !

— Mais pourquoi ? Je veux dire : pourquoi moi ? Pourquoi maintenant ?

Pour la première fois, ses yeux rieurs se parent d'une tristesse qui fait remonter mon angoisse en flèche.

— Écoute, c'est un peu difficile à entendre, mais tu es…

Elle marque une pause.

— Quoi ? Je suis mort moi aussi ? C'est ça ? Comment ? Je ne me suis rendu compte de rien. Je suis en bonne santé, j'ai conduit prudemment et…

— Mais non, tu n'es pas mort ! Pas encore.

— Ah ! Tant mieux ! soufflé-je, en recommençant à respirer.

La chaleur devient étouffante dans la pièce.

— Pourquoi ? Ça t'aurait ennuyé de mourir aujourd'hui ? me demande-t-elle en plissant les yeux.

— Bien sûr ! Qui voudrait mourir comme ça, alors qu'on est en pleine forme et qu'on a la vie devant soi ?

— Et qu'as-tu l'intention de faire de cette vie ?

— Eh bien, je ne sais pas... mais j'ai quelque chose à faire. Quelque chose d'important, de vital, même ! Je dois éviter un... incident qui m'a détruit. Je ne sais plus quoi... J'ai trop mal à la tête pour m'en souvenir.

— Oui, je sais. C'est normal. Avant que ça arrive, Thomas, étais-tu content de ta vie ?

Je ne sais que lui répondre. Je ne sais même pas quel est ce *ça* dont elle parle. Je ressens confusément que je suis brisé intérieurement, sans en connaître la cause. J'essaie de me concentrer sur sa question. Suis-je content de ma vie actuelle ?

— Je ne peux pas te répondre comme ça, juste par un oui ou un non. Disons que je suis comme tout le monde. J'aimerais être plus heureux mais je me contente de ce que j'ai et ce n'est pas si mal.

— Et à ton avis, que te faudrait-il pour être plus heureux ?

— Je ne sais pas. Parfois je me dis que j'aurais dû faire d'autres choix.

— Je sais, je t'ai entendu l'espérer à plusieurs reprises. Et c'est d'ailleurs pour ça que tu te retrouves ici.

— C'est-à-dire ?

— Je t'offre la chance unique de revenir dans ton passé pour que tu puisses faire ces fameux choix. Recommencer à zéro, réparer tes erreurs. Vivre la vie dont tu as toujours rêvé. C'est une chance rare, accordée à quelques privilégiés. J'ai dû faire des pieds et des mains pour obtenir cette faveur. Le dernier à en avoir bénéficié, c'est Mark Zuckerberg, tu le connais ? C'est le fondateur de Facebook. Dans sa première vie, il n'était qu'employé de supermarché.

— Mais... pourquoi moi ? Pourquoi pas ta fille, enfin ma mère, ou mes sœurs ?

— Parce que toi, tu en avais vraiment besoin.

Sans cette angoisse qui me dévore les entrailles, je lui aurais ri au nez. Mais je ne le fais pas. Au fond de moi, ancrée dans chacun de mes muscles, vibrant dans le moindre de mes nerfs à vif, je perçois cette certitude irrationnelle, inavouable. J'en ai besoin. Plus que toute autre chose. Ce que j'ai laissé derrière moi... quoi que ce soit, je suis incapable d'y faire face.

Grand-mère doit sentir que je commence à comprendre, parce qu'elle explique avec douceur :

— Tu es revenu en 1995, le 21 avril pour être précise, c'est-à-dire le jour de mes obsèques, il fallait bien choisir une date. Tu as dix-huit ans. À partir de maintenant, tu vas pouvoir tout recommencer en connaissant les conséquences de tes choix. Vivre ta vie comme tu l'aurais voulu.

— Mais... je ne peux pas rayer toute ma vie sur un coup de tête ! J'ai une femme, deux enfants, des amis, un métier...

— Tu pourrais très bien retrouver ta vie d'avant si tu le souhaites, tout dépendra des choix que tu feras.

— Oui, peut-être. En attendant, je devrai supporter l'absence de ma famille. Je ne pourrai plus serrer ma femme dans mes bras ou border mes filles à l'heure du coucher.

— Je comprends, mon grand. Mais il te faut faire certains sacrifices si tu veux mener la vie de tes rêves...

Un sacrifice monstrueux, presque inhumain. Et pourtant, une petite voix au fond de moi me murmure que c'est la seule solution. Un saut dans le vide pour échapper à... quoi ?

— Si je garde la mémoire de ma première vie, je pourrai décider de changer ou non mon présent et donc mon futur. L'avantage, c'est que je ne commettrai pas les mêmes erreurs que précédemment, c'est bien ça ?

— Oui, mais attention : tes choix seront irréversibles cette fois. Et ils auront des conséquences non seulement sur toi, mais aussi sur tous ceux qui t'entourent.

Nerveux, je passe machinalement la main dans mes cheveux, surpris de constater qu'ils sont beaucoup plus volumineux à dix-huit ans qu'à trente-huit.

— Tu gardes une porte de sortie, me rassure-t-elle. Dans vingt ans, le 21 avril 2015 à 10 heures précises, tu devras venir ici, dans cette maison. Tu feras alors le dernier choix de cette aventure : revenir dans ta première vie ou garder la seconde. Pour toujours...

— Et si je décide de rester dans la deuxième dimension ? Qu'arrivera-t-il à ma femme et à mes filles ?

— Dans ce cas, ta vie se poursuivra ici, mais également dans la première dimension, où elle reprendra son cours, comme si de rien n'était. Tu y seras alors remplacé par ton double. Le Thomas qui n'a jamais vécu cette aventure. Les deux dimensions continueront à exister en parallèle.

Un long frisson glacial me parcourt la colonne.

— Est-ce que... est-ce que tu seras là, à mes côtés ? Est-ce que tu m'aideras ?

— Pas toujours, fiston. J'ai des choses à faire, moi aussi... Si tu veux me contacter, tu pourras m'appeler par l'intermédiaire d'un miroir.

— N'importe lequel ?

— Oui, n'importe lequel. Ça peut aussi fonctionner avec des vitres, mais c'est moins efficace.

Un silence. Ma décision est déjà prise, nous le savons aussi bien l'un que l'autre. S'il y a une chance d'empêcher ce qui doit arriver, quoi que ce soit, je dois la saisir, peu importe le prix à payer.

— J'ai encore deux conseils à te donner, poursuit-elle. D'abord, même si c'est l'évidence, évite de raconter partout que tu viens du futur et qu'en fait tu as trente-huit ans. Les gens croiraient que tu travailles du chapeau et tu finirais à l'asile. Ensuite, quand tu auras un choix à faire, prends le temps de la réflexion. Cherche la réponse dans ton cœur.

J'observe le visage de ma grand-mère dans le miroir. Ce visage qui a vécu, ri, pleuré, ressenti... et qui n'est plus qu'un souvenir aujourd'hui. La vie est tellement éphémère, tellement précieuse.

— J'accepte.

— À la bonne heure ! Je te souhaite bonne chance, mon garçon ! Et n'oublie pas de...

— Thomas ? Tout va bien ?

C'est la voix de ma mère, derrière la porte. Dans le miroir, ma grand-mère a disparu.

— Oui, maman, ça va...

— Ça fait un moment que tu es enfermé ici. Je sais que tu tenais beaucoup à ta grand-mère...

— Tout va bien, je t'assure. J'arrive.

J'attends que ma mère s'éloigne, encore sonné par tout ce que je viens d'apprendre.

— Grand-maman, tu es encore là ? Qu'est-ce que je ne dois pas oublier ? demandé-je en chuchotant.

Aucune réponse. Cette fois, je suis seul.

Je comprends seulement que je vais devoir sortir d'ici et faire comme si tout était normal. En glissant la main dans ma poche, je me rends compte que je porte une chemise en coton noir et que ma veste a disparu. Tout comme mon portable, évidemment. En 1995, je n'avais pas de téléphone...

Dans le miroir, j'observe le visage du jeune homme qui me fait face. Je me rends compte alors à quel point je me suis empâté en vingt ans. Et dégarni… J'étais pas mal, à dix-huit ans, mais je ne le savais pas. En revanche, ces lunettes rondes en écaille, c'est complètement ringard. Même si c'était sans doute la mode à l'époque.

Je pose ma main sur la poignée de la porte, conscient que quelque chose d'extraordinaire vient de se produire. Quelque chose qui pourrait bouleverser ma vie, me permettre de réaliser mes rêves, devenir enfin celui que j'ai toujours rêvé d'être. Pour le meilleur… comme pour le pire.

3

18 ans – 1995

Dans le salon, ma mère est assise sur le canapé. Elle me fait signe de venir m'asseoir à côté d'elle.

Elle a toujours été belle et elle l'est toujours, même à soixante-cinq ans. Mais quand je la regarde maintenant, à quarante-cinq ans, je peux encore facilement l'imaginer dans sa jeunesse, quand elle était mannequin et posait pour des publicités ou des catalogues de vêtements. Ses longs cheveux blonds sont torsadés en chignon et elle porte une robe en soie noire assortie à ses escarpins. Elle a l'air tellement jeune.

— Je comprends que tu sois triste, Thomas, me glisse-t-elle dans le creux de l'oreille.

— Grand-maman me manque beaucoup.

Pour ça, au moins, je n'ai pas besoin de mentir. La revoir a ravivé des souvenirs que je croyais profondément enfouis. J'avais oublié à quel point elle pouvait être à la fois douce et excentrique, patiente et têtue. Un condensé d'émotions contradictoires que je n'ai jamais retrouvé ailleurs. Quand je pense que j'ai parlé à son fantôme...

— Tous les invités sont partis à présent, m'annonce ma mère avec douceur. Nous allons pouvoir rentrer. Tu as encore beaucoup de révisions ?

Je la regarde sans comprendre, cherchant à savoir de quelle révision elle peut bien parler. De celle de la voiture ?

Le bac ! Nous sommes en avril. Dans quelques semaines, je vais devoir passer les épreuves du baccalauréat. Je l'ai réussi avec une mention « très bien », la dernière fois, mais c'était il y a vingt ans ! Ce que je sais aujourd'hui de l'économie ne correspond pas à ce que je suis censé savoir en 1995. Sans parler des maths ou du français !

— J'ai encore beaucoup de travail, oui, dis-je, essayant de masquer une inquiétude naissante.

Et si je n'avais pas mon bac, dans cette vie-ci ? Si, dès le départ, je pouvais dire adieu à ma carrière ? Qu'est-ce que je ferais pendant les vingt prochaines années ?

Mes sœurs nous rejoignent, interrompant le flux incessant de mes interrogations. Sandrine n'a que treize ans et le visage recouvert d'acné. Bénédicte en a vingt-trois et porte un tailleur trop strict pour son âge. Je n'ose pas les regarder en face, de peur qu'elles s'aperçoivent que je ne suis pas celui que je prétends être. Heureusement, elles discutent ensemble sans me prêter attention. Nous rentrons chez nous dans l'Audi 80 bordeaux qui a subi mes premières heures de conduite. Je retrouve ma chambre d'enfant, avec ses posters de U2 et de Michael Jackson accrochés aux murs. Sur mon bureau, des manuels de cours sont entassés sur des piles de cahiers et de classeurs. Il y en a un peu partout.

Je m'allonge sur mon lit. Reprendre mes études à trente-huit ans ne faisait pas partie de mes plans. Si certains sont nostalgiques de leurs années lycée, ça n'a jamais été mon cas. Pas question de redoubler : je n'ai aucune envie de retourner en terminale, sans compter que ça m'empêcherait sûrement de rencontrer Céline. Mais par où commencer ?

Un bruit, dans la maison, me réveille. Quand me suis-je endormi ? Je n'ouvre pas les yeux tout de suite. L'espace d'une seconde folle, je nourris l'espoir de me réveiller chez moi, à côté de Céline, dans notre appartement, auprès de nos deux adorables filles. Je soulève une paupière, puis deux. Bono me regarde à travers ses lunettes aux verres jaunes.

Leur absence se fait soudain poignante, insupportable. Avec elle revient l'angoisse sourde qui ne me quitte plus. Celle-ci est plus lointaine cependant, comme en sourdine. Il y a désormais vingt ans entre nous, mais elle est toujours là. Comme pour me rappeler de faire le bon choix.

Je me relève en m'adossant à mon oreiller. En y réfléchissant bien, je m'aperçois que je n'ai pas fait beaucoup de choix dans ma vie. J'ai très souvent accepté, ou plutôt subi, ceux que d'autres ont faits pour moi. Après le bac, j'ai suivi des études de gestion parce que mon père pensait que c'était bien pour moi et que ce cursus allait m'ouvrir les portes d'entreprises prestigieuses. Ensuite, c'est Céline qui m'a adressé la parole en premier. Ce n'est même pas moi qui ai décidé de l'épouser : je n'ai fait que répondre à sa demande subtile, suggérée par les catalogues de robes de mariée qu'elle « oubliait » sur la table du salon. Mon emploi m'a été proposé par une connaissance de mon père. Pour les enfants, c'est encore Céline qui a fait le premier pas. Non pas que je le regrette. Mais, si elle avait attendu que je me décide, peut-être qu'on n'en aurait jamais eu. Par peur de me tromper, de regretter, de perdre. C'est plus rassurant de laisser les autres assumer mes décisions, comme une éternelle porte de sortie.

Et là, dans cette deuxième vie, j'ai l'occasion de me prendre en main. La donne a changé. Aujourd'hui, j'ai davantage d'atouts pour prendre mes décisions. Aujourd'hui, je me souviens de mes premiers choix (ou non-choix) et de leurs conséquences. C'est une sensation terriblement exaltante… et pourtant atrocement angoissante.

Je tourne la tête vers les piles de livres posées sur mon bureau. C'est alors que je fais mon premier choix. Diplôme de gestion et quinze ans de carrière ou pas, je dois me mettre à réviser sérieusement car il est hors de question que l'un de mes premiers changements soit de postuler au Quick ou au McDo parce que j'aurais raté mon bac !

*
* *

Nous sommes le 7 juillet. Cela fait déjà plusieurs semaines que je vis cette seconde vie. Les premiers jours n'ont pas été simples. D'abord, j'ai dû réviser toute une année de terminale en seulement quelques semaines. Ensuite, il m'a fallu adapter mes connaissances à l'actualité de 1995. Mes fiches étaient recouvertes d'annotations : Internet n'est arrivé en France qu'en 1994 mais a commencé à se populariser en 2000, la monnaie est toujours le franc et le nom « euro » ne sera choisi que dans quelques mois, Jacques Chirac vient d'être élu président de la République, Bill Clinton est l'actuel président américain et le marché de l'agriculture bio n'en est qu'à ses balbutiements.

À la maison, je fais attention à tout ce que je dis, de peur de me faire démasquer. L'autre jour, mon père nous a expliqué que la fille de l'un de ses amis était atteinte du virus du SIDA et qu'elle était donc condamnée. Spontanément, je lui ai répondu que ce n'était pas inéluctable et que, grâce aux trithérapies, son espérance de vie était plutôt bonne. Mon père m'a alors regardé d'un drôle d'air et m'a demandé d'arrêter de chercher à avoir toujours le dernier mot. Il a ajouté que, si le SIDA pouvait se soigner, ça se saurait. Je ne me rappelais plus que les trithérapies seront inventées quelques mois plus tard... Du coup, je parle peu et je me réfugie très souvent dans ma chambre, sous le prétexte de réviser ou de lire.

Ce que j'apprécie en revanche, ce sont mes rapports avec mes sœurs, en particulier avec Sandrine dont j'ai toujours été proche. Je ne m'étais pas rendu compte à quel point elle me manquait – cette complicité entre nous, perdue quelque part entre nos vies d'adultes. Alors j'essaie de jouer mon rôle de grand frère mieux que je ne l'ai fait dans la première dimension. Je l'ai même accompagnée au concert de Simply Red à Marseille, le mois dernier. Elle avait demandé à mes parents l'autorisation d'y aller en train avec son amie, mais ils avaient refusé. Dans ma première vie, je n'étais pas assez téméraire pour l'accompagner à plus d'une heure de route de chez nous alors que je venais tout juste de décrocher mon permis. Aujourd'hui, les choses sont différentes.

Chez moi, je dois me conformer à l'organisation de la famille, respecter mon tour pour dresser le couvert, sortir les poubelles et vider le lave-vaisselle. Je m'exécute avec beaucoup plus de zèle qu'autrefois, à la grande surprise de ma mère. On comprend mieux ses parents quand on en devient un à son tour...

Le plus dur, c'est de retourner sur les bancs du lycée. Préparer mon sac, remettre des vêtements que je trouve aujourd'hui complètement démodés, me balader avec un énorme walkman dans la poche pour adopter le même look que les autres en écoutant en boucle *Zombie* des Cranberries – vivement qu'ils inventent le MP3, que je puisse diversifier mes playlists ! –, me retrouver au milieu de gamins dont j'aurais pu être le père, à discuter de sujets qui ne m'intéressent guère.

Heureusement, je rejoins Gaël et Mylène, mes deux meilleurs amis, à l'époque comme aujourd'hui. On s'est donné rendez-vous au 702 pour fêter les résultats du bac – que j'ai décroché avec une nouvelle mention « très bien », et pas mal de sueur en plus. À part ses cheveux (qui sont toujours là !), Gaël n'a pas beaucoup changé. C'est un bon vivant, passionné de surf et de cinéma. Vingt ans plus tard, il sera directeur de casting pour une maison de production et partira faire du surf aux quatre coins de la Terre chaque fois qu'il en aura l'occasion. Mylène a un look de garçon manqué et un humour de routier qui m'a souvent fait rougir. Une routine rassurante, dans un quotidien où j'ai perdu tous mes repères.

— Dis donc, tu as une bonne descente ce soir, Thomas !

Gaël trinque avec moi, goguenard. C'est vrai que, ce soir, j'ai envie de m'amuser et j'ai déjà descendu quelques chopes de bière. Mais je ne comprends pas ce qu'il sous-entend.

— C'est juste que, d'habitude, tu bois nettement moins. Enfin je ne te le reproche pas, attention !

Maintenant qu'il le dit, c'est vrai que, quand j'étais plus jeune, j'évitais de boire. D'abord parce que je n'avais pas envie de me prendre une ronflée par mon père, mais aussi parce que je n'appréciais pas vraiment l'alcool. Je me suis rattrapé ensuite...

Je trinque avec lui. Dans quelques semaines, il part à Hourtin pour effectuer son service militaire. Moi, je suis exempté grâce à ma forte myopie. Tant mieux : les activités physiques, ça n'a jamais été mon truc.

Il fait beaucoup trop chaud dans le bar, bondé de lycéens déchaînés. Je sors un instant pour reprendre mes esprits. Au bout d'un moment, Mylène me rejoint et s'assied à côté de moi sur le trottoir, sa tequila à la main. Elle me tend un verre d'eau fraîche.

— Ça va, Tom ?

Ça fait longtemps que plus personne ne m'appelle comme ça. C'est dommage, j'aimais bien... Je prends le temps de boire l'eau avant de lui répondre.

— Ouais, cool.

— J'ai du mal à te croire.

— Pourquoi ?

— Parce que je te connais par cœur, mon pote, et je sais quand quelque chose ne va pas. Tu as tes yeux de cocker, c'est un signe qui ne ment pas.

— Mais non, t'es naze, lui réponds-je en riant. Je pensais à l'après. Aux études qui m'attendent. Tout ça...

— Et quoi ? T'es inquiet ?

— Non, pas inquiet. Je me demande si je fais bien de postuler pour des études de gestion des entreprises.

Ça m'a frappé en remplissant mon dossier : la simple perspective de me remettre à étudier la gestion me désespère. D'ailleurs, j'ai eu vingt ans pour comprendre ce que c'était, la gestion, justement.

— Ça ne te fait pas triper, c'est ça ? comprend Mylène, toujours aussi perspicace.

Je l'aurais dit autrement, mais finalement, c'est un bon résumé.

— Ouais, c'est ça.

— Qu'est-ce que tu aimerais faire alors ?

— C'est tout le problème : je n'en sais rien.

— Qu'est-ce que tu aimes ? Je veux dire, dans la vie, en général. À part lire des bouquins toute la journée ou des magazines cochons.

Dans ma première vie, à dix-huit ans, je n'avais pas vraiment de passion. Je ne faisais pas de sport et je n'avais pas de hobbies, hormis lire et regarder des reportages à la télé. J'aimais bien découvrir de nouveaux paysages, de nouvelles cultures. Quand j'étais plus jeune, j'adorais faire des photos pendant mes séjours chez mes grands-parents. Puis mon appareil photo est tombé en panne, mon père n'a pas voulu en racheter un. Il trouvait que je perdais mon temps à faire des albums de paysages identiques. Il n'avait rien compris. Si le lieu photographié, la crique du Fer à cheval, était le même, la lumière était toujours différente, comme la couleur de l'eau, la force du vent, l'heure du jour…

— Je crois que j'aimerais bien me remettre à la photo. J'en faisais quand j'étais petit. Et j'aimerais voyager, découvrir de nouveaux paysages. C'est un peu réducteur comme choix de carrière, non ?

— Pas du tout, je trouve ça sensas. Tu pourrais faire des études de photographe…

— Pour finir quoi, photographe de mariage ou de bébé à la maternité ? Non merci.

— Tu pourrais faire l'école de journalisme de Paris, comme moi, ça coûte le même prix qu'une inscription à la fac ! Il y a une option photographie et vidéo qui pourrait te plaire.

Je me prends à caresser ce rêve du bout des doigts, comme pour m'en imprégner. Et si c'était possible ? Est-ce que ça me plairait, le journalisme, après tout ? La gestion, je connais déjà et ça ne m'a pas mené très loin. Mais changer de carrière, ça aurait des sacrées conséquences sur le futur…

— De toute façon, c'est trop tard, dis-je en haussant les épaules. Les épreuves d'admission sont déjà terminées.

— Les bacheliers ayant obtenu la mention « très bien » sont admis sur titre et sur dossier, sans avoir l'obligation de passer les épreuves. Le problème, c'est que tu n'as aucune chance, les ringards comme toi sont exclus !

— C'est ça, fous-toi de moi !

Elle finit sa tequila d'un trait et éclate d'un rire qui résonne dans la rue.

— Sérieux, Tom, si tu veux suivre ces études, donne-toi les moyens de le faire. Si la gestion te gonfle, tu ne vas quand même pas y consacrer les quatre prochaines années de ta vie ! Alors, dès demain, tu appelles l'EFJ et tu demandes ton dossier d'admission. Pigé ?

— Tu crois vraiment ?

— Arrête de te poser toujours des milliers de questions et fonce pour une fois !

C'est à moi d'éclater de rire. Je n'avais jamais remarqué à quel point Mylène peut parfois ressembler à ma grand-mère !

— Mon père sera furieux.

Ce n'est qu'un simple constat, qui m'aurait terrifié à l'époque, mais qui ne me fait plus rien. J'ai passé l'âge depuis longtemps de prendre mes décisions en fonction des envies de mes parents, et en particulier de mon père.

— Si c'est l'argent le problème, il y a des solutions, des systèmes de bourse, de prêt étudiant, insiste Mylène sans comprendre le fond de ma réflexion. Et puis, on n'a qu'une vie ! conclut-elle en se relevant avec peine.

Je ris jaune, mal à l'aise.

— Ouais. On n'a qu'une vie.

Sauf moi. Et si je refais exactement les mêmes choix que dans ma première, je n'aurai aucun moyen d'empêcher... quoi que ce soit d'arriver. Tout ça n'aura servi à rien. « Écoute ton cœur », a dit ma grand-mère. Je ne l'ai pas assez fait dans ma première vie. Il est grand temps de commencer.

Le lendemain matin, j'appelle le secrétariat de l'école de journalisme. Je suis mis en relation avec le directeur qui tient à s'entretenir avec tous les étudiants qui font une demande de dossier d'inscription « en direct ». Il souhaite évaluer la motivation des postulants qui n'ont pas eu à travailler pour réussir les épreuves d'admission. Jusqu'à présent, je n'ai jamais eu les qualités d'un orateur convaincant. Mais là, je me suis appuyé sur la maturité de mes trente-huit ans pour le persuader de me donner une place dans son école. Dans mon argumentaire, je lâche le seul nom de photographe que je connaisse. Il ne travaille pas dans le journalisme, mais dans la mode. Michel Dupin. C'est l'un des amis de ma mère. Il s'avère que c'est aussi un ami proche du directeur. Je ne sais pas quel argument l'a convaincu, il m'a néanmoins donné rendez-vous le 3 septembre, jour de la rentrée.

Je raccroche, en nage, les mains tremblantes. Je viens de faire un choix. Un choix qui va bouleverser mes relations avec mes parents, mon avenir, ma vie entière. Changer de ville. Ne pas rencontrer Céline pendant mes études – à moins de le provoquer. Plus de gestion – jamais.

Je devrais être angoissé, me poser mille questions. Pourtant la seule émotion qui m'envahit, c'est un sentiment de liberté inouïe, grisante, bouleversante, qui submerge la boule d'angoisse dans mon estomac. Elle s'apaise un instant, comme pour me laisser savourer la nouvelle vie qui vient de s'offrir à moi.

4

19 ans – 1996

La sonnerie entêtante du téléphone me tire du sommeil. Yeux plissés, je tente de déchiffrer l'heure qui s'affiche sur le cadran du réveil. 7 h 24. Je décroche le téléphone.

— Allô ? Bon anniversaire, mon chéri !

— Merci, maman…

— Tu as une drôle de voix, je ne te réveille pas au moins ?

— Non, ça va…

— Qu'est-ce que tu vas faire aujourd'hui ? Tu vas fêter ton anniversaire avec Mylène ?

— Je ne sais pas encore, on n'a rien prévu.

— Ça va me faire drôle de ne pas le faire en famille, cette année.

— Oui, je sais. Mais je n'ai vraiment pas les moyens de me payer le train en ce moment. On se verra sans doute à Pâques.

— J'y compte bien. Bon, je te laisse te préparer ou tu vas être en retard à l'école.

Je ne lui dis pas qu'aujourd'hui je n'ai pas cours. Je dois aller interviewer le responsable d'un mouvement étudiant qui manifeste depuis plusieurs jours contre la réforme des universités. Pour la première fois, j'ai hâte de rendre un devoir. Les études à l'école de journalisme me passionnent ; j'y apprends beaucoup et retrouve mon appareil photo avec délices, mitraille la ville, les gens, tout ce qui se trouve devant mon objectif.

— Tu viens te recoucher ?

Dans mon lit, de grands yeux gris émergent de sous la couette. C'est Karine ou Marine, je ne sais plus. Je sais juste que c'est la caissière de la supérette. Je me rends compte de tout le temps perdu quand j'avais dix-neuf ans, dans ma première vie. J'étais trop timide pour aborder les filles, j'avais peur de me prendre un râteau, comme on disait à l'époque. Parfois, pourtant, il suffit de se lancer. Karine ouvre les yeux, et une vague de culpabilité me submerge soudain. Ça fait un an que je n'ai pas vu Céline. Dans cette vie, je ne l'ai même pas encore rencontrée. Pourtant je ne peux pas me défaire de cette impression de la tromper. J'ai beau tout faire pour l'oublier, pour profiter de cette deuxième chance, elle me manque, ma Céline. Son regard un peu perdu au réveil ; son sourire lumineux lorsqu'elle m'apercevait, comme si, après quinze ans à se réveiller auprès de moi, ça la surprenait encore. Et nos petites filles, nos deux toutes petites qui se jetaient dans le lit et sautillaient autour de nous jusqu'à nous en extirper. J'ai beau apprécier ma vie d'étudiant et ces nouvelles expériences, je me languis tellement de les retrouver. Et pourtant... Plus je pense à elles, et plus l'angoisse qui me dévore depuis mon changement de vie se fait insupportable. Alors je me jette à corps perdu dans de nouveaux choix, dans l'espoir de la faire disparaître.

Faire des études de journalisme et quitter Toulon pour Paris a été ma meilleure décision. De toute façon, la situation devenait invivable chez mes parents. Je détestais devoir demander dix francs à ma mère pour pouvoir m'offrir un coca, la supplier de me déposer chez Gaël avant d'avoir mon permis, subir leurs choix de programmes télé, limités par les six chaînes existantes. Je ne supportais plus les repas de famille du soir, les propos obtus de mon père, à la fois racistes, sexistes et condescendants, et l'attitude résignée que ma mère adoptait en silence. Je n'appréciais pas non plus la manière dont il rabaissait régulièrement ma petite sœur Sandrine, une adolescente de nature joyeuse et insouciante avec une âme d'artiste, pour mettre l'aînée, Bénédicte, sur un piédestal, parce qu'elle venait de terminer brillamment ses études d'expertise comptable. Et, plus que tout, j'exécrais sa façon péremptoire de dicter ma vie. Il me voyait déjà prendre sa place, d'ici quelques années, à la tête de la succursale toulonnaise de la banque Morel...

Mais celui que je détestais le plus, en réalité, c'était moi. Le moi de l'époque qui avait écouté docilement toutes ses conneries sans réagir, sans oser formuler une opinion un tant soit peu divergente des siennes, ni la moindre suggestion personnelle. Le moi de l'époque qui avait obéi, bien trop sagement. Lâchement. Et qui avait suivi les études qu'il voulait que je suive en sortant major de promo. J'en étais même parvenu à me convaincre que c'était ce que je voulais vraiment.

Alors qu'aujourd'hui, grâce à cette aventure qui me permet de relire les grands chapitres de mon existence avec d'autres lunettes, je me rends enfin compte de mes erreurs. Et je comprends que j'étais pleinement responsable du chemin de vie que j'avais suivi aveuglément, sans jamais le remettre en cause.

Quand j'ai annoncé la nouvelle de mon changement de cap à mes parents, ma mère s'est contentée d'ouvrir des grands yeux et de garder la bouche fermée. Mon père est entré dans une rage folle. Mais devant ma détermination, toute nouvelle pour lui comme pour moi, il s'est retrouvé décontenancé et m'a regardé comme si j'étais un étranger. Il a conclu la discussion sur un verdict sans appel : « Puisque tu as décidé de ruiner ta vie, je ne paierai pas tes études. Si tu veux aller te la couler douce dans une école de fainéants et de saltimbanques à Paris, tu devras te débrouiller tout seul. » Ma mère est restée silencieuse, mais elle souriait. Puis elle s'est levée, m'a embrassé sur le front en me glissant un « bonne chance » à l'oreille.

Le lendemain, j'ai fait ma valise et je suis parti rejoindre Mylène dans son deux-pièces parisien.

Aujourd'hui, nous sommes le 14 février 1996. Et, pour la première fois, je regrette presque mon choix. Car c'est ce soir-là que j'ai dansé avec Céline pour la première fois.

5

Première vie – 1996

— Nan mais c'est quoi cette veste ? me lance Patricia.

Elle écarquille les yeux devant mon costume à épaulettes, beige à boutons dorés, un peu trop large pour moi, je dois l'avouer. J'ai hésité avant de le porter mais c'est ma première soirée étudiante et je ne sais pas trop comment m'habiller. J'ai demandé conseil à ma mère, qui connaît bien la mode, et elle m'a convaincu que dans ce genre de soirées il fallait faire la différence, montrer sa maturité aux filles qui étaient davantage intéressées par de vrais hommes que par les gamins de leur âge. J'ai choisi la veste de mon père qui me paraissait la plus sobre. Sandrine a éclaté de rire et m'a dit que je ressemblais à Bozo le Clown. En revanche, ma mère n'a pas caché son admiration : « Tu es très chic, comme ça, tu vas faire des ravages, crois-moi ! » Mon père s'est contenté d'acquiescer avant d'ajouter : « Il faut bien que tu t'y fasses, Thomas, bientôt, tu porteras ce genre de veste tous les jours que Dieu fait. » Quant à moi, j'ai l'impression d'être déguisé, mais je me dis que cela fait partie du jeu.

J'espère que ce style plaira à Céline, elle qui s'habille avec élégance et qui ne semble pas soumise aux diktats de la mode. Je l'ai remarquée le jour de la rentrée, avec ses lunettes rondes qui dévoraient une partie de son visage. Elle avait ce sourire qui s'étirait plus d'un côté que de l'autre, cette façon de replacer une mèche de cheveux derrière son oreille, cette manie de mordiller l'ongle de son auriculaire en regardant par la fenêtre, et cette voix plus grave que son apparence le laissait supposer. J'ai passé les premières semaines à l'observer sans qu'elle s'en aperçoive. La seule fois où j'ai osé lui adresser la parole, je lui ai demandé si elle avait l'heure, et elle m'a répondu spontanément avant de plisser les yeux vers mon poignet gauche et la montre Casio que j'avais reçue pour mon anniversaire. Son regard s'est fait hésitant. Elle a dû croire que je me moquais d'elle, car elle a tourné les talons et s'est éloignée à grandes enjambées. Bien joué, Thomas...

Ce soir, j'ai enfin l'occasion de lui donner une autre impression de moi et de lui faire comprendre qu'elle me plaît beaucoup. Sans avoir l'air d'un dragueur. Sans rougir. En l'éblouissant avec une assurance et un charisme pourtant inexistants. Bref, c'est loin d'être joué. J'espère que cette veste pourra me donner l'illusion que je suis à la hauteur de la situation.

Mais ces considérations, Patricia s'en moque bien. Tout ce qu'elle voit, c'est un style « coinços » et intello. Il faut dire que l'élégance, ce n'est pas vraiment son truc, comme en témoignent ses boucles d'oreilles jaune fluo en forme d'étoile et sa tunique bleu électrique à grosses mailles laissant apparaître un soutien-gorge rouge. Mais, au moins, je n'ai pas à faire mon entrée seul.

— Bon, on y va ou on attend le déluge ? me demande-t-elle en m'entraînant derrière elle.

Nous entrons dans le resto U décoré pour l'occasion. Des ballons gonflables ont été accrochés au mur, et de grandes nappes en papier peinent à dissimuler les tables et les piles de chaises entassées. Au fond de la salle, un type portant un casque audio s'active devant ses platines et gigote sur *Wannabe* des Spice Girls.

La salle est presque pleine. Même si quelques couples sont déjà formés, les garçons sont regroupés dans un coin et les filles dans un autre. Je constate, consterné, que je suis le seul à porter une veste de costume sur ma chemisette.

— Il fait super chaud, ici ! dis-je à Patricia, en retirant ma veste et en la plaçant sur mon épaule, comme je l'ai vu faire dans les films.

Patricia n'est pas plus à l'aise que moi. Pour nous donner une contenance, nous nous dirigeons vers le bar tenu par Denis, le président du bureau des élèves. Il nous explique que nous avons le droit à deux boissons alcoolisées et autant de « soft » que nous voulons. Nous lui commandons un coca (pour moi) et un whisky coca (pour elle).

— Attends, je dois absolument dire un truc urgent à Claudia, je te rejoins dans dix secondes ! s'écrie alors Patricia en s'éloignant.

Je me retrouve tout seul avec mon verre en plastique au milieu de la piste de danse, fréquentée par quelques filles qui se trémoussent timidement.

Céline n'est pas parmi elles. Je la cherche du regard et la découvre assise avec ses amies, pas très loin du DJ. Impossible d'aller l'inviter à danser. Je m'assieds un peu plus loin, derrière un pilier. Elle a troqué son habituel jean/sweat/baskets pour une robe noire fluide et des ballerines à talons. Elle porte un verre de punch à ses lèvres, et rit de bon cœur en cachant sa bouche avec sa main. Ses amies l'incitent à boire encore une gorgée, mais elle refuse vigoureusement. Elle se lève alors et se dirige vers les toilettes.

Mes mains deviennent moites, une goutte de sueur glisse sur mon front. Les 3T reprennent en chœur *I Need You*. Un signe du destin ? Je me lance à sa suite d'une démarche qui se veut décontractée, en totale dysharmonie avec mon rythme cardiaque.

Elle fait la queue devant les toilettes des filles, mais l'accès à ceux des hommes est dégagé. J'hésite un instant, passe la main dans mes cheveux et me décide à entrer, même si je n'ai aucune envie pressante pour l'instant. Je trouverai bien un autre moment pour l'aborder.

— Thomas !

Je me retourne et cherche dans cette demi-pénombre qui m'a appelé. Une silhouette s'avance vers moi. Céline.

— Tu as fait tomber ta veste, me dit-elle en souriant.

— Ah ? Je n'avais pas remarqué...

— Comme tu n'avais pas remarqué que tu avais une montre, l'autre jour ?

— Ce n'est pas ce que tu crois, c'est juste que... je ne la mets pas souvent et parfois j'oublie que je la porte.

— Je vois. Sympa, ta veste.

Les traits de son visage sont en partie cachés par l'obscurité. Est-ce qu'elle est sérieuse, ou elle se moque de moi ?

— Ce n'est pas la mienne, en fait. Je n'en porte pas, d'habitude.

— Dommage, ça te va bien.

— Tu crois ?

Elle se met alors à rire de bon cœur.

— Désolée, je crois que je suis pompette, s'excuse-t-elle au bout d'un moment. Je ne bois jamais d'habitude mais, là, les filles m'ont fait croire que c'était juste un cocktail de fruits. Je suis naze... Ah, c'est mon tour. Tu m'attends deux minutes ?

— Ouais, si tu veux. Bien sûr.

Une fille passe devant moi et fait la queue à son tour. Pas n'importe quelle fille. Victoria. La bombe de la fac. Une grande blonde à la poitrine vertigineuse et aux yeux couleur lagon. Tous les mecs en sont dingues. Son regard tombe sur moi et elle prend un air surpris, comme si elle me voyait pour la première fois, ce qui est sans doute le cas. Je détourne le visage pour qu'elle ne perçoive pas mes joues s'empourprer.

Céline me rejoint.

— Tu veux danser ?

Je préfère qu'elle ignore mes talents de danseur pour le moment.

— Non, pas pour l'instant, merci. Tu veux boire quelque chose ?

Nos deux verres de Perrier à la main, nous nous installons le plus loin possible du DJ et des Backstreet Boys. Elle retire ses talons avec un soupir de soulagement.

— Je ne sais pas ce qui m'a pris de m'attifer comme ça. Ces chaussures sont un vrai supplice ! Je ne comprends pas comment font les femmes pour porter ça toute une journée…

— Pourquoi as-tu voulu t'infliger ça ?

— Et toi, pourquoi as-tu mis une veste ?

Un point partout.

— Tu aimes ce genre de musique ?

— Ce n'est pas vraiment mon style, réplique-t-elle.

— Et c'est quoi, ton style ?

— Tu vas te moquer…

— Je te promets que non. Alors ?

— Ce n'est pas vraiment à la mode en fait, mais j'aime les… Kool and the Gang, Earth

Wind and Fire, Boney M, Imagination... Ce genre de trucs, quoi...

Je ne peux m'empêcher d'éclater de rire.

— J'en étais sûre ! Tu te fous de moi.

— Pas du tout ! J'adore le disco funk, moi aussi ! Et je croyais être le seul. Tous mes copains sont fans de dance, de techno ou de rock. J'avoue tout : je suis même fan d'ABBA !

— Sérieux ? Tu aimes *Dancing Queen* ?

— J'adore !

— Je pensais que seuls les filles et les gays aimaient ABBA..., ajoute-t-elle avec un sourire.

— Les filles, les gays... et moi !

— Ouf !

— Tu avais peur que je sois gay ?

— Pas vraiment... Mais on sait jamais. Parce que, pour être honnête, un mec avec une veste de costume qui chante *Dancing Queen*, je trouve ça plutôt cool.

Cette fille est encore plus géniale que je l'avais imaginé. Elle doit le lire dans mon regard, parce qu'elle m'offre le plus merveilleux des sourires.

Je crois que je viens de tomber amoureux.

6

19 ans – 1996

Cette rencontre a marqué le début de notre histoire.

Et aujourd'hui, je suis à Paris, à quatre heures de train de Toulon où vit Céline. Nous ne nous connaissons même pas. Nous ne nous sommes jamais vus. Si je ne fais rien, je perdrai à jamais ma femme et mes adorables filles, Coraline et Lila – plus souvent surnommée Lilou.

Notre vie conjugale était plutôt satisfaisante. Nous nous entendions bien, nous partagions les mêmes valeurs et les mêmes envies, nous avions une activité sexuelle relativement épanouissante, bien que plus épisodique au fil des années, et nous étions souvent en phase concernant l'éducation de nos filles. J'aimais Céline, je l'aime toujours. Cependant notre vie manquait, je dois bien me l'avouer, d'une touche d'imprévu, d'originalité, de folie. Tout ce que je n'étais pas vraiment capable de donner, pas plus que Céline. Cela me convenait, à l'époque, mais maintenant ? Dans cette vie où j'ai choisi d'être passionné, spontané, de profiter de chaque instant de cette seconde chance : serais-je aussi heureux avec elle ?

Je n'en ai aucune idée. Il y a une chose que je sais : elle me manque terriblement. Et, aujourd'hui, j'ai une chance de la revoir.

Huit heures plus tard, après un trajet Paris-Toulon qui m'a semblé interminable, je retrouve Patricia. Elle est ravie de me revoir, me dit-elle, et s'empresse de me raconter les derniers ragots, les dernières histoires entre Untel et Unetelle, d'anciens lycéens dont je ne me souviens pas vraiment. Mais grâce à elle, je peux assister à la soirée des étudiants en gestion de l'université de Toulon.

Dans la foule, je cherche Céline partout. Elle n'est pas près de la scène, comme la dernière fois. J'explore encore, fébrile. Et je la vois. Telle qu'elle était dans mes souvenirs. Avec le même sourire éblouissant. En revanche, à présent, il ne m'est pas adressé. Elle l'offre à un grand type qui parle un peu trop fort. Richard, ou Pascal, quelque chose comme ça... Un gars imbu de sa personne. Comment peut-elle se laisser séduire par un mec pareil ? Il lui parle à l'oreille, elle acquiesce. Il l'entraîne sur la piste de danse.

Je m'enfuis dans les toilettes, cherchant à reprendre mes esprits. Dans la cabine d'à côté, un couple est sur le point de conclure bruyamment.

Je cherche une réponse dans le miroir accroché au-dessus des lavabos.

— Héloïse ? Tu es là ? demandé-je tout bas.

Pas de réponse.

— Héloïse, montre-toi ! J'ai besoin de toi.

Une voix masculine s'élève des cabinets du fond : « Moi aussi, j'ai besoin de toi, Héloïse ! » Rire bien gras.

Sur le miroir, ma grand-mère apparaît enfin.

— Qu'est-ce que tu veux, mon grand ? J'étais en pleine partie de poker avec ma copine Ray, et...

— Le poker attendra, chuchoté-je. Céline est en train de se faire draguer par un crétin...

— Et alors ? Débarrasse-toi de lui !

— Comment veux-tu que...

Un gars entre dans les toilettes et me surprend à parler au miroir.

— Cool ! Il t'en reste ? me demande-t-il les yeux vitreux.

— Hein ? Quoi ? Non, désolé.

J'attends qu'il pénètre dans la cabine pour reprendre ma conversation avec Héloïse.

— Bon, alors, je fais quoi ?

— Réfléchis, bougre d'âne ! Si tu tiens vraiment à elle, fonce !

Une fille passe alors devant la porte des toilettes. Pas n'importe quelle fille. Victoria.

— Salut, fais-je, naturellement.

— Salut, répond-elle en me souriant.

À ce moment-là, je me rends compte que je n'avais jamais osé lui parler dans ma première vie. Grisé par cette prise de conscience, j'enchaîne :

— Je peux t'offrir un verre ?

— Pourquoi pas ? Tu me laisses une minute ?

Je hoche la tête, la laisse à ses affaires pour l'attendre dehors. Et me retrouve nez à nez avec Céline. Pris de court, je reste bouche bée, comme un sombre idiot. Elle me dévisage avec un air indéchiffrable, puis détourne le regard et fixe ses ballerines à talons.

— Bonjour, enfin... bonsoir ! dis-je enfin.

— Bonsoir. Je ne t'ai encore jamais vu à la fac...

— Nous pouvons encore réparer cette erreur.

— Une erreur, vraiment ? Et pourquoi je te croirais ?

— Parce que... c'est mon anniversaire !

— Eh ben, bon anniversaire alors. Mais ça ne va pas suffire, désolée... Allez, salut !

— Attends... il faut que... je... suis ton futur mari, finis-je par dire malgré moi.

Elle écarquille les yeux, semble hésiter sur la réaction à adopter et finit par éclater de rire.

— Sérieux ? Elle est bien bonne, celle-là ! Super technique de drague !

— Je t'assure ! On peut aller s'asseoir là-bas, un moment ?

Elle place soudain sa main devant sa bouche et lève l'autre en signe d'excuse, avant d'entrer précipitamment dans les toilettes.

Victoria en sort, éblouissante. Je l'avais complètement oubliée.

— Je suis prête, me susurre-t-elle.

Je la suis, un peu forcé – et surtout étonné qu'elle n'ait pas changé d'avis. Au bout de quelques minutes, Victoria, assise à mes côtés, devient plus entreprenante. Je suis tellement flatté par autant d'attentions de la part d'une aussi jolie fille que je ne réagis pas en voyant Céline passer devant notre table. Elle me sourit en me montrant son annulaire gauche, faussement contrariée. Victoria s'approche et me chuchote que je ne ressemble vraiment pas à tous les gamins qui sont là, qu'elle sent que je suis un homme, un vrai. Avant de me mordiller le lobe de l'oreille... et de me proposer de la raccompagner chez elle pour « m'offrir un dernier verre ». J'ai beau avoir trente-neuf ans, mes hormones de jeune homme m'en font voir de toutes les couleurs. Je pense à Céline, à l'occasion que je viens de manquer, peut-être pour toujours. Mon corps, lui, réagit plutôt vivement aux sollicitations de Victoria.

Je repousse sa main inquisitrice un peu vivement.

— Désolé, bafouillé-je. Je n'ai pas trop la tête à ça.

Elle esquisse une moue vexée, se lève et me plante là. L'esprit ailleurs, je file récupérer mon manteau au vestiaire, pressé de rentrer chez moi. Céline est là. En me voyant, elle s'écrie : « Ciel, mon mari ! » pour parodier le titre d'une célèbre émission de télé de l'époque, sous le regard réprobateur de Richard (ou Pascal).

Celui-ci l'enlace et l'embrasse ostensiblement devant moi. D'un regard, elle semble s'excuser – à moins qu'elle ne regrette elle aussi notre occasion manquée ? Non. Ce sont mes remords que je lis dans ses yeux. Je suis arrivé trop tard.

En quelques secondes, je viens de perdre ma femme et mes filles. Est-ce pour mon bien ? Serai-je plus heureux avec une autre femme ? Avec d'autres enfants ? Je n'en sais rien. Je repense à Héloïse et je me répète tant bien que mal que, si l'on m'a donné l'opportunité de vivre une autre vie, ce n'est pas pour faire exactement les mêmes choix qu'avant. Sinon, à quoi bon ?

Et pourtant… la seule chose que je ressens, à cet instant, c'est un gouffre énorme dans ma poitrine.

7

20 ans – 1997

Le paysage défile à toute allure sous mes yeux mais je ne le vois pas. Je ne vois pas la neige qui s'est déposée sur la campagne bourguignonne, je ne vois pas les villes grises qui succèdent aux champs vallonnés, ni la Méditerranée qui miroite sous le soleil d'hiver.

Je ne sais pas si j'ai eu raison d'accepter de revenir. J'ai cédé aux demandes de ma mère qui se faisaient de plus en plus insistantes au téléphone. « La vie passe tellement vite, mon chéri. Il faut en profiter avant qu'il soit trop tard. » Ces mêmes mots, elle les avait déjà exprimés, dans ma première existence. Elle avait alors soixante-deux ans et venait d'apprendre qu'elle était atteinte d'un cancer du sein. Ce fut la seule et unique fois où elle s'est laissée aller à cet élan de nostalgie. Le lendemain, elle avait retrouvé l'optimisme qui la caractérisait pour nous annoncer que ce n'était pas un sale petit crabe qui allait lui faire la peau. Elle avait raison. Elle a fini par entrer en rémission.

Alors, cette fois, j'ai serré les mâchoires et j'ai répondu « OK, je serai là pour Noël », d'une voix qui tentait désespérément de masquer mon émotion.

Ça fera bientôt deux ans que je vis ici, dans cette existence parallèle. J'ai intégré les règles du jeu et j'y joue du mieux possible. Alors qu'auparavant ma devise était « mieux vaut tenir que courir », je me plais à présent à répéter des phrases telles que « au hasard, Balthazar », « fonce, Alphonse », ou « hardi, petit ». Des expressions qu'Héloïse me lance régulièrement au visage lors de nos échanges aussi occasionnels qu'inattendus. Mylène a beau les trouver « périmées », elle les a adoptées avec enthousiasme.

J'ai l'impression de vivre à cent à l'heure, la sensation grisante d'être enfin acteur et non plus un simple figurant de ma propre vie. La journée, j'assiste aux cours de journalisme et de droit de la presse, aux travaux pratiques d'écriture, de photo et de vidéo, aux interviews et aux micros-trottoirs que nous réalisons pour nous entraîner. Le soir, je prends mon service à la bibliothèque de la fac de lettres où j'ai obtenu un emploi consistant à transférer des documents sur des microfiches (alors qu'il serait tellement plus simple de les scanner... mais cela n'est pas encore possible). Le week-end, je sors boire un coup avec Mylène et des amis communs. J'aimerais rejoindre Gaël à Biarritz pour surfer quelques vagues avec lui, malheureusement mon budget ne me le permet pas. Il poursuit des études de cinéma à Bordeaux et semble s'éclater dans cet univers. En mai prochain, il va essayer de se faire inviter au festival de Cannes. Il l'ignore, mais je sais déjà qu'il va y arriver.

Tout serait parfait s'il n'y avait pas Céline. Ou plutôt son absence. Elle me manque surtout le soir, quand je me couche dans mon vieux Clic-Clac. Ne plus pouvoir lire une histoire à mes filles, assis sur le canapé, une sur chaque genou et leurs bras autour de mon cou. Les embrasser pour leur souhaiter une bonne nuit, leur préparer le petit déjeuner du dimanche matin ou les accompagner à leurs activités sportives du mercredi après-midi. Dire que je m'agaçais de ce rôle de taxi. Mon quotidien me paraissait terne et routinier, mais c'est à cette routine que je repense souvent. Aux textos que Céline m'envoyait en fin de journée « j'espère que ta journée a été bonne. Tu penses à prendre du pain ? Bisous », aux pique-niques sur la plage jusqu'à ce que le soleil se couche et que les moustiques nous prennent d'assaut, aux valises d'une tonne qu'il me fallait caser dans le coffre de la voiture à chaque départ en vacances parce que « on ne sait jamais... ». J'essaie de dissimuler ma peine dans les bras d'inconnues plus belles et plus audacieuses que Céline pour me convaincre qu'elle n'était pas parfaite et que je peux trouver mieux... En vain.

Arrivé en gare de Toulon, je repère rapidement ma mère qui agite sa main au-dessus de sa tête, comme quand je sortais de l'école maternelle. Je presse le pas pour la rejoindre, la serre dans mes bras. Je ne parviens pas à me rappeler la dernière fois que j'ai fait ça. Dans notre famille, les effusions, aussi bien verbales que physiques, sont plutôt rares. À chaque fois que nous nous revoyons, je suis surpris de la retrouver si jeune. Elle est belle, radieuse. Quand je le lui dis, elle rougit.

— Eh bien, je vois que tu as appris l'art de la flatterie. On dirait que les Parisiennes ont une bonne influence sur toi !

À la maison, ma mère m'indique que Sandrine est dans sa chambre. Elle ne sait pas que je rentre pour les fêtes. Derrière la porte, une musique que je connais fait vibrer les murs. *Man, I Feel Like a Woman* de Shania Twain. Je suppose que l'allure sexy de la chanteuse contribue à garder ce souvenir de jeunesse intact dans ma mémoire. J'ouvre la porte sans faire de bruit. Et je découvre ma petite sœur, micro à la main, en train de se déhancher en chantant « *Oh, oh, oh, I wanna be free, yeah, to feel the way I feel* » devant le clip qui défile sur l'écran de télé. Quand, à la fin, elle repose son micro sur son support rose fuchsia, j'applaudis avec enthousiasme.

— Thomas ! Tu es là ? Mais… tu m'as entendue ? bredouille-t-elle, confuse.

— Et c'était très bien.

— C'est ça, moque-toi de moi !

Ma petite sœur a beaucoup grandi en un an et demi. Ce n'est plus la pré-ado rétive que j'ai quittée : c'est une jeune femme aux longs cheveux châtains et aux yeux clairs. Le portrait craché de notre mère.

— Je t'assure, c'était vraiment bien, dis-je en m'approchant. Avant d'ouvrir la porte, je croyais sincèrement que c'était Shania Twain qui chantait.

— T'es sérieux ? Vraiment ?

— Oui, vraiment.

— Ce n'est pas simple parce que je ne suis pas douée en anglais, et elle parle très vite et…

— Ça n'a pas d'importance. Tu as une jolie voix. Et si tu veux progresser, pourquoi ne prendrais-tu pas des cours ?

— Tu rigoles ? Papa ne voudra jamais !

Dans la cuisine, ma mère prépare un gratin dauphinois. Mon plat préféré. Je lui explique que Sandrine devrait prendre des cours de chant en devançant ses arguments :

— Vous n'êtes pas obligées d'en parler à papa. Sandrine garde toujours l'argent qu'on lui offre pour ses anniversaires, elle pourra payer ses cours elle-même.

Ma mère, visiblement surprise par autant d'éloquence de ma part, finit par répondre que, si ma sœur le souhaite, elle l'aidera à trouver un bon professeur de chant.

Dans ma première vie, Sandrine a trente-trois ans. Elle travaille dans une commune de la région, au service culturel. C'est elle qui organise les festivals, les concerts, les animations estivales, et ce métier semble lui plaire. Mais elle a perdu la petite flamme qui illuminait ses yeux d'enfant. La petite flamme que je viens d'y retrouver.

Le soir du réveillon de Noël, toute la famille est réunie à table. Mes grands-parents paternels, Marianne et Patrice, passent leur temps à se chamailler avant de se réconcilier par de longs baisers baveux. Ma tante Lynda est passablement éméchée dans sa robe décolletée jusqu'au nombril. Mon cousin Crépin, que Sandrine et moi surnommions évidemment Crétin, qui vient d'être recruté à EDF, est en pleine conversation avec Bénédicte sur la crise économique qui se propage en Asie. Sandrine, le casque de son baladeur CD sur les oreilles, chantonne le vieux tube de Madonna *Like a Prayer*. Mon père essaie d'allumer un cigare, sans écouter les reproches de ma mère qui lui demande d'attendre la fin du repas pour empester toute la maison. Résignée, elle débarrasse les assiettes des entrées et les emporte à la cuisine, où je la rejoins.

— Ça va, maman ?

— Oui, chéri, pourquoi ça n'irait pas ?

— Tu n'as pas l'air bien.

— Qu'est-ce qui te fait dire ça ? Rien n'a changé depuis que tu es parti, je t'assure.

— Justement, c'est ça qui me rend fou, déclaré-je à ma mère en allant fermer la porte de la cuisine. Je ne supporte plus de le voir te traiter comme ça.

— Tu sais comment est ton père. Il est bougon, mais c'est un homme bien, dans le fond.

— Non, ce n'est pas un homme bien, maman. Il passe son temps à te rabaisser, à t'humilier. Tu n'as aucun droit ici, à part faire les courses et le ménage.

— Ça me convient très bien…

— Je ne te crois pas. Quand j'étais petit, tu me racontais combien tu étais heureuse quand tu défilais ou quand tu faisais des shootings. Ça, ça te convenait très bien, tu étais dans ton élément. Tu étais libre. Et maintenant…

Ma mère laisse échapper un petit rire triste.

— J'étais jeune ! J'ai quarante-cinq ans, trois merveilleux enfants, je n'ai plus envie de tout ça. Allez, retournons dans le salon ou papa va…

— Je m'en fous de ce que va dire papa. Ta vie n'est pas finie. Tu peux en faire ce que tu veux si tu arrêtes d'avoir peur de lui.

Elle se retourne brusquement vers l'évier et se met à laver frénétiquement les assiettes.

— Arrête, Thomas, tu ne sais pas de quoi tu parles. Dans un mariage, il faut savoir faire des concessions.

Je ne peux pas lui répondre que je sais parfaitement de quoi elle parle. Des concessions, j'en ai fait. Arrêter de jouer aux jeux vidéo pour m'occuper de mes filles, regarder des comédies romantiques au cinéma au lieu des *Mission Impossible*, remplacer la mayonnaise et le Coca par du tzatziki et de la Badoit. Mais je n'ai jamais imposé à Céline d'arrêter de travailler, ni de changer pour moi.

— Écoute, maman, je ne te demande qu'une chose. Essaie d'y réfléchir. Tu peux retravailler si tu le souhaites.

— Mais de quoi tu te mêles, toi ? rugit mon père dans mon dos.

Ma mère s'interpose.

— Il plaisantait, Jean-Pierre, c'est tout. Viens, retournons dans le salon…

— Non, j'aimerais bien entendre ce qu'il a à dire, rétorque-t-il en s'avançant vers moi.

J'ai hérité de la grande taille de ma mère : de mon mètre quatre-vingt, je dépasse largement mon père. Il ne me fait pas peur. Plus maintenant.

— Allez, vas-y, Thomas, sors-nous tes grandes idées de journaliste de gauche !

— J'expliquais juste à maman que, si elle le voulait, elle pourrait travailler de nouveau.

— Ta mère ? Tu plaisantes ? Qui voudrait d'elle ?

Elle blêmit, recule contre le buffet en chêne. Je serre les poings tellement fort que mes ongles s'enfoncent dans mes paumes.

— Comment peux-tu parler de ta femme ainsi ? Ne t'avise pas de recommencer, sinon…

— Ah ouais, et qui tu es, petit con, pour m'empêcher de faire ce que je veux sous mon propre toit ? Si je tolère ta présence ici, c'est uniquement pour faire plaisir à ta mère, sale bâtard ! s'écrie-t-il, rouge de colère.

Je me tourne vers ma mère comme au ralenti, comme si ce temps pouvait m'apporter une explication à ce que je viens d'entendre. Elle tremble, de plus en plus pâle. Ses yeux se remplissent de larmes qui coulent sur ses joues, tandis qu'elle tend faiblement une main vers moi, qui retombe au premier regard de mon père. Sa seule réaction me prouve qu'il n'a pas choisi ces mots par hasard.

Il ricane à présent et me donne une petite tape sur l'épaule, visiblement content de lui. Je lui attrape violemment le poignet, colle mon front contre le sien.

— Que tu sois mon père ou pas, ma mère reste ma mère et mes sœurs restent mes sœurs. Si l'une d'elles vient à me rapporter que tu t'es montré désobligeant ou si tu les as empêchées de faire ce qu'elles veulent, je reviendrai te casser la gueule. C'est compris ? ajouté-je en resserrant la pression sur son poignet.

Je demeure un moment ainsi, penché sur lui, mes yeux plantés dans les siens comme des poignards. Puis je le relâche et le pousse brutalement. Il se masse le poignet, se racle la gorge pour se donner une contenance. Enfin, il se tourne lentement vers ma mère qui n'a pas bougé d'un pouce, pétrifiée.

— Je savais bien que ton bâtard de fils ne nous causerait que des problèmes ! Allez, Nicole, bouge-toi et apporte la dinde, tout le monde t'attend.

Il sort en claquant la porte derrière lui. Ma mère vient se blottir dans mes bras en sanglotant. Je la garde un instant contre moi, essayant de réaliser ce que je viens d'apprendre.

— Je suis désolée, Thomas, vraiment...

— C'est moi qui suis désolé, maman, je ne voulais pas gâcher ton repas de Noël, mais je ne peux plus supporter de le voir se comporter ainsi.

— On s'en fiche du repas de Noël, s'enflamme-t-elle. J'aurais dû te le dire depuis longtemps... mais il ne voulait pas que cette affaire s'ébruite.

— Et mes sœurs ?

— Elles sont de lui.

— Alors... qui est mon père ?

— C'est une longue histoire, et j'avoue que je n'ai pas le courage de tout te raconter maintenant. Je... c'est un peu trop pour moi, tout ça...

Elle tremble encore dans mes bras, malgré la chaleur étouffante de la pièce. On toque à la porte. Sandrine passe la tête dans l'entrebâillement.

— Qu'est-ce qui se passe ici ? C'est l'heure du câlin familial ? C'est nouveau, mais j'aime bien ! Je peux me joindre à vous ?

Sans attendre la réponse, elle vient se lover contre nous et nous demeurons ainsi pendant plusieurs minutes, jusqu'à ce que ma tante Lynda pousse la porte avec fracas.

— Nicole, il n'y a plus de blanc ! T'as du rouge ? ânonne-t-elle d'une voix pâteuse.

Ma mère me demande de rester jusqu'à la fin du repas, mais ça m'est impossible. Je ne peux pas jouer à la comédie du bonheur, pas après tout ce que j'ai entendu ce soir.

J'annonce à ma famille que ma meilleure amie vient de tomber en panne et que je dois aller l'aider. Personne ne s'interroge sur la façon dont je vais pouvoir m'y prendre alors que je n'ai pas de voiture.

Maman me regarde avec un sourire triste, avant de se lever et de venir m'embrasser.

— À bientôt, maman, je t'appelle très vite.

— Je te raccompagne à la gare.

— Non, laisse, il va encore la ramener.

— Je m'en moque, de ce qu'il pense. Viens, prends tes affaires.

Une fois encore, je me retrouve dans ce train Toulon-Paris, en pleine nuit, complètement dévasté. Mais, ce soir, c'est la nuit de Noël. Et je viens d'apprendre que mon père n'est pas mon père. Une nouvelle qui devrait me réjouir mais qui m'angoisse profondément. Il va devenir encore plus invivable avec ma mère et mes sœurs.

J'ai du mal à comprendre comment ma vie actuelle peut être aussi différente de la première.

Qu'est-ce qui a changé ? Les circonstances ? Moi ? Les deux, certainement. Ces choix que j'ai faits, petits en apparence, ont déjà transformé tellement de choses. « L'effet papillon » dans toute sa splendeur.

J'ai vingt ans, et même plus, mais j'ai soudain l'impression d'en avoir trois. J'ai juste envie de me rouler en boule sur mon fauteuil et de m'endormir pour oublier cette sensation de vertige abyssal qui me submerge.

— C'est bon, ne fais pas ta chochotte !

Le visage d'Héloïse apparaît sur la vitre du wagon, partiellement éclairé.

— Tu étais au courant ? lui demandé-je.

— Je m'en doutais. Je connais ma fille.

— Mais alors quoi ? Elle l'a trompé ?

— Désolée, fiston, ce n'est pas à moi de te raconter tout ça. Tout ce que je peux te dire pour l'instant, c'est... reprends-toi. C'est bien que tu aies crevé l'abcès.

— Billet, s'il vous plaît.

Un contrôleur se tient à côté de moi, visiblement ravi de se retrouver dans ce train le jour de Noël. Il ne paraît pas étonné de me voir parler tout seul face à la fenêtre du wagon... Quand il s'éloigne, Héloïse n'est plus là.

Trois heures plus tard, j'entre dans mon appartement parisien, étonné de constater que la lumière du couloir est allumée alors que Mylène est censée réveillonner dans sa famille en Bretagne. De la lumière filtre aussi de sous la porte de sa chambre. Je la pousse, soudain inquiet.

Et la découvre, entièrement nue dans les bras d'une grande black tout aussi nue. Je referme la porte en silence et retourne dans le salon sans pouvoir retenir un sourire. Il y a quelques jours encore, je disais à Mylène que l'homosexualité ne devrait pas être un tabou, que l'important c'était d'aimer et d'être aimé par quelqu'un, quel que soit son sexe. Elle avait souri mais n'avait rien répondu…

En me glissant sous ma couette, je m'interroge sur les derniers événements. Cet homme que j'ai toujours appelé papa, qui m'a appris à faire du vélo, que j'ai pris pour modèle dans ma première vie, n'a aucun lien de parenté avec moi. Je ne parviens pas à savoir si je m'en réjouis ou si ça me terrifie. Et il y a ce vide, nouveau, laissé par une question qui me hante depuis que je sais… Qui est mon père ?

8

21 ans – 1998

Cela fait six mois que je travaille en tant que stagiaire au journal *La Dépêche de Créteil*. Ce stage me fera gagner des points pour mon examen final et un peu d'argent pour rembourser mon prêt étudiant. Depuis que j'y bosse, je me découvre des qualités insoupçonnées. L'opiniâtreté, pour commencer. Avant, j'avais toujours la peur de déranger, d'être insistant, mal perçu. Aujourd'hui, tant que je n'ai pas ce que je veux, je m'accroche et je ne lâche rien.

Il n'y a qu'avec ma mère que cette obstination ne paie pas. Je lui ai demandé à plusieurs reprises qui est réellement mon père, mais elle trouve toujours une excuse pour ne pas me répondre. « C'est une histoire qui ravive des souvenirs trop douloureux, c'est trop compliqué à comprendre, la vérité est parfois trop dure à accepter… » Résultat : j'avance à l'aveugle, sans savoir qui je suis ni quels traits j'ai hérités de mon vrai père.

En attendant, j'ai rendez-vous avec Patrick Dessale, le maire de Créteil. Il m'a fallu des semaines pour obtenir cette interview. L'homme m'est tout à fait antipathique, mais sa femme est actionnaire du journal, alors j'ai ordre d'arrondir les angles. Génial.

Il m'accueille dans son bureau en me tapant sur l'épaule, comme si nous nous connaissions déjà. Derrière lui trône le portrait de Jacques Chirac et, sur le mur adjacent, ceux d'Alain Prost et du Dalaï-Lama. Je lui explique une fois encore la raison de ma présence.

— Et ce vieux brigand de Mercier a pensé que vous étiez le journaliste le plus à même d'écrire un article sur ma candidature à la réélection ?

— Je connais bien votre carrière. Mon objectif est de proposer une lecture de vos propos à la fois objective et documentée, notamment en ce qui concerne votre projet politique.

— Vous n'êtes pas un peu jeune pour ça, mon garçon ?

— Personne n'a remis votre âge en cause quand vous avez été nommé porte-parole du parti socialiste, à vingt-cinq ans.

— Bien répondu. OK, déballez vos questions, je vous dirai tout ce que vous voulez savoir.

*

* *

Une semaine plus tard, je retrouve Mylène au bar-tabac.

— Tu es complètement siphonné, voilà ce que j'en pense !

— Mais puisque je te dis que je le sens ! J'ai comme un pressentiment. Allez, fais-moi confiance.

— Non. Si je perds mon argent d'un mois entier, mon père me tuera, laisse tomber. Et tu devrais économiser aussi. C'est pas toi qui me confiais hier encore que tu étais sur la paille ?

Mylène ne veut rien entendre. Si seulement elle voulait bien parier sur le résultat de la Coupe du monde ! Elle pourrait enfin se payer la moto 125 dont elle rêve. En même temps, difficile de la blâmer : elle sait que je n'y connais rien en sport. Elle est également loin d'imaginer le retentissement que cette Coupe du monde aura sur la France entière. Même moi, j'avais regardé le match de la finale. Céline m'avait fait la surprise d'inviter Gaël et Julie, sa petite copine de l'époque, ainsi que Mylène et son copain, Andrea. Une soirée mémorable, pendant laquelle nous avons tous chanté en chœur « Et un, et deux, et trois zéro ! ». Gaël et Julie étaient partis sur la place de la Liberté de Toulon pour fêter notre écrasante victoire sur le Brésil, alors que Mylène, Andrea, Céline et moi avions passé la fin de la soirée à regarder les effusions de joie des Français à la télé.

3-0 pour la France. C'est ce que j'inscris sur mon ticket avant de le tendre au bookmaker – qui n'est autre que le fils du directeur de mon école. J'ai parié trois mille francs. Soit la totalité de mon compte en banque.

— Tu crois vraiment que la France va battre le Brésil, et à 3-0 en plus ? ricane-t-il. T'es vraiment un optimiste, toi !

— On ne se refait pas !

Il hausse les épaules et empoche mon argent, tandis que Mylène m'entraîne hors du bar-tabac.

— Je te trouve vraiment étrange, ces temps-ci..., me lance-t-elle.

— Qu'est-ce que tu veux dire ?

— Je ne sais pas... Tu n'aurais jamais fait ça, à Toulon.

Je m'arrête de marcher et fais mine de regarder la vitrine d'une boutique. Aurait-elle percé mon secret ?

— Tu vois ! C'est exactement ce que je te disais.

— Quoi ?

— Tu tombes en pâmoison devant ce sex-shop ! Le Thomas que je connaissais aurait détourné le regard, mais toi, ça ne te dérange pas, tu assumes.

— Hum, je n'avais pas fait attention...

— T'inquiète, je trouve ça très bien, cette évolution. Tu es plus libre, plus sûr de toi, plus audacieux... Ne change surtout pas, ma caille. Bientôt, tu seras mûr pour aller dans des clubs sado-masos !

J'éclate de rire, heureux que Mylène, elle, soit toujours aussi rentre-dedans. Dans cette deuxième vie, c'est elle mon repère, un point d'ancrage rassurant quand Céline me manque trop et que tous ces changements me donnent le vertige. Nous étions déjà proches avant, mais notre cohabitation donne à notre amitié une dimension bien plus profonde encore. Balkiss, son « amoureuse », nous a préparé le déjeuner. Cela fait déjà six mois qu'elles sont ensemble – un record pour Mylène qui a toujours cumulé les relations foireuses. Il faut dire qu'elle n'avait jamais osé sortir avec une fille, avant. Ai-je eu un impact sur cette décision ? Vivre avec elle, me montrer plus audacieux, plus ouvert aussi, l'a-t-il aidée à assumer ses désirs ? J'ai envie de le croire.

Quelques heures plus tard, Gaël sonne à la porte d'entrée, un pack de bières à la main, Julie sur ses talons. Je feins d'être ravi de faire sa connaissance alors que je la connais déjà très bien. Je deviens bon à ce petit jeu, mais cette fois, c'est différent : je sais combien mon copain va souffrir à cause d'elle. J'esquive son regard, mal à l'aise. Mylène et Balkiss viennent à leur rencontre et les installent dans le salon.

— Laurence n'est pas là ? me demande Gaël.

Laurence, c'est ma dernière copine en date. Gaël ne l'a jamais rencontrée. Je préfère autant : elle et moi, ça ne durera pas. Laurence est sympa, mais elle n'est pas *elle*. Comme toutes celles qui ont précédé. Des femmes gentilles, intelligentes, belles, drôles, néanmoins incapables de me faire oublier Céline que j'ai perdue pour toujours. Incapables d'étouffer cette angoisse qui me prend aux tripes sans prévenir chaque fois que je baisse ma garde.

— Non... elle n'aime pas le foot.

— Moi non plus, je n'aime pas le foot, rétorque Balkiss. Mais je t'aime, toi, ajoute-t-elle en enlaçant Mylène.

Gaël peine à avaler sa gorgée de bière. Il ouvre de grands yeux incrédules et m'interroge du regard.

— Thomas, tu m'accompagnes dehors ? Je vais fumer une clope.

Dès que la porte se referme, j'éclate de rire. Gaël me reproche d'avoir gardé le secret, mais finit par m'imiter. Arrivé en bas de l'immeuble, il me demande ce que je pense de Julie. Je déglutis, regardant partout, sauf dans la direction de mon ami.

— Elle est mignonne. Et elle a l'air sympa. J'aime bien son accent. Elle est du Sud-Ouest, non ?

— Ben dis donc, c'est tout ? Attends, c'est peut-être la femme de ma vie !

— Je ne l'ai vue que trois minutes avant que tu fasses semblant de mourir étouffé.

— Oui, mais quand même, elle te fait une bonne impression ?

Ma main balaie l'air devant moi, comme si j'étais incommodé par la fumée de sa cigarette. Il s'éloigne de quelques pas. Oui, Gaël. C'est la femme de ta vie. Avec elle, tu seras le plus heureux des hommes. Et dans quatre ans, elle fera un AVC, elle n'y survivra pas et tu ne t'en remettras jamais. Tu ferais quoi, si tu savais ? Est-ce que tu voudrais quand même partager sa vie ?

Je regarde mon ami, ses yeux brillants d'espoir, de joie anticipée. Ai-je le droit d'influencer ses choix ? J'inspire profondément, le cœur serré, en revoyant son visage dévasté, les sillons des larmes tracés sur ses joues tandis que je le soutenais jusqu'au cercueil de Julie. Je lui offre un sourire triste.

— Je suis sûr que vous serez très heureux ensemble.

Il s'apprête à me poser plus de questions, mais je n'ai pas la force d'y répondre. Pas ce soir. Alors j'enchaîne avant qu'il puisse poursuivre :

— Tant qu'on est là, il y a quelque chose dont je voudrais te parler.

À mon air grave, il comprend que c'est important. Il se rapproche imperceptiblement de moi.

— Il s'est passé un truc à Noël…

Quelques minutes plus tard, il sait tout. Mon soulagement de connaître la vérité, ma crainte de voir Jean-Pierre se venger sur ma mère et mes sœurs, et le sentiment de vide que je ressens de ne pas savoir qui est mon père biologique. Quand j'ai terminé, il me serre dans ses bras, maladroitement.

— Eh, les fillettes, vous venez ? Ça commence !

Mylène nous regarde en se marrant, sa tête dépassant de la fenêtre de l'appartement. Nous remontons l'escalier en silence. Dans la pièce, ils sont tous fébriles et deviennent hystériques à chaque but français marqué. Je fais semblant d'être dans l'ambiance, je trinque et je crie avec eux. Mais le cœur n'y est pas. Au dernier coup de sifflet, c'est une véritable explosion de joie qui se propage dans l'appartement, dans l'immeuble et dans tout le quartier. J'entonne avec eux le fameux « Et un, et deux et trois zéro ! ». Dans ma mémoire, les images des journaux télévisés resurgissent : la victoire avait provoqué un enthousiasme extraordinaire. Des regroupements avaient eu lieu dans toutes les villes françaises, et plus particulièrement à Paris, sur les Champs-Élysées. Le plus grand rassemblement populaire sur cette avenue depuis le défilé du général de Gaulle à la Libération. J'avais vu les images à la télé, dans mon petit appartement toulonnais. Mais cette fois-ci, je suis à Paris ! Et je peux prendre part à ce fantastique élan de bonheur collectif, revivre une page de l'histoire de France…

Je propose aux autres d'aller fêter ça sur les Champs. Gaël et Julie acceptent tandis que Mylène et Balkiss préfèrent le faire à leur manière. De tous les côtés, des drapeaux français volent aux fenêtres des immeubles, brandis par des supporters au visage et aux cheveux bleu-blanc-rouge. Partout, on entend crier « On est les champions ! », on chante, on s'embrasse, on danse. Arrivés sur les Champs, on se retrouve bloqués, cernés de supporters ivres de joie. Au loin, sur l'Arc de triomphe, le portrait de Zinedine Zidane est projeté avec ce sous-titre : « Champions du monde, merci les Bleus ! » J'ai beau avoir vu ces images tourner en boucle sur toutes les chaînes, l'émotion est indescriptible. Je n'ai qu'un seul regret : ne pas pouvoir partager ce moment avec Céline, ma douce Céline. Elle aurait tellement aimé ça.

Gaël me tire par le bras, m'extirpant de ma mélancolie soudaine. Julie se sent mal, il l'emmène prendre l'air plus loin. Elle est un peu claustrophobe et toute cette foule l'oppresse.

— Julie ? Julie, c'est toi ?

Nous nous retournons tous les trois. Une jeune femme blonde s'approche de Julie, qui a visiblement besoin de temps pour la reconnaître. Il faut dire que le visage de son interlocutrice est entièrement recouvert de maquillage bleu-blanc-rouge.

— Émilie ? Je ne t'avais pas reconnue ! Qu'est-ce que tu fais là ?

— Je suis à la fac de médecine de Descartes, ça doit faire deux ans que je suis à Paris.

Manifestement, les deux jeunes femmes se connaissent depuis longtemps mais ont perdu contact après le lycée. Elles se lancent dans un résumé de leur vie des dernières années, avant que Julie se souvienne de notre présence.

— Ah mais je ne t'ai pas présentée ! s'exclame soudain Julie. Émilie, voici Gaël, mon copain, et Thomas, son meilleur ami.

— Enchantée, répond-elle en nous faisant la bise, laissant sur nos joues des traces bariolées.

— Moi de même.

Sans même m'en rendre compte, je lui souris. Je remarque seulement son regard pétillant, son sourire contagieux, ses cheveux en bataille, sa voix rauque d'avoir trop crié. Il y a cette aura qui se dégage d'elle, comme un brin de folie, alors qu'elle hurle à gorge déployée, comme ça, sans raison. Juste par plaisir de pouvoir le faire, dans une sorte de joie animale. Avant que j'aie pu comprendre ce qui se passait, je me joins à elle. Elle m'attrape par le bras, me tire vers la foule pour entamer une valse avec des fêtards éméchés, s'enfuit aussitôt vers un autre groupe, non sans s'assurer que je la suis. Et je le fais. Pour la première fois depuis que je suis entré dans cette deuxième vie, je me prends à rire vraiment, sans cette vague de nostalgie qui me coupe le souffle à chaque fois. Sans cette angoisse qui me tord le bide sans prévenir, m'arrache au présent pour me rappeler que je fuis, loin, très loin, sans savoir ce qui me poursuit.

Émilie est si intense, si naturelle, qu'elle balaie ces émotions d'un simple regard – de beaux yeux clairs qui lisent en vous comme s'ils cherchaient à se lover dans votre âme.

Pour la première fois, ce soir-là, Céline, Lilou et Coraline sont loin, très loin de mes pensées…

9

22 ans – 1999

Je n'ai pas revu Émilie depuis la nuit de la finale, il y a déjà deux semaines. J'étais tellement subjugué que je n'ai même pas pensé à lui demander son numéro, son adresse, n'importe quoi. Quel idiot ! Mais cette fois, je ne me ferai pas avoir. J'ai déjà perdu Céline ; pas question de la perdre aussi.

J'ai pensé à elle chaque jour, chaque minute de ces deux semaines. J'imaginais ce qu'elle faisait, où elle était, je l'imaginais sourire, chanter, danser comme l'autre soir, avec des amis dont j'étais déjà jaloux sans même les connaître. Je dois la revoir, coûte que coûte, même si je dois passer pour un crétin amoureux.

Il pleut à verse devant la fac d'Émilie. Je m'en moque. J'attends qu'elle sorte, impatient. Une nuée de garçons et de filles sortent du bâtiment, se réfugient sous leur capuche ou leur parapluie. Seule une jeune femme blonde avance tête nue, comme si elle n'avait pas remarqué qu'il pleuvait. Elle est encore plus belle que dans mes souvenirs. Grande et mince, de longs cheveux blonds ondulant sur ses épaules et des yeux d'un bleu limpide ourlés de mascara. Elle regarde autour d'elle, et nos regards se croisent un bref instant. Mon cœur s'emballe. Je fais un pas dans sa direction, mais je la vois partir sur la gauche et s'arrêter devant un type assis sur une grosse moto, un casque sur la tête. Elle l'embrasse à pleine bouche avant d'enfourcher la moto et de le serrer dans ses bras. Le motard démarre en faisant crisser ses pneus.

*
* *

Les semaines passent. La vie reprend son cours, entre la fac, mon boulot à la bibliothèque et les soirées entre amis. Je pense souvent à Émilie, tout en me reprochant de le faire. Elle a déjà un copain et, de mon côté, je cultive toujours l'espoir de retrouver Céline et de faire ma vie avec elle. Mes propres incohérences m'agacent, Mylène me trouve brusque, ma mère se replie dès que je pose la moindre question. Certains soirs, j'ai l'impression d'avoir tout raté, d'avoir été trop audacieux et d'avoir laissé passer ma chance d'être heureux. Ou pas. Je ne sais plus…

C'est lors d'un de ces soirs recouverts d'un nuage sombre que je croise son chemin, par le plus grand des hasards. Elle sort de chez le coiffeur, resplendissante avec son brushing tout juste achevé. Je me fige, essayant de faire le tri parmi mes pensées confuses. J'avais oublié à quel point sa présence illumine tout ce qui l'entoure. Elle m'aperçoit, sourit tout naturellement. Je rentre les mains dans les poches de mon jean pour qu'elle ne remarque pas qu'elles sont devenues moites.

— Salut ! On se connaît, je crois... Tu es l'ami du copain de Julie, c'est ça ? Franck ou Stéphane... ?

— Thomas. Et toi, tu es... Sophie ou Justine ?

— Émilie ! C'est cool de te revoir. C'était sympa l'autre soir.

— Très. Tu as le temps pour un café ? Je t'invite.

Je ne sais pas qui a prononcé cette phrase avec autant d'aplomb et d'assurance, car, à l'intérieur de moi, il n'y a qu'un cœur qui bat à toute allure et un cerveau qui éclate en une myriade d'étoiles.

Je ne sais par quel miracle, elle accepte. L'espoir jaillit en moi sans prévenir. Et si elle avait quitté le motard ? Et si elle était libre, et qu'elle aussi avait envie de me revoir ? Nous commandons un expresso pour elle, un Perrier citron pour moi. Je la regarde sans rien dire, elle fait mine de ne pas s'en rendre compte. Pour casser le silence, j'évoque le climat, étrangement doux en ce mois de février. Quel con ! Elle a un sourire en coin. Je m'excuse, lui pose des questions sur ses études d'infirmière. Avec enthousiasme, elle m'explique que c'est une vocation pour elle, me raconte des histoires de gardes à peine croyables, des anecdotes qui prennent vie entre ses lèvres si vives. Un silence s'installe finalement. Mon cœur s'emballe tandis que je surprends ses yeux qui pétillent.

— J'aimerais beaucoup te revoir.

C'est sorti comme un murmure, presque une supplique. *Ne me laisse pas. Pas encore.*

— Ce n'est pas une bonne idée, Thomas. Je suis une fille compliquée. Pas une fille pour toi.

— Je déteste la simplicité.

En cet instant, il n'y a rien de plus vrai.

— J'ai déjà un copain.

— Si tu es avec moi en ce moment, c'est qu'il n'est pas fait pour toi.

Elle me regarde droit dans les yeux, le regard fourmillant de questions. Elle se rapproche de moi, très près de moi. Je sens son souffle sur mon visage et l'odeur de son parfum enivrer mes narines. Elle caresse ma joue, dépose un baiser sur ma bouche, aussi léger qu'un papillon. Puis elle se retourne et m'adresse un petit signe de la main, avant de disparaître au coin de la rue.

Je reste assis là, dans le café, à contempler la rondelle de citron juchée sur le rebord du verre. Dévasté. J'ai tenté ma chance et j'ai lamentablement échoué. Une petite voix dans le tréfonds de mon cerveau essaie de me souffler que ce n'est pas si grave, que je la connais à peine, finalement, et que j'en trouverai bien d'autres… Mais je ne veux pas l'entendre. Elle ne fait pas le poids contre le tintamarre de mon cœur en miettes. Et si Céline était la seule femme jamais capable de m'aimer tel que je suis ?

*

* *

Trois semaines passent. Vingt et un jours, pendant lesquels je n'ai aucune nouvelle d'Émilie. Je pense à elle, beaucoup ; à Céline, un peu. À mes filles aussi – toujours. Je suis libre et indépendant dans cette nouvelle vie. Mais aussi terriblement seul.

Jusqu'à ce soir. J'entends un léger grattement derrière la porte du studio que je loue dans le Ve depuis que Mylène s'est installée avec Balkiss. J'ouvre la porte. Derrière elle, un chat, mais, contrairement à ce que je pensais, ce n'est pas celui de la voisine. Un petit chat tout blanc lové dans les bras de sa maîtresse. Émilie. Des coulures de mascara sur les joues, les yeux rougis, les cheveux décoiffés. Elle me jette un regard implorant. Je la laisse entrer sans rien dire.

*

* *

Elle n'est pas repartie. Depuis six mois, nous vivons ici, dans ces quinze mètres carrés, tous les deux, ou plutôt tous les trois avec Ouistiti, son petit chat à l'allure de peluche mais au pouvoir de dévastation godzillesque. Comme la première fois, j'ai oublié mon angoisse dès que mes yeux ont croisé les siens. Je me suis enfin senti à ma place dans cette vie, certain que je devais la partager avec elle. Elle n'a jamais voulu m'expliquer ce qui l'avait amenée là, ni comment elle avait obtenu mon adresse.

Chaque jour, elle m'émerveille un peu plus, m'invente une surprise, une raison de sourire et de savourer ma chance. Le matin, avant de partir à la fac, elle me dessine toujours un gros cœur sur un Post-it qu'elle s'amuse à laisser dans les endroits les plus insolites. Je le découvre en ouvrant mon calepin face à mon rédacteur en chef, collé au rétroviseur de ma voiture au moment où je dois doubler un autre véhicule, plié dans mon porte-monnaie face au boulanger qui attend que je lui paie sa baguette. Quand nos emplois du temps nous le permettent, elle m'emmène dans des coins de Paris que je ne connais pas, dans les soubassements des monuments, sur le toit de l'Opéra, dans un parc où foisonnent des milliers de roses et dans lequel, en pleine nuit, on pourrait se croire à la campagne.

Avec elle, le personnage de l'homme entreprenant et sûr de lui que je m'amusais à jouer jusque-là est venu se glisser sous ma peau. Je ne m'embarrasse plus de freins, de peurs, d'interdits. J'avance, j'ose. Je pense de moins en moins à Céline. « Seul le présent compte », répète toujours Émilie. J'ai envie de la croire. Comment pourrait-il en être autrement avec elle ?

Ce matin, Émilie est partie faire des courses. J'en profite pour appeler ma mère, pour la première fois depuis longtemps.

— Je ne te dérange pas ?

— Bonjour, mon chéri. Comment vas-tu ?

— Très bien. Et toi ? J'ai essayé de t'appeler à plusieurs reprises, mais je n'ai jamais réussi à t'avoir...

— Je n'étais sans doute pas là. Je devais être en consultation.

— En consultation ? Tu es malade ?

— Ah oui, je ne t'ai pas encore raconté ! J'ai écouté tes conseils et j'ai repris contact avec mon agent de l'époque, Sabine. Je lui ai dit que j'avais envie de retrouver une activité professionnelle. Elle s'est emballée et m'a assuré que si je voulais reprendre le mannequinat, elle était sûre que ça marcherait car ses clients lui réclamaient souvent des modèles seniors. Tu imagines ?

— Elle a raison ! Tu es toujours aussi belle.

— Tu es gentil, mon chéri. Je ne souhaite pas redevenir mannequin. J'ai envie de donner des conseils en stylisme, comme je l'ai expliqué à Sabine. Elle a paru un peu déçue mais m'a dirigée vers une formation de conseiller en image que j'ai suivie pendant trois mois. Et depuis, j'ai déjà eu quatre clientes !

— C'est vrai ? Mais c'est génial ! Pourquoi ne m'as-tu rien dit ?

— Eh bien, au début, je voulais que ça reste mon jardin secret et puis je préférais attendre de voir si ça allait vraiment fonctionner, si je parvenais à trouver des clientes, tu comprends... Finalement, quand j'ai voulu t'en informer, un message m'a appris que ton numéro n'était plus attribué.

— Et Jean-Pierre, qu'est-ce qu'il en pense ?

— Je ne lui ai pas dit... Je lui ai raconté que je prenais des cours d'anglais dans une association du centre-ville et quand il m'arrive de rentrer tard, je lui fais croire qu'on fêtait un anniversaire...

— Comment réagit-il ?

— Assez mal, alors qu'il ne connaît même pas la vérité ! Mais je lui ai exprimé mon besoin d'indépendance et de liberté, maintenant que vous, les enfants, aviez moins besoin de moi. Je crois qu'il l'a compris. En tout cas, il ne m'a pas répondu. Alors, il me laisse agir à ma guise et je fais semblant de ne pas voir son air réprobateur quand je rentre tard alors que le repas n'est pas encore prêt. Il fait des progrès...

— Pourvu que ça dure.

— Au fait, je ne t'ai pas félicité pour les articles que tu m'as envoyés. Quand même, tu as été publié dans le *Parisien* !

— Oui, je suis content, c'était inespéré. En fait, au début, je devais simplement réaliser un portrait de Dessale pour *La Dépêche de Créteil*, un petit journal de banlieue. Mais j'ai senti que ce mec cachait quelque chose et j'ai enquêté pendant des mois, dès que j'avais un moment libre entre mes cours et mon boulot à la bibliothèque. J'ai fini par dénicher Michel, l'ancien chauffeur de Dessale. Il venait de se faire virer. Je l'ai invité à boire un verre et, au bout du quatrième, il m'a tout servi sur un plateau : le détournement de l'argent de la mairie sur les comptes du maire, les parties fines organisées dans sa garçonnière, ses intimidations.

— C'est dingue !

— J'ai longuement hésité à publier tout ça, mais j'ai consulté un avocat et il m'a assuré que mes preuves étaient solides et que je n'avais rien à craindre sur le plan juridique. Ça met un sacré coup de boost à ma carrière... je n'arrête pas d'être contacté depuis la sortie du journal !

— L'article dit qu'il a été arrêté.

— La justice a seulement ouvert une enquête. En tout cas, il a perdu aux élections et sa femme a demandé le divorce.

— Quelle horreur !

— Comment ça ?

— Sa pauvre femme, elle a dû mal le vivre... Ça ne te fait rien d'avoir brisé sa famille ?

— Dessale est un salaud, maman. Il doit payer.

— Certains salauds ont bon cœur.

Je sais qu'elle pense à Jean-Pierre. Sur ce sujet, nous n'avons jamais été et ne serons jamais d'accord.

— Je suis sûr que sa femme sera plus heureuse sans lui, dis-je sèchement.

Elle soupire sans répondre.

Je la salue et raccroche, furieux.

*

* *

Ce matin, j'ai rendez-vous avec Laurent Voulzy, à son domicile de Joinville-le-Pont, dans le Val-de-Marne. Je dois réaliser un papier sur lui pour l'agence Panoramique dans laquelle je travaille depuis quelques mois. Grâce à mon article sur Dessale, j'ai été affecté à la rubrique News et célébrités. Je descends jusqu'au parking de mon immeuble et insère ma clé dans la serrure de la voiture. Tout d'un coup, une force m'attire en arrière et me projette sur le sol. Deux hommes cagoulés, habillés en noir, se jettent sur moi. Ils se mettent à me rouer de coups de poings et de pieds avec une violence inouïe. Je ne parviens même plus à me défendre, encore moins à me redresser. À un moment, j'entends un clic métallique. Je relève la tête pour apercevoir l'éclat d'un cran d'arrêt que l'un de mes deux assaillants pointe dans ma direction. Mon sang se fige dans mes veines ; je ferme les yeux, persuadé que ma dernière heure a sonné. Soudain, un cri résonne dans le parking.

— À l'aide !

Mme Michard, ma voisine du rez-de-chaussée, continue de hurler pour faire fuir mes agresseurs.

Je ne me souviens pas de ce qui s'est passé ensuite. Je garde quelques flashs en tête, les ambulanciers qui me posent des questions, les néons du hall des urgences qui m'éblouissent et puis plus rien.

Quand je reprends connaissance, le docteur m'explique que j'ai de multiples contusions, notamment trois côtes brisées et que l'une d'elles a provoqué un pneumothorax, c'est-à-dire une lésion du poumon.

On frappe à la porte. Deux policiers entrent dans ma chambre et me posent des questions dont je ne comprends pas le sens. Ils me demandent qui était au courant de ce rendez-vous, si j'ai des ennemis, des choses à cacher...

— On ne passe pas un homme à tabac sans raison, monsieur Dumesnil. D'après ce que vous nous avez rapporté, ces hommes étaient bien organisés et connaissaient vos habitudes. Il pourrait s'agir d'hommes de main, œuvrant pour leur compte ou celui de quelqu'un d'autre. Alors, je vous pose de nouveau la question : qui trouverait un intérêt à vous faire taire ?

10

23 ans – 2000

Un sentiment d'angoisse et de danger latent ne me quitte plus depuis des mois. Je me surprends encore à regarder derrière moi quand je suis seul dans la rue, et les parkings souterrains me terrifient. J'ai peur de ce qui pourrait m'arriver dans cette vie, peur de ce qui m'est arrivé dans la première. J'ai peur de tout et je ne sais même pas pourquoi. L'enquête qui a suivi mon agression n'a mené nulle part. Alors je liste, encore et encore, tous ceux qui pourraient m'en vouloir.

Il y a d'abord le motard, l'ex d'Émilie. Il est peut-être extrêmement jaloux et n'a trouvé que ce moyen pour me faire disparaître de la vie d'Émilie. Une hypothèse qui fait beaucoup rire ma copine, n'y croyant pas une seconde.

En second lieu, il y a Patrick Dessale. C'est en partie à cause de moi qu'il a tout perdu, son mandat de maire, sa fortune, sa liberté. Ou même sa femme, parce que j'ai brisé sa famille, comme me l'a rappelé maman. On m'avait bien prévenu que je risquais gros en publiant mon papier ; je n'ai rien écouté, trop concentré sur ma carrière et ma certitude d'avoir raison. C'était peut-être une erreur. Mais un escroc n'est pas forcément un tueur.

Il y a aussi Jean-Pierre. Il me hait, et me tient pour responsable du changement de maman. Je ne le crois pas capable d'essayer de me tuer de sang-froid, surtout depuis Toulon, mais après tout… il m'a caché mes origines toute ma vie. Que cache-t-il d'autre ?

Plus j'avance, plus je liste, plus cette peur se renforce, influence mes choix. Tout, plutôt que de refaire les erreurs qui m'ont amené là où j'en suis. Je n'ai plus le même métier, je ne vis plus dans la même ville, j'ai même changé de grand amour. Et pourtant, le danger est toujours là. Alors je continue de surnager en essayant de profiter de cette seconde chance du mieux que je peux, sans y parvenir tout à fait. Il faut bien que la vie suive son cours.

Aujourd'hui, nous sommes le 1er janvier de l'an 2000 et, ô surprise, le bug tant redouté n'a pas eu lieu. Ces derniers mois, j'ai écouté les journaux télévisés se faire l'écho des catastrophes qui s'abattraient sur le monde au passage de l'an 2000 à cause du changement de deux chiffres : le passage de « 19 » à « 20 » entre 1999 et 2000, qui n'a pas été pris en compte par la plupart des logiciels et matériels informatiques. Une fin du monde annoncée pour laquelle j'ai eu bien du mal à garder ma langue, en particulier quand on m'a demandé d'écrire des articles sur la question.

Julie, Gaël et moi nous réveillons difficilement après une soirée plutôt arrosée. Je prépare un jus d'orange maison pendant que Gaël fait des crêpes. Son regard pour Julie, assise dans le salon, est si amoureux, si intense, qu'il me serre le cœur. J'ai beau avoir décidé de ne pas influencer ses choix, la détresse qu'il vivra bientôt me hante chaque jour un peu plus.

— On essaie d'avoir un enfant, me murmure-t-il avec tendresse en observant Julie. Ça fait six mois, maintenant.

— C'est vrai ? C'est génial !

— J'espère qu'on va y arriver…

Je souris, saisissant enfin la chance que j'attendais depuis des semaines.

— J'ai interviewé une chanteuse américaine l'autre jour pour le journal. Apparemment, elle est tombée enceinte grâce à des suppléments de vitamines B6 et B12 et d'acide folique. Ça ne se fait pas encore trop en France, mais là-bas c'est très courant.

— Vraiment ? Je vais en parler à Julie. J'imagine que ça ne peut pas lui faire de mal !

— Je croise les doigts pour vous.

Cette fois, mon sourire est vraiment sincère. Ces vitamines n'ont en réalité rien à voir avec la grossesse ; en revanche, un traitement expérimental a prouvé leur efficacité pour prévenir les AVC, comme je l'ai découvert en faisant des recherches à la bibliothèque. J'ai trouvé un article qui se faisait l'écho d'une étude menée en 1995 expliquant qu'aux États-Unis, 20 à 30 % des accidents cérébraux vasculaires étaient liés à un taux élevé dans le sang d'un acide aminé appelé homocystéine. Il a été prouvé que ces taux diminuent nettement après l'absorption de compléments de vitamines B6 et B12 et d'acide folique. Cette étude représente un réel espoir pour Julie. Je ne peux pas empêcher Gaël d'aimer Julie... mais si j'ai la moindre chance de la sauver, elle, alors ça vaut le coup d'essayer, non ?

*

* *

Le téléphone sonne, me fait sursauter.

— Bonjour, maman, et bonne année !

— Bonjour, Thomas...

Sa voix est tendue ; elle respire fort, comme si elle essayait de se calmer. Mon estomac se tord aussitôt – sensation bien trop familière.

— Ça ne va pas ?

— Je... je ne sais pas comment t'annoncer ça, mais... j'ai quitté Jean-Pierre.

Mon estomac se relâche aussitôt. Je retiens de justesse une exclamation soulagée en percevant ses sanglots.

— Qu'est-ce qui s'est passé ?

— Je me suis réveillée ce matin, et j'ai essayé de formuler mes bonnes résolutions. De vraies résolutions : m'impliquer dans mon travail, prendre plus de temps pour moi, faire ce qui me fait plaisir maintenant que vous avez moins besoin de moi, tes sœurs et toi. Mais à chaque fois qu'une image apparaissait, une autre venait la chasser. Jean-Pierre et son visage méprisant. Je me suis levée et je suis allée dans le salon. Il était assis devant la télé, une bière à la main, à 9 heures du matin. Il regardait un reportage sur les élections des Miss. Et puis son regard s'est tourné vers moi, debout devant lui en chemise de nuit. Il a reporté son attention sur l'écran en maugréant : « Quand on voit ce qui existe et ce qu'on se tape... »

— Le salaud !

— Je n'ai rien répondu. Je suis allée dans ma chambre et j'ai rempli un sac de voyage de quelques vêtements et d'affaires de toilette. Depuis le couloir, je lui ai annoncé que je partais faire des courses. Il ne s'est même pas retourné quand il m'a crié : « Achète des bières ! » J'ai ouvert la porte, je suis montée dans ma voiture et j'ai roulé pendant près de deux heures. Jusqu'à Nice. J'ai trouvé un petit hôtel près du Vieux Port.

— Et... comment tu te sens ?

— Je ne me suis jamais sentie aussi libre. Mais... j'ai peur pour Sandrine. Elle rentre en fin de journée, elle fêtait le réveillon avec des amies. Je ne veux pas qu'il se venge sur elle. Et je ne peux pas y retourner.

— Ne t'inquiète pas, maman. Qu'est-ce qu'il pourrait lui faire ?

Dans son silence, une rafale d'images surgit soudain dans ma mémoire. Ma mère et ses fameux bleus. Sur le front, les bras, les jambes. Elle disait en riant que c'était une incorrigible maladroite et qu'elle marquait vite, que c'était comme ça dans sa famille. Et nous riions avec elle...

— Ne me dis pas...

Silence.

— Maman, réponds-moi, s'il te plaît.

— C'est fini, maintenant, ce n'est plus la peine d'en parler.

Je m'assieds sur la chaise de la cuisine, nauséeux. Comment ai-je pu être aussi aveugle ? J'ai une soudaine envie de meurtre. Mais ce qui me dégoûte le plus, ce n'est pas lui : c'est moi. J'ai vécu deux vies avec lui, et pourtant je ne l'ai soupçonné à aucun moment.

— J'arrive.

*

* *

Je me souviens de ce jour où j'ai annoncé à mon père que j'avais obtenu la mention « très bien » au bac, dans ma première vie. Il avait pris sa journée de congés pour l'occasion et m'attendait à la maison.

— Alors ? m'a-t-il demandé dès que j'ai ouvert la porte.

— Très bien, 17,8 de moyenne générale.

Il m'a donné une tape sur le bras.

— Félicitations, mon garçon ! Tu es le digne fils de ton père, même si je n'ai pas eu la chance d'avoir des parents qui m'ont laissé passer mon bac.

— Je sais, papa, je sais.

J'espérais qu'il ne me raconterait pas une fois encore son enfance malheureuse, ses parents trop pauvres qui l'avaient incité à travailler en apprentissage dès l'âge de quinze ans, ce qui l'avait empêché de passer son bac. Plus tard, ma grand-mère lui avait trouvé un emploi d'agent de sécurité dans une banque et, comme ce domaine le fascinait, il s'était débrouillé pour en gravir tous les échelons. Cela faisait partie de sa légende personnelle, et représentait sa plus grande fierté. La mienne aussi, je dois avouer. Je l'admirais pour ce parcours de self-made-man.

— Je suis drôlement fier de toi, m'a-t-il dit ce jour-là.

Ses yeux exprimaient son émotion aussi bien que ses mots. Je me rappelle y avoir vu une larme pointer. Il m'a serré dans ses bras, furtivement, ce qu'il n'avait jamais fait auparavant.

— Tu veux conduire l'Audi pour fêter ça avec tes amis, ce soir ?

— Oh, oui ! Merci !

— Et pour la fac de gestion, tu t'inscris quand ?

Je me souviens avoir senti mon ventre se nouer, des doutes m'assaillir, et l'hésitation dans ma voix. Mais il était tellement convaincu que c'était la meilleure voie pour moi que je n'ai pas osé le décevoir, pas en ce moment où je ressentais sa fierté de père.

— J'y vais la semaine prochaine.

— Parfait ! Tu vas adorer la gestion, fais-moi confiance !

Je lui avais fait confiance, et j'avais détesté ces quatre années passées à étudier une matière qui me rebutait mais qui, selon mon père, « allait m'ouvrir toutes les portes ». Je lui avais fait confiance sur tellement d'autres points... J'avais été tellement naïf, tellement soucieux de ne blesser personne, de ne pas décevoir, de ne pas déranger.

Mais pas dans cette vie. Oui : dans cette vie, il paiera pour ce qu'il nous a fait subir, dans une dimension comme dans l'autre.

*

* *

Je pose mes mains sur la tablette. Elles tremblent. Je me lève pour aller chercher un café au wagon-bar.

— Un expresso, s'il vous plaît, demandé-je à la jeune femme sans cesser d'observer le paysage qui défile par la fenêtre.

Une minute plus tard, une tasse en carton apparaît dans mon champ de vision. Je sors une pièce de cinq francs et la dépose sur le comptoir.

— Tu pourrais au moins dire merci !

Je lève les yeux, stupéfait de la violence de cette intrusion dans le fil de mes pensées. Je scrute la jeune femme avec attention. Il me faut un instant pour retrouver de qui il s'agit.

— Patricia ? Salut ! Je ne t'avais pas reconnue...

— Normal, tu ne m'as même pas regardée, répond-elle en haussant la voix, sans se préoccuper de la file de personnes qui attend derrière moi. Typique de toi, hein ? Elle était bien gentille, Patricia, pour te corriger tes disserts de philo ou te donner un coup de main en anglais. Tu me faisais des compliments, tu me laissais espérer qu'il pourrait y avoir quelque chose entre nous, mais dès que tu n'as plus eu besoin de moi, allez, hop, oubliée Patriciaaaaaa ! s'écrie-t-elle en massacrant une cuillère en plastique.

J'en reste bouche bée. Effectivement, elle m'a aidée en terminale, quand je devais réviser les matières que j'avais oubliées pendant ma première vie. Mais je ne lui ai jamais fait espérer quoi que ce soit.

— Le pire, c'est que tu m'as demandé de t'accompagner à la soirée de la fac, il y a quatre ans. Je n'y croyais plus. J'ai passé des heures à me préparer, à me faire belle, uniquement pour toi ! Et toi, qu'est-ce que tu as fait ? Tu m'as ignorée toute la soirée et tu es parti sans même me dire au revoir.

— Mais… je ne savais pas, je…

— Ta gueule ! À cause de toi, j'ai fait une dépression, j'ai arrêté la fac et voilà où je me retrouve, dans ce train minable à servir des sandwichs dégueulasses à des demeurés ! Tout ça, à cause de toi ! hurle-t-elle en pleurant.

Je me rapproche d'elle et lui parle tout bas, en espérant la calmer.

— Écoute, on peut en discuter calmement, je n'ai jamais voulu te faire du mal…

— C'est ça, le pire. Je n'ai jamais existé à tes yeux. Ni avant, ni maintenant. Salaud.

L'intervention du contrôleur met fin à notre altercation. Il demande aux clients médusés de bien vouloir revenir dans une vingtaine de minutes et prend Patricia à part. Je profite lâchement de ce moment pour m'éclipser à mon tour.

De retour à ma place, je me rends compte que j'ai toujours ma tasse de café à la main. Il doit être froid à présent, mais tant pis, j'en ai vraiment besoin. Je le porte à ma bouche pour le recracher aussitôt. Il a un goût atroce. J'incline le gobelet. Au fond repose une couche d'un centimètre de sel.

Je ferme les yeux pour tenter de retrouver mon calme. Quel con j'ai été. Pendant la soirée à la fac, j'étais tellement concentré sur Céline et Victoria que je n'ai même pas remarqué que je blessais Patricia. Je n'étais pas comme ça, dans ma première vie. Je faisais plus attention aux autres. Trop, peut-être, mais est-ce une raison pour oublier jusqu'à leur existence ? Cette écoute, cette empathie, Céline les aimait tellement. M'aimerait-elle encore, dans cette vie ?

*
* *

Le train entre en gare de Toulon. Je repère ma mère dans le hall de la gare. Et pourtant, j'ai failli ne pas la reconnaître. Elle est tellement pâle. Deux énormes cernes lui bordent les yeux et un coin de sa bouche tressaute par intermittence. Je la serre dans mes bras, constate qu'elle est encore plus mince que la dernière fois que je l'ai vue. La cohabitation avec Jean-Pierre a dû être encore pire que ce qu'elle me racontait.

Elle conduit la voiture en parlant peu, ses mains crispées sur le volant. La Volvo de Jean-Pierre est garée devant la maison. Ma mère attend un moment, puis inspire un grand coup.

— On y va.

Il ouvre la porte à la volée.

— Où t'étais ? Hein ? Sale...

Il se tait soudain en me voyant derrière elle. Il prend un air mielleux.

— J'étais tellement inquiet, reprend-il en hoquetant.

— Écoute-moi bien, espèce d'enfoiré. Nous sommes ici pour venir chercher les affaires de ma mère et de ma sœur. Si tu tentes quoi que ce soit, je te le ferai regretter.

Il me fixe un instant, finit par baisser les yeux. Ma mère entre dans la maison. Je la suis à l'étage ; pendant qu'elle remplit sa valise, j'entasse les vêtements de ma sœur dans un grand sac de voyage. Je réfléchis déjà aux démarches que nous allons devoir entreprendre : trouver un nouveau logement pour ma mère et ma sœur, contacter un avocat pour exiger le divorce pour faute, en finir au plus tôt avec cette sordide histoire.

— Mais qu'est-ce que tu fais là, Thomas ?

Sandrine est sur le pas de la porte. Je lui demande de s'asseoir un moment et lui explique rapidement que maman a décidé de partir et que nous pensons qu'il est préférable qu'elle s'en aille également. Elle est secouée, mais ne se fait pas prier et m'aide à terminer ses bagages.

Au moment où nous passons tous les trois devant Jean-Pierre, je l'entends murmurer quelque chose entre ses dents :

— Tu me le paieras, sale bâtard...

Face à moi, je ne vois plus l'homme qui m'a élevé mais le monstre qui a osé frapper ma mère. Je lui envoie un poing en pleine face, faisant jaillir une giclée de sang de son nez. Au moment où je m'apprête à le frapper de nouveau, ma mère s'interpose.

— Arrête, Thomas. Viens.

Je prends sur moi, pour elle, et les conduis toutes deux à la crique du Fer à cheval. C'est étrange de revenir ici, là où tout a commencé. Pour le meilleur ou pour le pire ? Je ne saurais dire. En voyant la mine dévastée de ma mère, je suis pris d'un doute. Et si tout cela était ma faute ? Si, à cause des choix que je fais dans cette existence, je provoquais des malheurs sans le vouloir ? Je décide de passer la nuit avec elles au cas où Jean-Pierre viendrait.

Une fois ma mère et ma sœur endormies, je m'installe sur la terrasse. Le vent cinglant me gifle le visage. En contrebas, les vagues se fracassent sur les galets dans un grondement vite aspiré par le retrait de la mer. Soudain, j'entends une voix d'enfant. Celle de Lilou. Je me penche au-dessus du muret en tentant de l'apercevoir à travers les ténèbres. Mon cœur s'emballe et je crie de toutes mes forces : « Lilou ! »

Mais il n'y a personne. Évidemment. Dans cette vie, elle n'existe même pas. Pris d'un vertige, je me rassieds lourdement sur ma chaise. Cela faisait plusieurs semaines que mes angoisses m'avaient laissé tranquille, cependant, ce soir, elles attaquent mes entrailles et me consument de l'intérieur. Je devrais prendre cet anxiolytique que m'a conseillé Émilie, mais il est à Paris.

Je reste assis là plus d'une heure, guettant la venue de Jean-Pierre. En vain. Transi de froid et de fatigue, je décide de rentrer pour m'allonger sur le canapé. Dans le miroir du couloir, je croise Héloïse.

— Merci, mon grand. Je t'aime, tu sais.

Je lui envoie un bisou et pars m'emmitoufler dans une couverture.

Le lendemain, après avoir fait promettre à ma mère et à ma sœur qu'elles appelleraient immédiatement la police si Jean-Pierre se pointait, je retourne à la gare. Je passe au magasin de journaux pour y acheter un magazine. Alors que je patiente à la caisse, un rire éclate derrière moi. Je me retourne d'un sursaut.

Céline est là, cramponnée au bras d'une amie, en proie à un énorme fou rire. Elle doit sentir les regards de clients posés sur elle, car elle s'arrête tant bien que mal et rouvre ses yeux emplis de larmes. Elle porte une robe portefeuille prune et de hauts talons noirs. Ses yeux verts sont maquillés avec soin, ses cheveux plus longs, plus clairs. Elle est resplendissante. Ma Céline s'habillait avec des vêtements sombres parce que ça l'amincissait et ne sortait jamais sans ses ballerines, seules touches de couleur de sa garde-robe. Celle-ci affiche une assurance et une légèreté nouvelles. Que s'est-il passé dans sa vie pour la faire changer ? La réponse me saute aux yeux. C'est moi. Ou plutôt mon absence. C'est parce qu'elle ne me connaît pas qu'elle est aussi heureuse et décontractée... Elle surprend mon regard fixe et se redresse, toute trace de rire s'effaçant progressivement de son visage.

— On... on se connaît, non ? me demande-t-elle.

— Oui, on s'est déjà rencontrés.

— Oui, mais...

— À la fête de la fac de gestion, il y a quatre ans.

— Ah oui, ça me revient ! Mon futur mari, n'est-ce pas ? reprend-elle avec un air moqueur.

— Euh... oui, c'est ça.

— Eh bien, je ne sais pas quand nous allons nous marier mais si nous nous croisons tous les quatre ans, ça va être compliqué, non ?

« Votre attention, s'il vous plaît. Le TGV 5008 en provenance de Nice et à destination de Paris Gare de Lyon entre en gare. Éloignez-vous de la bordure du quai. »

C'est mon train. J'aimerais rester là à discuter avec elle, prendre le suivant. Mais l'idée qu'elle est peut-être plus heureuse sans moi m'en dissuade. Et puis, dans cette vie, il y a Émilie.

Je reste planté là, un demi-sourire aux lèvres et elle me regarde, patientant pour une réponse qui ne vient pas. Son amie lui propose d'aller boire un café en attendant leur train.

— Tu... nous accompagnes ? m'invite-t-elle en récupérant sa valise.

— Je... non, désolé. Mon train arrive.

— Pas de problème.

— Attends, j'ai une idée ! On pourrait se retrouver ici, dans quatre ans, jour pour jour ?

— Tu es sérieux ?

— Très. Tope là !

Elle hésite un moment et finit par me tendre sa main. Je la saisis pour sceller notre pacte... certain, tout comme elle, qu'il ne se réalisera jamais.

11

24 ans – 2001

— Ferme les yeux, c'est une surprise !

Ce soir, Émilie me fait explorer un endroit atypique. C'est ce que j'aime chez elle, cette envie de me surprendre, de me faire voyager à quelques pas de chez nous, de me faire voler au-dessus des nuages du quotidien.

— C'est bon, tu peux les ouvrir, me murmure-t-elle dans l'oreille quelques minutes plus tard.

Je découvre une forêt de pins sylvestres et d'érables qui encercle des monolithes de béton érigés vers le ciel.

— Où sommes-nous ?

— Au Parc de la Villette. Viens !

Elle me prend la main, se met à courir. Essoufflés, nous débouchons sur le jardin des miroirs. Tout autour de moi se dressent une trentaine de miroirs qui reflètent le paysage environnant. Un lieu hors du temps et de la réalité. Émilie, plus vivante que jamais, s'amuse à danser devant les glaces. Ses cheveux volent autour de son visage, elle rit, et son rire réveille des papillons dans mon estomac. Une brusque envie de la prendre par la taille pour la serrer fort, très fort contre moi me submerge, pourtant je ne bouge pas. Sa danse est si belle, si fragile. J'observe son reflet lumineux, croquant la vie à pleines dents. Et derrière, il y a moi. Je ne ressemble pas à celui que j'étais au même âge dans ma première existence. Céline avait accroché une photo de moi prise à mes vingt-quatre ans dans notre chambre. Je l'ai vue pendant des années ; impossible de l'oublier. Cheveux coupés très courts, des lunettes cerclées d'écaille et un polo élimé au col. Je n'avais pas la même assurance qu'aujourd'hui mais Céline m'assurait que ma maladresse et mes hésitations me rendaient terriblement séduisant. Elle détestait les « monsieur-je-sais-tout », qui ne doutent de rien et surtout pas d'eux-mêmes.

Depuis que je l'ai revue à la gare de Toulon, il y a quelques mois, je pense très souvent à elle, à notre vie, à ces plaisanteries qui ne faisaient rire que nous, à la façon qu'elle avait de se glisser derrière moi et de poser ses mains toujours froides sur mes yeux pour me surprendre ; à nos regards que nous interprétions sans avoir besoin de nous parler, nos discussions sur l'éducation des enfants ; à ces baignades dans la mer où elle s'accrochait à mes épaules et se laissait flotter en rêvassant.

C'est vrai, la passion que je partage avec Émilie ne faisait plus partie de notre quotidien. Mais il y avait autre chose de plus doux, plus tendre, plus réconfortant. Avec Céline, j'étais juste un homme heureux qui n'avait pas conscience de son bonheur.

Deux mains se posent sur mes yeux, fraîches et délicates, étirant mes lèvres en un sourire ému.

— Céline !

Les doigts se figent. C'est là que je me rends compte. Ils sont trop petits, trop fins. Je pivote et découvre le visage choqué d'Émilie. Toutes les couleurs qui lui donnaient vie se sont échappées.

— Ce n'est pas ce que tu crois, bafouillé-je.

Son visage demeure impassible.

— C'est une ex ou une maîtresse ?

Revoilà cette angoisse qui me serre le bide.

— Aucune des deux. (Un soupir.) Une ex, en quelque sorte. Mais c'était il y a des années. Je ne sais pas ce qui m'a pris, je suis désolé.

Elle hausse un sourcil dubitatif.

— Manifestement, tu as encore des trucs à régler avec ton passé.

Et elle tourne les talons, sans vérifier si je la suis.

Le soir, une fois Émilie endormie dans un silence lourd de sens, je me rends discrètement jusqu'au miroir de la salle de bains.

— Tiens, tu te souviens de ta vieille grand-mère ? s'amuse Héloïse. Ça faisait un bail.

— Je sais, je suis désolé. Comment tu vas ?

— Toujours morte, répond-elle avec un gloussement. Et toi, mon grand ?

— Ça va. J'aime toujours mon boulot, et Émilie est vraiment géniale.

— Mais... ?

J'observe son regard pétillant de malice, de tendresse, aussi. Elle a déjà compris, bien sûr. Elle a toujours tout compris avant moi. Je soupire.

— Mais je ne sais plus où j'en suis.

— Tu penses toujours à Céline.

— J'ai voulu me prouver que je pouvais changer, être l'homme que je rêvais d'être à l'époque. Mais ça ne me rend pas aussi heureux que je l'imaginais.

— Et qu'est-ce que tu comptes faire ?

Une pause.

— Je n'en sais rien. De toute façon, dans cette vie, j'ai déjà perdu Céline...

— Vraiment ?

— Elle est à Toulon, et plus heureuse sans moi.

— Ça, mon grand, c'est toi qui le dis.

— C'est trop tard, Héloïse. Et je tiens aussi à Émilie.

— Ou peut-être que tu laisses encore les autres choisir pour toi. C'est plus facile pour pouvoir te morfondre après.

Je m'apprête à protester quand un grognement d'Émilie dans la pièce à côté me fait sursauter.

— Qu'est-ce que tu fais ?

Cette voix ensommeillée, son visage couvert de cheveux emmêlés, qui me font fondre.

— Rien. Rendors-toi.

Je me couche à côté d'elle et caresse son bras nu du bout du doigt. Elle se retourne, vient se blottir contre moi. La dernière chose que je souhaite, c'est lui faire du mal.

Le lendemain matin, la nuit a décidé de ne pas me porter conseil. Je touille mes idées sombres dans mon bol de café noir. Mon téléphone sonne.

— On part en vacances ! crie Mylène.

— Génial ! Où ça ?

— Aux States ! Balkiss a gagné un voyage en participant à un concours. Los Angeles, mon pote !

Soudain, un frisson remonte le long de mon échine et me fait dresser les cheveux sur la tête. Je regarde la date sur mon téléphone portable. Nous sommes le lundi 10 septembre 2001.

— Vous avez une escale ?

— Oui, demain matin, à Boston. Pourquoi ?

Le 10 septembre 2001. La veille de l'attentat contre les États-Unis. D'après mes souvenirs, l'un des avions qui avait percuté les tours du World Trade Center avait décollé de Boston et aurait dû atterrir à Los Angeles. Un sentiment d'urgence me donne soudain la nausée.

— Ne pars pas.

— Très drôle ! Je sais que tu as peur de l'avion, mais nous, on adore ça et on a prévu de passer le temps de manière très agréable…

— Ça n'a rien à voir. C'est…

Que dire ? Qu'est-ce qui pourrait dissuader mon amie de partir alors qu'elle a toujours rêvé de voyager ? *Réfléchis, Thomas. Calme-toi.* Mais c'est impossible. Il y a cette panique grandissante, dévorante, qui s'insinue dans mes pensées, m'empêche de réfléchir. Je suis assailli de flashs des images terribles du 11 septembre, revues chaque année à la même date.

— Écoute… Je ne te demanderais pas ça si ce n'était pas important.

— Je rêve ou tu es jaloux ?

— Mylène, écoute-moi.

— Non : c'est toi qui vas m'écouter. Pour une fois, tu vas arrêter de penser à toi et te réjouir un peu pour ta meilleure pote qui va réaliser son rêve. Putain, j'ai jamais vu quelqu'un d'aussi égoïste.

Elle raccroche sans me laisser une chance de lui expliquer. Dix minutes plus tard, je suis dans un taxi en direction de l'aéroport Charles-de-Gaulle. Pendant le trajet, j'essaie de me remémorer tous les détails des attentats. Le premier avion a percuté la première tour vers 9 heures du matin et l'autre, une dizaine de minutes plus tard. Les tours se sont effondrées vers 10 heures.

J'assistais à une réunion de service avec une dizaine de collègues. À travers la cloison, on a entendu un brouhaha grandissant, à tel point qu'on a fini par aller voir. Tout le monde fixait la télé. Sur l'écran, un gros plan sur les deux tours jumelles, éventrées, en flammes. Autour de moi, sur les visages, la consternation, l'effroi, la tristesse. Notre directeur tournait en rond, son téléphone collé à l'oreille. Il parlait de plus en plus fort et avait fini par s'écrier : « Mais puisque je te dis que je n'arrive pas à le joindre ! Non, je ne sais pas s'il travaillait aujourd'hui. Peut-être qu'il est en congés, peut-être qu'il n'y est pas... » Sa voix s'est cassée et brutalement. Ce colosse d'un mètre quatre-vingt-dix s'est effondré sur le sol, le corps secoué de violents sanglots. Il nous a demandé de partir, de rentrer chez nous et de profiter de nos familles tant que nous le pouvions. Ce que nous avons fait, complètement hagards. Je m'étais réveillé en pleine nuit, hanté par les images de tous ces malheureux qui avaient préféré sauter par les fenêtres des immeubles plutôt que d'attendre leur mort.

*

* *

J'arrive à l'aéroport à 10 h 30. La porte d'embarquement du vol pour Boston est au hall F.

Je cours comme un fou, sous l'œil méfiant des policiers postés dans l'aérogare. Hall F. 10 h 50. Devant moi, une longue file s'étire en direction des portiques de sécurité. Une hôtesse me demande mon passeport et ma carte d'embarquement. Impossible d'aller plus loin. Je ronge mon frein sous l'œil attentif d'un vigile alerté par mon agitation.

Est-ce que j'aurais une chance de le contourner ? Il faut juste que je trouve Mylène, que je...

Soudain, j'aperçois le haut de sa tête au milieu des passagers.

— MYLÈNE ! BALKISS ! crié-je en essayant de forcer le passage.

Le vigile me fait aussitôt une clé de bras pour m'immobiliser. Tout le monde me regarde.

— Thomas ? Mais qu'est-ce que tu fous ?

Mylène court vers moi, suivie de près par Balkiss.

— Ce sont vos amies ? me questionne le vigile.

À l'air furieux de Mylène, je doute qu'elle le soit encore. Je tente de graver ses traits dans ma mémoire, conscient que c'est peut-être la dernière fois que je la vois. Elle prendra cet avion, que je le veuille ou non.

À moins que...

— Ces passagères transportent des substances illicites, dis-je en désignant Mylène, qui ouvre la bouche sous l'effet de la surprise.

— Que...

— Il dit la vérité ? interroge le vigile d'un air agressif.

Deux policiers le rejoignent, empêchant Mylène et Balkiss de faire demi-tour.

— Bien sûr que non ! s'énerve Balkiss. On part en vacances à L.A., on a gagné un concours.

— Regardez leurs valises. Ou leurs chaussures. Je ne sais pas où elles l'ont planqué, mais je vous assure que vous ne serez pas déçus.

— Thomas... qu'est-ce que tu fous ? demande Mylène d'une voix blanche.

Je détourne le regard, incapable de supporter les reproches que je lis dans ses yeux.

— Messieurs, je suis désolée, je ne sais pas ce qui lui prend, intervient Balkiss. (Elle me fusille du regard.) Je vous assure que nous n'avons rien fait. Thomas harcèle ma copine depuis des mois, il ne supporte pas qu'elle l'ait quitté.

Le vigile resserre sa clé de bras, m'arrachant un grognement de douleur. Bon sang. J'ignorais que Balkiss était aussi douée pour mentir.

— On va garder cet énergumène un moment, gronde le vigile d'un air protecteur.

Le sourire que Balkiss a commencé à esquisser se fige sur ses lèvres quand l'un des policiers pose une main sur son bras.

— Quant à vous et votre amie, je suis désolé mais nous allons devoir procéder à une fouille. C'est la procédure.

— Mais... Nous devons prendre notre avion, nos bagages ont déjà été enregistrés, bafouille Mylène.

— Vos bagages seront récupérés et mis de côté. Et si vous le souhaitez, il y a un autre vol pour Boston demain matin, suggère l'hôtesse qui n'a rien manqué de la scène.

Nous sommes conduits dans des salles séparées. Avant de quitter ma vue, Mylène se retourne et lâche, glaciale :

— Je ne vais pas porter plainte au nom de notre ancienne amitié. En revanche, je ne veux plus jamais te revoir. Jamais.

Quelques heures plus tard, je sors du commissariat. Je m'arrête devant une cabine téléphonique comme il en reste encore dans les rues de Paris. Je consulte l'annuaire antédiluvien accroché à la cloison par une chaîne métallique. Vite, le numéro du Quai d'Orsay. Au bout de quelques sonneries, une femme à l'accent chantant décroche et me demande l'objet de mon appel.

— Je souhaiterais parler à un responsable.

— Désolée, ils sont tous occupés, répond-elle. Voulez-vous transmettre un message ?

— J'ai des informations sur un attentat qui sera commis demain à New York par des terroristes d'Al Qaïda. Deux avions vont percuter les tours du World Trade Center, vers 9 heures, heure locale. Ces vols proviendront de Boston, à destination de Los Angeles. Un autre avion va s'écraser sur le Pentagone et un dernier dans un champ en Pennsylvanie.

Un silence.

— D'où tenez-vous ces informations ?

Sa voix est tendue.

— J'ai mes sources, lui dis-je, convoquant tout mon savoir-faire de journaliste pour sembler convaincant. C'est très sérieux. J'espère que vous saurez faire remonter cette information à qui de droit, ou vous aurez des milliers de morts sur la conscience. Je suis journaliste. Si vous ne faites rien, votre erreur fera la une des journaux et vous devrez expliquer au peuple américain pourquoi vous avez laissé des milliers d'innocents mourir dans des circonstances atroces.

Je raccroche, me sentant un peu coupable de l'avoir menacée, mais priant pour qu'elle prenne mon avertissement au sérieux.

J'espère que Mylène me pardonnera un jour. Sinon... eh bien, tant pis. Si elle est capable de me haïr, c'est qu'elle est encore en vie.

*

* *

11 septembre. Assis dans mon canapé, le souffle court, je scrute mon écran de télévision. À 9 h 13, un « flash information spécial » interrompt les programmes de toutes les chaînes, simultanément. Mon cœur s'arrête de battre. Les journalistes de toutes les chaînes expliquent que le risque d'attentat sur le sol américain est élevé et que les États-Unis ont fermé leur espace aérien pour une durée indéterminée.

« Le risque d'attentat. »

Je n'arrive pas à le croire. Ils m'ont écouté ! C'est inimaginable, inespéré. Enfin, j'ai fait quelque chose de bien – de vraiment bien. J'ai sauvé la vie de milliers de personnes. Les larmes se mettent à couler sur mes joues. Tout fait sens. Mylène a raison : j'ai été égoïste. Je me suis concentré sur mes choix, ma vie, sans penser aux autres, alors que je pouvais aider tellement de gens !

Et si c'était ça, le sens de cette seconde vie ? Si j'étais là pour apprendre à penser plus aux autres, et moins à ma petite personne ?

Non. Je les écoutais, avant. Je les écoutais vraiment. C'est quelque chose que Céline appréciait chez moi. J'étais moins épanoui, c'est vrai, mais aussi moins... égocentré. Combien de vies aurais-je pu sauver, si j'avais pensé à ça dès le départ ?

La réponse me vient dix jours plus tard, lors d'un nouveau flash information spécial. Deux bombes viennent d'exploser simultanément dans les ascenseurs des tours du World Trade Center. Une autre a été déclenchée une demi-heure plus tard dans un bureau du Pentagone. Des attentats suicide, qui font des centaines de morts. Le destin a pris sa revanche, il est revenu chercher les morts qui lui avaient échappé. Mais cette fois, il en a épargné quelques milliers, dont Mylène. Maigre consolation...

Émilie, à côté de moi, suit les informations avec attention.

— C'est atroce, murmuré-je, la voix tremblante.

— Oui.

Elle hoche la tête, mais semble un peu distante, comme si elle ne comprenait pas mon émotion.

— Tous ces morts... ça aurait pu être nous. Ils sont partis au travail, comme tous les matins, et n'en sont jamais revenus.

— Mais ce n'est pas nous, dit-elle avec un sourire. Nous, on est toujours là, et on va croquer la vie à pleines dents.

C'est là que je me rends compte. Émilie et moi vivons dans notre bulle, sans nous préoccuper de ceux qui nous entourent. Ce n'est pas parce que je n'ai pas réussi à empêcher les attentats que je ne dois pas continuer à essayer. Penser aux autres, à tous ceux qui n'auront jamais de deuxième chance. Et profiter du temps qui nous reste à vivre, même si cela implique de prendre des risques et d'écouter son cœur.

— Je crois qu'on se trompe, confié-je à Émilie.

Mon cœur se serre en voyant son froncement de sourcils ingénu, la naïveté avec laquelle elle me pose la question :

— À propos de quoi ?

— Je parle de nous.

Ses yeux se remplissent de larmes, d'incompréhension. Je ne veux pas la faire souffrir, mais ma grand-mère a raison. Je dois arrêter de fuir, et faire enfin un choix qui compte. Prendre des risques.

— Il y a quelqu'un d'autre ? demande Émilie d'une voix tremblante. C'est cette Céline, c'est ça ?

J'aimerais répondre non, mais ce serait mentir. Du moins en partie.

— Thomas, parle-moi, supplie-t-elle.

— Je ne suis pas… L'homme que tu aimes, ce n'est pas moi. Je ne suis pas comme ça. Je ne suis pas toujours spontané, j'ai souvent peur de l'avenir. Bon sang, j'ai même peur du passé. Quand je suis avec toi, j'arrive à penser à autre chose, je ne me laisse pas déborder par mes angoisses. Mais ce n'est qu'une illusion et je ne peux plus me le cacher. Je fuis la réalité, je fuis qui je suis. Ce n'est pas honnête et tu mérites beaucoup mieux que ça.

Elle se lève brusquement de table.

— Émilie, attends !

— Le coup du « tu mérites mieux que moi », on me l'avait déjà fait, Thomas. Je ne pensais pas que toi, tu t'abaisserais à ça.

— Je…

— Tais-toi, par pitié.

Elle part dans la chambre et en ressort dix minutes plus tard, un sac de voyage à la main.

— Tu m'avais promis le bonheur la première fois qu'on s'est parlé. Et tu me l'as offert, c'est vrai. Mais me le reprendre de cette façon, c'est monstrueux. Tu es un monstre !

Elle sort en claquant la porte, me laissant planté là, dévasté.

Un tourbillon de doutes, de regrets et de tristesse m'assaille sans pitié. Émilie a su me rendre si heureux. Elle a façonné l'homme plus assuré que je suis devenu et, en guise de remerciement, je lui brise le cœur. Je ne suis qu'un monstre, elle a raison. Je ne méritais pas une femme comme elle.

Je ne suis pas sûr d'être plus digne de Céline. Mais même si je n'ai aucune certitude ni aucun plan, même si la peur de faire d'autres erreurs ne me quitte pas, mon corps, mon cœur et mon esprit restent attirés par elle, inéluctablement, comme un aimant vers le pôle Nord. Cette prise de conscience m'apaise étrangement, comme pour me confirmer que j'ai pris la bonne direction. Ce qui ne rend pas la décision plus facile.

Deux jours plus tard, je reçois un appel de Bastien, le petit ami de Sandrine. Je l'entends pleurer, gémir, parler à toute vitesse et je ne comprends rien.

— Bastien, calme-toi. Qu'est-ce qui se passe ?

— Sandrine, dit-il entre deux sanglots. Accident grave. Hôpital. Bruxelles.

Je prends le premier train pour les rejoindre. Je retrouve Bastien, dévasté, dans le hall de l'hôpital. Ma sœur est dans le coma, son pronostic vital est engagé. Bastien reste longtemps silencieux, se contentant de triturer le bas de son tee-shirt. Avant de s'effondrer dans mes bras.

— J'ai tellement peur, Thomas. C'est la femme de ma vie.

Si je suis étonné qu'un garçon de dix-neuf ans puisse avoir de telles certitudes, je me contente de le serrer contre moi. Dire que j'ai eu vingt-quatre ans pour la deuxième fois, que j'ai été marié, j'ai eu deux adorables filles, et je n'ai toujours pas assez d'assurance et de confiance en moi pour être aussi affirmatif que lui.

— Tu crois qu'elle va s'en sortir ?

Pour une fois, je n'en sais rien. Dans ma première vie, Sandrine n'a pas eu de copain avant ses vingt-deux ans et n'est pas allée en Belgique. Elle vivait chez mes parents, qui étaient encore ensemble. Et elle était en parfaite santé.

Un sentiment de culpabilité m'étouffe quand ma mère nous rejoint. Elle me serre dans ses bras, embrasse Bastien. Ses larmes me font mal au ventre. J'ai envie de tout arrêter, de revenir tout de suite dans mon ancienne vie, où je n'aurais pas fait souffrir Émilie, où Céline serait à mes côtés et Sandrine en pleine forme. Je me dirige vers un miroir, prêt à supplier Héloïse, quand un docteur arrive enfin. Sandrine vient de sortir du coma. Ma mère rit de soulagement. Le médecin, pourtant, reste grave.

— Les lésions de sa jambe droite sont trop importantes, je crains que nous ne puissions la sauver.

— Comment ça ? Vous n'allez pas pouvoir sauver ma fille ?

— Seulement sa jambe, madame. Nous allons devoir l'amputer cet après-midi.

12

25 ans – 2002

J'ai honte de l'avouer mais, le jour où Sandrine a été amputée de sa jambe, c'est moi qui ai souffert le martyre. Une douleur a explosé dans mon ventre et m'a fait perdre connaissance quelques minutes. Quand j'ai recouvré mes esprits, seul au milieu de toilettes de l'hôpital, j'ai pris un taxi et je suis rentré à l'hôtel pour avaler mes médicaments. Au bout d'une heure, ils n'avaient toujours pas calmé la brûlure qui me consumait de l'intérieur. Héloïse est apparue dans le miroir de la salle de bains.

— Qu'est-ce qui t'arrive, mon garçon ?

— Je n'en peux plus, c'est trop dur à supporter ! Tous les choix que je fais se soldent par des catastrophes. À cause de moi, ma sœur est handicapée ! Je ne suis pas capable de vivre cette expérience. Annule tout, s'il te plaît.

— Ta sœur se relèvera. Elle est forte. M'est avis qu'elle tient de moi, la petite…

— Elle ne méritait pas ça.

— Ce n'est pas une question de mérite, Thomas. Notre chemin nous met parfois à l'épreuve. Et toi aussi, tu es mis à l'épreuve. Vas-tu baisser les bras ou te retrousser les manches ?

— Je n'en sais rien. Je voulais faire les choses bien, cette fois. Être quelqu'un de meilleur. En réalité, tout ce que j'ai fait, ce sont des choix égoïstes aux conséquences terribles. Je crois que tu t'es trompée : je ne méritais pas cette seconde chance. Je fais encore pire que la première fois !

— Ça, mon grand, c'est trop tôt pour le dire. N'oublie pas ce qui t'a conduit ici. Tu peux encore l'empêcher. Et je te signale que tu n'as pas fait que des erreurs. Changer d'orientation professionnelle, inciter Mylène à aimer qui elle veut (et lui sauver la vie, excuse-moi du peu), encourager ta mère à retrouver un travail et l'aider à quitter l'homme qui la battait, et j'en passe, c'étaient de bonnes décisions, n'est-ce pas ? Alors arrête de ne voir que le verre à moitié vide et bois-le, ça te détendra !

Je hoche la tête pour la laisser partir, pas convaincu. Ces derniers mois ont été atroces, et elle n'est apparemment plus capable de le comprendre, depuis qu'elle est morte. Ma rupture avec Émilie, ma dispute avec Mylène, le terrible accident de Sandrine… Je me sens plus perdu que jamais.

*

* *

Quelques jours plus tard, je passe devant une agence de voyages. Sur la devanture, une offre promotionnelle pour Bangkok avec un paysage à couper le souffle. J'ai toujours rêvé d'aller en Asie. Et puis merde… pourquoi pas ? J'ai gagné suffisamment d'argent en pariant sur la baisse du CAC 40. Et quitte à faire n'importe quoi, pourquoi ne pas tout plaquer et vivre mes rêves en attendant de retourner dans ma première vie ?

En quelques jours, je donne ma démission à l'agence de presse, je prépare un gros sac à dos et deux appareils photo, et je pars sans billet de retour.

J'atterris à Bangkok, puis monte dans un train de nuit en direction de Chiang Mai. Les paysages me captivent, m'empêchent de penser pendant de longues semaines, au fil de la découverte des régions traversées. J'immortalise tous les sites que je visite, mettant en application mes compétences acquises avec mon travail de journaliste, sans jamais penser à rentrer. J'oublie tout – je m'oublie, moi.

*

* *

J'ai passé cinq mois en Asie, entre le Vietnam, la Thaïlande, le Cambodge, le Laos et la Chine. J'avais très peu voyagé dans ma vie précédente, malgré les demandes de Céline, à cause de ma phobie de l'avion. Elle m'avait même suggéré de suivre un stage de gestion des angoisses organisé par l'aéroport de Toulon-Hyères, mais cette simple idée me terrorisait. Cette fois, je m'en moque. Que se passera-t-il si je meurs, de toute façon ? Reviendrai-je à mon ancienne vie ?

Mes amis, ma famille ont compris mon besoin de solitude et d'évasion, mais aussi mon silence pendant tous ces mois. Je voulais rester hors du monde, loin de cette angoisse qui me tordait les tripes en permanence sans que j'en connaisse la cause, loin de ma mère qui s'obstinait à ne pas comprendre que j'avais un besoin vital de savoir qui est mon vrai père.

J'avais envie de tout laisser tomber, de tout oublier, de rester ici, dans cette atmosphère douce et paisible. Un jour, au Laos, j'ai croisé la route de moines bouddhistes âgés d'une dizaine d'années, enveloppés dans leur robe safranée. Ils traversaient une petite rivière qui se jetait dans un bassin aux eaux turquoise quand l'un d'eux y plongea, tête la première, bien vite imité par ses camarades hilares. Leurs rires m'en ont rappelé d'autres. Ceux de mes filles à la plage. Elles s'amusaient à grimper sur mes épaules et à plonger dans l'eau en riant. Mon cœur s'est contracté en repensant à Lilou et Coraline, à leur visage émergeant de l'eau, leurs cheveux collés le long de leurs joues. Je n'avais jamais ressenti leur absence aussi durement qu'à ce moment-là, face à ces jeunes moines qui jouaient en toute insouciance, dans ce paysage féerique. J'ai su alors qu'il était temps de rentrer et de reprendre ma vie en main, auprès de ceux que j'aimais.

*
* *

Je passe des journées entières à examiner mes photos, à les trier, à les retravailler. Je fais développer les meilleures et les dispose dans un album. Puis, suivant mon instinct, je me rends jusqu'à la galerie de Laurent Godant, chez qui j'ai effectué un stage pendant mes études. Je lui demande son avis sur mon travail. Il me répond qu'il veut les exposer dans sa galerie le mois prochain.

*
* *

19 h 25. Dans une demi-heure, les portes de la galerie vont ouvrir. Je ressens un mélange d'excitation et d'appréhension. Je regarde encore une fois l'affiche disposée sur la porte :

Thomas Dumesnil,
« Voiles et légendes d'Extrême-Orient »,
photographies.
Du 3 au 18 avril 2002,
Galerie Laurent Godant, Paris.
Vernissage et exposition
le 2 avril de 20 heures à 22 heures.

Au centre de l'affiche, la reproduction de l'une de mes photos. Celle d'un vieux pêcheur portant un chapeau de paille à la forme conique, une lanterne à la main. Il est assis sur une embarcation constituée d'un assemblage de grosses tiges de bambou, au milieu d'une baie d'Halong aux eaux argentées. Le ciel crépusculaire se fond avec les montagnes karstiques dans une lueur orangée. C'est l'une de mes photos préférées. J'avais repéré ce pêcheur en début d'après-midi ce jour-là, alors que je sillonnais la baie sur un sampan conduit par un Vietnamien qui se servait de son pied pour actionner le gouvernail. On lui aurait donné cent ans, avec sa longue barbe blanche et ses petits yeux dont on ne savait pas vraiment s'ils étaient ouverts ou fermés. Il restait là, immobile, attendant patiemment que des poissons lui fassent l'offrande de se nicher dans la nasse accrochée à son embarcation de fortune. J'avais demandé à mon guide de bien vouloir arrêter notre barque à une trentaine de mètres du pêcheur, pour ne pas risquer de l'effrayer. Nous avions patienté plusieurs heures, mon guide assoupi et moi. Le vieil homme ne semblait même pas conscient de notre présence. Je l'ai photographié sous toutes les lumières de cette journée ensoleillée. Mais le cliché le plus réussi, à mon sens, était celui du crépuscule. Il revêtait un voile onirique, presque mystique. C'est lui qui m'a inspiré, bien plus tard, le nom de l'exposition.

20 h 35. Les invités arrivent par intermittence, en petits groupes. J'accueille mes anciens collègues de l'agence, des copains de l'école de journalisme, des connaissances de Laurent,

des amateurs de photos, mais aussi Mylène et Balkiss, qui ont fini par me pardonner le sale coup que je leur ai joué à l'aéroport en le mettant sur le compte de ma dépression. Des spectateurs m'interpellent, s'extasient devant un paysage, me demandent la marque de mes appareils, échangent avec moi sur leur propre technique de prise de vue. Une dame observe l'une des photos panoramiques depuis un bon moment. Une grande blonde en robe léopard. Elle s'approche du cliché, recule et place ses mains en carré devant elle, comme si elle voyait l'image à travers un objectif. Il s'agit du bouddha couché du temple Wat Pho, à Bangkok. Cette statue, qui représente Bouddha sur son lit de mort, est entièrement recouverte d'or et mesure quarante-cinq mètres de long sur quinze mètres de haut. Un monument grandiose qui témoigne de la ferveur des bouddhistes.

— J'adore cette photo ! Regarde comme il a l'air paisible, c'est reposant, n'est-ce pas ? Et puis tout cet or ! Avec les fumées d'encens qui s'élèvent vers le plafond, c'est trop beau, hein ? Tu ne trouves pas, chéri ? Moi j'adore ! D'ailleurs, on devrait mettre des bouddhas en or, chez nous, ça ferait classe ! Qu'est-ce que tu en penses ?

Je m'approche d'eux. Son compagnon ne semble pas lui prêter attention et regarde ostensiblement Balkiss, qui sirote une coupe de champagne dans sa robe noire moulante.

— C'est vous le photographe, n'est-ce pas ? me demande-t-elle soudain.

— Oui, c'est bien moi. Vous aimez cette photo ?

— Oh oui, je l'adore ! Voyez-vous, nous habitons dans le quartier et depuis une semaine, je passe devant la galerie. Un jour, à travers la vitrine, j'ai aperçu ce cadre et je suis tombée amoureuse de ce bouddha. Alors j'ai convaincu mon ami d'assister au vernissage car je ne voulais pas qu'il me passe sous le nez, vous comprenez ? Mais ça n'a pas été une mince affaire parce que mon ami n'est pas très attiré par la photographie d'une manière générale, hein, chéri ?

Le chéri en question se retourne brusquement vers sa compagne. Et son regard passe sur moi. Je le reconnais immédiatement. C'est réciproque. En quatre ans, Patrick Dessale a bien changé. Il a perdu une bonne dizaine de kilos et quelques centimètres carrés de cheveux sur le haut du crâne. Il ne porte plus de costume Kenzo, mais un jean et un polo. Il remonte ses lunettes sur son nez, un tic que j'avais déjà remarqué chez lui au cours de mon interview. Depuis le scandale provoqué par mon article, je n'ai eu des nouvelles de l'ancien maire qu'à travers ce que la presse en a dit : il a été condamné à quinze mois de prison avec sursis, 200 000 francs d'amende et deux ans d'inéligibilité par le tribunal correctionnel de Nanterre pour détournement d'argent public, blanchiment de fonds, corruption et subornation de témoin. Sa femme a exigé le divorce, ainsi qu'une pension compensatoire exorbitante.

— Nous nous connaissons déjà, je crois, monsieur Dumesnil, déclare-t-il en se rapprochant de moi.

— Bonjour, monsieur Dessale. Comment allez-vous ? demandé-je par automatisme, mal à l'aise.

— Très bien, comme vous pouvez le voir.

Il s'approche encore plus près de moi et sourit de toutes ses dents. Mais ses yeux restent froids et fixes. Il se penche à mon oreille.

— Vous m'avez l'air angoissé. Vous avez eu des ennuis ? Un malencontreux accident, peut-être ?

Un murmure qui me glace le sang, me ramenant deux ans en arrière aussi durement qu'un coup de poing. Je recule d'un pas et observe son visage creusé, ses cernes, sa chevelure clairsemée. Il n'a plus la prestance, l'assurance d'il y a quatre ans. Il n'est plus maire. Il n'est plus rien. À cause de moi... Moi qui cherchais à faire éclater la vérité au grand jour, mais surtout à sortir un scoop, j'avais aussi brisé la vie d'un homme, aussi malhonnête fût-il. Maman avait raison : j'ai volé sa vie.

— C'était vous, dis-je d'une voix étranglée.

Il fait comme s'il n'avait rien entendu. La grande blonde commence à s'impatienter.

— Alors, chéri, on l'achète cette photo ? Combien vaut-elle, monsieur ?

— Euh... Trois cents euros.

— Oh, ce n'est pas cher, hein, chéri ? On l'achète ?

— Oui, bien sûr, nous allons l'acheter. Et nous l'accrocherons dans le salon, au-dessus de la cheminée. Comme ça, dès que je la regarderai, je repenserai à vous, monsieur Dumesnil.

La manière dont il prononce mon nom, en détachant chaque syllabe, fait hérisser les poils de mes bras. Je me rappelle soudain la douleur des coups de poing, la terreur des parkings souterrains qui m'a poursuivi pendant des mois. Je reste figé là, bloqué dans le passé, tandis qu'il se dirige vers le comptoir pour régler la photo.

Je vis le reste du vernissage comme un fantôme avant de rentrer chez moi, un peu sonné. En récupérant machinalement le courrier dans ma boîte aux lettres, je tombe sur une enveloppe aux reflets champagne sur laquelle mon adresse est écrite à la main. C'est un faire-part de mariage, celui de Gaël et de Julie. Une carte l'accompagne :

« Salut, mon pote ! Alors, t'es surpris, j'espère ? Moi qui disais que j'étais contre le mariage, je vais finalement me faire passer la corde au cou, même si Julie déteste cette expression. Mais j'ai compris que, dans la vie, il y a des choses beaucoup plus importantes que des convictions ridicules et bornées...

« P.-S. : débrouille-toi pour être présent parce que sans témoin, je ne pourrai pas me marier !

« P.-S. 2 : prends aussi ton appareil photo parce que sans un ami-photographe-qui-exposedans-une-galerie, nous n'aurons que des photos pourries et ce sera de ta faute ! »

*
* *

Les préparatifs du mariage m'apportent une distraction bienvenue. Malgré mes craintes, je n'entends plus parler de Patrick Dessale. J'ai beau surveiller derrière mon épaule, je ne vois rien d'anormal. Étaient-ce des paroles en l'air ?

Si cette rencontre m'a ébranlé, elle m'a aussi réveillé, d'une certaine façon. Elle m'a permis de me rendre compte que depuis trop longtemps, je ne fais que subir les événements, comme dans ma vie d'avant. Je veux reprendre le contrôle de mon existence, de mes émotions, de mon destin. Et pour y parvenir, je dois commencer par la base, ma base. Je ne peux plus vivre dans l'ignorance de mes origines si je veux me projeter dans mon avenir. Cette fois, ma mère ne pourra plus se défiler. J'entre dans la crique du Fer à cheval, sous un soleil enthousiaste et un mistral qui ne l'est pas moins.

Ma mère guette mon arrivée, assise sur la terrasse, sous la tonnelle déjà prise d'assaut par les feuilles de la vigne vierge. Je la serre fort contre moi. Ces derniers mois ont été éprouvants pour elle. Jean-Pierre ne lui a fait aucun cadeau, essayant de la discréditer auprès de leurs anciens amis, de négocier le montant de la pension alimentaire et de garder la maison sous le prétexte qu'elle est partie de son plein gré. Ma mère a gardé son calme, attendant simplement d'être débarrassée de lui. Elle a fini par gagner, soutenue par Sandrine. Le divorce a été prononcé et elle a obtenu une partie de la vente de la maison.

Notre famille a explosé, nous laissant ma mère, Sandrine et moi d'un côté, Jean-Pierre et Bénédicte de l'autre. Ma sœur aînée a pris le parti de son père, dont elle a toujours été plus proche, et qui le lui rend bien. Je me sens encore coupable d'être celui qui a ébranlé l'équilibre, certes précaire, dans lequel nous vivions jusque-là et qui s'était maintenu dans ma première vie. Si je n'étais pas intervenu, si je n'avais pas poussé ma mère à travailler, à faire face à son mari, à prendre sa vie en main, elle continuerait à se faire humilier en permanence, à se faire battre en silence, à trouver des explications à ses bleus et des excuses à son mari.

En regardant ma mère ce jour-là, je ne doute plus une minute. Elle est certes fatiguée, mais aussi rayonnante, le visage hâlé, ses cheveux blonds ondulant sur ses épaules, dans sa robe légère. Elle me sert un thé glacé et une part de tarte aux pommes, comme quand j'étais petit. J'ai vingt-cinq ans aujourd'hui, dans cette nouvelle dimension, et quarante-cinq en tout. Je savoure la tarte tiède en observant la mer, à côté de ma mère.

— Sandrine n'est pas là ?

— Ta sœur va arriver dans la soirée.

— Comment va-t-elle ?

— Très bien !

Sandrine ne s'est pas plainte une seule fois de son handicap. Si sa rééducation a surpris les docteurs par sa rapidité, c'est surtout sa force de caractère et son optimisme indéboulonnable qui ont marqué tous ceux qui l'entourent. J'espère simplement qu'elle ne fait pas bonne figure devant les autres juste pour masquer sa détresse.

— Thomas..., commence ma mère. Il faut que je te parle de quelque chose.

Je reste silencieux, attendant qu'elle poursuive avec une pointe d'appréhension. Va-t-elle enfin me parler de *lui* ?

— Je... Voilà, tu te souviens de Pascal, le directeur de l'Opéra de Toulon ? Je te l'avais présenté il y a quelques années, quand je vous avais emmenés voir *Lakmé*. Pascal et moi nous sommes rencontrés il y a longtemps, à Milan, et nous nous sommes retrouvés par hasard ici, dans cette ville. Et... enfin...

— C'est... C'est lui ? Mon père ?

— Mais non ! Qu'est-ce que tu vas imaginer ? me lance-t-elle avec un rire gêné. C'est juste que, depuis quelque temps, il est devenu un peu plus proche qu'un simple ami.

— C'est une très bonne nouvelle ! Tu es heureuse avec lui ? Il te respecte ?

— Ça n'a pas été simple au début car je ne voulais pas me lancer dans une nouvelle relation après tout ce que je venais de vivre... Néanmoins il a su être patient, me rassurer, me réconforter. Aujourd'hui, tout se passe bien entre nous. Il est merveilleux, j'ai hâte que tu fasses sa connaissance. Je l'ai invité à dîner ce soir. Ça ne te dérange pas ?

— Au contraire, j'en suis ravi. Vraiment. Et j'assisterai au repas…

Je rapproche ma chaise de la sienne et lui attrape les mains. J'ai des scrupules à troubler la joie qui se lit dans son regard, cependant je ne peux plus attendre. Je suis venu pour une raison précise, et j'irai jusqu'au bout.

— Mais à une seule condition. Je veux que tu me dises qui est mon père. Maintenant. S'il te plaît.

Elle se lève, saisit le sécateur posé sur la table de jardin et se baisse pour couper des pivoines d'un rose poudré.

— Tu ne peux pas me laisser comme ça plus longtemps, maman. J'ai besoin de savoir. J'imagine que mon vrai père ne peut pas être pire que Jean-Pierre… et quelles que soient les circonstances de ma conception, je ne te jugerai pas.

Elle se rassied sur le banc et scrute la mer turquoise qui s'étend jusqu'à l'horizon avant de se noyer dans l'azur du ciel. Ses mains tortillent son chandail, l'hésitation creuse un sillon entre ses sourcils. Enfin, après une profonde inspiration, elle commence à parler, sans me regarder.

— Tu as raison, je te dois une explication. J'aurais dû te le dire avant, mais je savais que tu serais déçu par ce que j'allais te révéler. Enfin puisque tu insistes… Quand Bénédicte était petite, j'avais pris l'habitude de la déposer à l'école avant d'aller faire mon marché au cours Lafayette. J'y connaissais tous les marchands et il nous arrivait de plaisanter ensemble. Et puis, un été, un nouveau commerçant est venu s'y installer pour vendre des chapeaux... Il s'appelait Joël. J'aimais beaucoup ses capelines, c'était très à la mode à l'époque. Nous avons fait connaissance. Nouveau dans la région, il m'a demandé si je pouvais lui servir de guide, à l'occasion. Nous nous entendions tellement bien que j'ai fini par accepter. Je lui ai fait découvrir le mont Faron, les plages de Port Grimaud et la forêt de Janas. Il était tellement différent de Jean-Pierre, tellement doux et attentionné. J'ai succombé à ses avances, peut-être dans l'espoir que cette passade déboucherait sur une relation durable. À la fin de l'été, il m'a annoncé qu'il devait retourner dans sa région, près de Lyon. Je lui ai proposé de garder le contact mais il a refusé. Il m'a avoué qu'il était marié, qu'il avait des enfants. Il est parti avec un bout de mon cœur. Moi je suis restée là, avec un bout de lui dans mon ventre, un bout de chou. Toi.

— Tu lui as dit que tu étais enceinte de lui ?

— Non, je ne connaissais que son nom de famille. Martin. Joël Martin à Lyon. Tu imagines...

— Mais tu l'as avoué à Jean-Pierre.

— Il l'a deviné tout seul. À l'époque, nous faisions chambre à part. Je prétextais des soucis de santé à répétition pour pouvoir dormir seule.

Quand je lui ai annoncé que j'étais enceinte, il est devenu hystérique. À tel point qu'il m'a cassé le bras. Il m'a emmenée à l'hôpital. Dans la voiture, il m'a proposé une sorte de marché : si je ne révélais pas qu'il m'avait frappée, il m'autorisait à garder l'enfant et il l'élèverait comme le sien. J'ai accepté.

— Et tu n'as jamais revu Joël ? Pas une fois ?

— Non… Je me doute que ça ne doit pas être satisfaisant pour toi mais… Voilà, maintenant, tu sais. Je suis désolée de ne pas t'en avoir parlé plus tôt, mais je… Je ne suis pas fière de moi.

Elle écrase une larme sur sa joue. Un coup de klaxon retentit devant le portail. Une Clio bleue se gare dans l'allée. Un homme aux cheveux grisonnants s'approche de nous, tout sourire.

— Salut, Thomas, ravi de te rencontrer enfin ! dit-il en prenant ma main dans les siennes.

La simplicité, la chaleur et le regard franc de Pascal me rassurent et me laissent espérer que ma mère sera en sécurité à ses côtés. Pendant le dîner, il nous raconte des anecdotes amusantes sur sa jeunesse à Marseille, mais mon esprit reste accaparé par les révélations de ma mère.

Ainsi, mon père s'appelle Joël Martin et il l'a séduite alors qu'il était marié. J'avoue que je m'attendais à mieux, surtout après toutes ces années passées à l'imaginer, à croire qu'il était beaucoup plus courageux et valeureux que celui qui m'avait élevé. Pourtant, j'aurais aimé le rencontrer, nouer des liens avec lui, apprendre à connaître mon véritable père. Mais il faut me rendre à l'évidence : avec le peu d'informations dont dispose ma mère, je n'en saurai sans doute jamais plus. Je tente de noyer ma déception dans le rosé. Soudain, la porte d'entrée s'ouvre à toute volée.

Sandrine entre en marchant sur ses deux jambes, grâce à la prothèse que l'on devine à peine sous sa robe longue. Elle se jette dans mes bras.

— Je l'ai fait !

— De quoi tu parles ? lui demandé-je en la serrant contre moi.

— Je viens de m'inscrire pour le marathon de New York de l'année prochaine !

J'en reste muet. Ça fait beaucoup d'informations pour un seul repas.

Ma mère se met à rire et lui sert un verre de vin.

— Ferme ta bouche ou tu vas gober les mouches, Thomas, s'exclame Sandrine en riant à son tour. Je vais tout te raconter, ajoute-t-elle en reprenant son sérieux. Quand les docteurs m'ont appris qu'ils avaient dû amputer ma jambe, je n'ai pas compris tout de suite. J'ai cru qu'il y avait une erreur, qu'ils s'étaient trompés, que l'un d'eux allait finalement trouver une solution et me la recoudre. Je n'arrivais pas à croire que plus jamais je ne pourrais marcher comme avant, nager comme avant, que plus jamais je ne serais considérée comme une personne valide, ni regardée sans pitié. J'avais besoin de trouver un but à ma nouvelle vie, de me lancer un défi de dingue, de me projeter dans quelque chose d'énorme. Et c'est en regardant les derniers championnats du monde d'athlétisme que j'ai su ce que je voulais faire... Un marathon !

— Tu plaisantes ?

— Pas du tout ! J'ai réappris à courir dans le centre de rééducation, et figure-toi que j'ai adoré ça. À présent, je cours trente minutes, trois fois par semaine. Je suis encore loin des quarante-deux kilomètres, mais je vais y arriver, tu verras !

Je la regarde avec un mélange d'admiration et de fascination. Ma petite sœur chérie, celle qui dansait comme une folle en culotte dans le salon, qui faisait ressortir son lait par les narines, qui pleure devant les Disney, ce petit bout de bonne femme qui a échappé à la mort, me semble plus forte à elle seule qu'une équipe de rugby. Je la serre dans mes bras, une fois encore. Et je lui chuchote que je suis extrêmement fier d'elle.

— Alors, c'est vrai ? Tu vas réellement bien ?

— Mais on se tue à te le dire, Thomas ! s'écrie ma mère.

— Oui, je vais bien, même si ce n'est pas rose tous les jours. Je dois apprendre à vivre avec ce membre en moins, supporter le regard des gens, leur pitié... mais au final, je crois que ça me rend plus forte. Bastien m'aide beaucoup.

— Héloïse le savait, elle m'avait assuré que cet accident te serait profitable. C'est fou, non ?

— Héloïse ? Mamie ?

— J'ai dit Héloïse ? Je voulais dire Mylène. Elle t'embrasse, d'ailleurs.

Plus tard, quand tout le monde est couché, je me plante devant le miroir du couloir.

— Héloïse, tu es là ?

Pas de réponse. Je n'insiste pas. Ma grand-mère est de moins en moins joignable, ces derniers temps. Mais peut-être qu'après tout, c'est sa manière de me faire remarquer que je n'ai plus autant besoin d'elle ?

*

* *

Le lendemain, j'emprunte la voiture de ma sœur et me dirige à l'intérieur des terres, jusqu'à la commune de Pierrefeu. Je me gare sur le parking de la mairie, un bâtiment aux larges baies vitrées. J'en profite pour vérifier ma tenue. Costume bleu nuit, pochette ivoire, gilet gris clair, cravate assortie et chemise blanche. L'image parfaite du témoin. Les invités arrivent progressivement. Soudain, deux mains me cachent les yeux.

— Devine qui c'est ?

— Hum, Adriana Karembeu ?

— Très drôle, rétorque Mylène en m'embrassant.

Je cherche Balkiss du regard ; Mylène devance ma question :

— Non, elle n'est pas là. Bon, qu'est-ce qu'ils foutent les mariés ? Connaissant Gaël, je suis sûre qu'il a voulu culbuter la mariée avant la cérémonie.

Je souris, mais je ne suis pas dupe. Je ne doute pas que je connaîtrai le fin mot de l'histoire quand elle aura bu quelques verres. Soudain, des coups de klaxon résonnent sur la place. Une voiture noire se gare devant nous et Gaël en descend, le visage illuminé par un grand sourire. Un instant plus tard, un autre véhicule s'arrête à son tour. La portière s'ouvre. Gaël se précipite pour tendre la main à la future mariée. Julie en descend dans une longue robe en soie ivoire. Elle pose sa main sur le bras de Gaël. Avec ses cheveux relevés en un chignon parsemé de fleurs fraîches, elle semble plus heureuse que jamais.

Le passage devant le maire est rapide mais amusant. Quand il demande à Gaël s'il consent à prendre Julie, Mauricette, Odette comme épouse, mon ami crie un grand « oui » qui déclenche un fou rire dans l'assistance. Julie a du mal à consentir à son tour tellement elle est émue. Je dois dire que je n'en mène pas large, moi non plus, quand je signe les registres en tant que témoin de Gaël. Ce n'est pas tous les jours que son meilleur ami se marie et, en ce qui me concerne, c'est la première fois de mes deux vies...

Ensuite, tous les invités reprennent leur voiture pour se rendre dans un domaine viticole, en pleine campagne. Nous découvrons alors un petit coin de paradis, une forêt de châtaigniers centenaires baignée de soleil. Sous leurs branches tentaculaires, des chaises blanches ont été installées face à une arche recouverte de voiles blancs.

Des fleurs de toutes les couleurs sont accrochées dans les arbres et disposées dans des bouteilles en verre. Une fois que les invités sont assis, un air de flûte s'élève dans la douceur de cette fin d'après-midi. Sur une douce mélodie, les mariés avancent lentement dans l'allée centrale.

Ma main tremble quand je prends le micro.

— Bonjour à tous. Quand Gaël m'a proposé (ou plutôt imposé) d'être son témoin de mariage, je n'ai pas hésité une seconde. Et ce n'est pas parce qu'il est mon meilleur ami ou juste un gars sympa. Gaël, c'est le frère que je n'ai jamais eu. C'est mon confident, mais aussi celui qui m'a appris à surfer, à draguer des filles (merci encore), à boire trois chopes de bière à la suite sans vomir (désolé, mamie Brigitte), à assister aux matchs du Rugby Club toulonnais sans passer pour un arriéré (je connais les règles à présent, rangez vos armes, merci), à le battre à FIFA 2002 (c'est un jeu de foot sur console, mamie Brigitte), et surtout à profiter de la vie, quoi qu'il arrive.

« Ce qu'il ne m'a pas appris, et il s'en garde bien, c'est la technique pour trouver (et surtout pour garder) une femme aussi parfaite que Julie. La première fois que je l'ai vue, j'ai su qu'elle allait rendre mon meilleur ami heureux. Elle a changé sa vie de multiples façons. Elle lui a appris à fermer la porte des toilettes (ce dont nous lui sommes tous reconnaissants), à apprécier les comédies romantiques (il a quand même réussi à pleurer devant le *Journal de Bridget*

Jones), que ses chaussettes sales n'avaient pas de fonction décorative (ce qui nous a permis de nous passer des masques à oxygène) et qu'il existait de meilleurs restaurants que Pizza Hut (malheureusement pour nous, il a tenu à faire appel à eux pour le dîner de ce soir, désolé).

« Julie, je dois t'avouer une chose : je t'adore. Et pourtant, je devrais te détester de m'avoir volé mon meilleur pote. Mais j'en suis incapable : tu fais désormais partie, toi aussi, du cercle très fermé de mes meilleurs amis. Alors il est d'usage de conclure ce genre de discours par « je vous souhaite tout le bonheur du monde », mais je dérogerai à la règle car il suffit de vous regarder pour constater que vous êtes déjà l'image même du bonheur. Je vous aime, mes potes ! »

Gaël et Julie se précipitent vers moi pour me serrer dans leurs bras. Julie, en larmes, me chuchote à l'oreille qu'elle m'adore aussi.

Dans l'assemblée, Mylène me fait un clin d'œil en levant ses deux pouces. Plusieurs amis et parents se succèdent ensuite pour rendre hommage aux jeunes mariés, qu'Héloïse aurait appelés les *novis* dans sa traduction provençale. À la fin, j'adresse un petit signe de tête aux musiciens pour leur indiquer que c'est à eux d'intervenir.

Mylène s'approche de moi.

— Dis donc, tu m'as bluffée, me dit-elle. Je t'ai trouvé vraiment super dans ton rôle d'officier de cérémonie laïque.

— Ah ?

— Oui, tu étais très à l'aise, sûr de toi. Tu t'es permis de lancer des vannes en public, d'exprimer tes émotions avec naturel et assurance. Il est loin le binoclard à qui je conseillais d'imaginer que l'assemblée était à poil quand il devait faire un exposé, ajoute-t-elle en me donnant un coup de poing dans l'épaule.

Je ris en me souvenant de l'ado de quinze ans que j'ai été, il y a deux vies de cela.

Puis un autre souvenir s'impose à moi. J'avais vingt-cinq ans, et Céline et moi avions réuni nos amis pour fêter nos fiançailles. Gaël, un brin éméché, s'était écrié « Un discours, un discours ! ». Céline s'était levée et avait remercié tous les invités pour leur présence et leurs cadeaux. J'aurais voulu être aussi loquace mais l'émotion et ma timidité m'en avaient empêché. Je me suis contenté d'un « Je suis très heureux que vous soyez là ce soir, avec nous. Merci à tous ! » avant d'embrasser ma nouvelle épouse. Je dois reconnaître que malgré les aléas de cette nouvelle vie, elle m'a permis de gagner une assurance et une confiance qui m'étaient autrefois étrangères.

— Tu vas enfin me dire pourquoi Balkiss n'est pas venue ?

— On n'est plus ensemble.

— Mais… pourquoi ?

— On avait décidé d'avoir un enfant. Je préférais l'insémination artificielle et elle voulait adopter.

— Qu'est-ce que ça change ? L'important, c'est d'avoir un enfant, non ?

— Ce n'est pas si simple... Moi, j'avais envie de porter cet enfant, d'autant que je savais que Balkiss ne voulait pas tomber enceinte. Mais, pour elle, l'adoption signifiait que nous aurions été les mères de cet enfant de manière équivalente, autant l'une que l'autre. Ce qui n'aurait pas été le cas si je l'avais porté, d'après elle...

— Tu penses que vous pouvez vous réconcilier ?

— Je ne sais pas, Tom. Quand Balkiss a décidé quelque chose, c'est impossible de lui faire changer d'avis !

— Mouais. Enfin tu es aussi la pire tête de mule que j'ai jamais connue...

— Oh, tu m'énerves ! réplique-t-elle en me donnant un nouveau coup dans l'épaule. Tiens, finis ton verre de porto, tu diras moins de bêtises...

Nous rejoignons Gaël et Julie, qui inaugurent le bal avec une valse. *Con te partiro* d'Andrea Bocelli. Sans que je m'y attende, mes yeux s'emplissent alors de larmes. Céline et moi avions aussi choisi cette chanson pour notre ouverture de bal.

13

Première vie – 1999

— Je le veux.

Le prêtre acquiesce et m'annonce que je peux embrasser la mariée. Céline me sourit, de ses lèvres, de ses yeux et de tout son être. Je ne saurais définir s'il s'agit de l'auréole de tulle qui nimbe son visage, des fleurs blanches qui constellent sa chevelure bouclée, de la robe ivoire qui lui donne un air de princesse, mais elle n'a jamais été plus belle qu'aujourd'hui. Je prends son visage entre mes mains et l'embrasse tendrement. L'assemblée applaudit. Mylène crie « Vive les mariés ! ». Son enthousiasme me paraît peu orthodoxe dans une église, mais elle suscite les rires des invités.

Nous laissons nos amis et notre famille sortir de l'édifice, comme le veut la tradition, et restons seuls devant l'autel pendant que le prêtre range sa bible sous le pupitre.

— Tu trembles, me souffle-t-elle. Tu as froid ?

— Pas vraiment…
— Qu'est-ce que tu as ? Tu as peur ?
— C'est juste que je suis… ému.
— Tu es trop mignon. Moi aussi, je suis émue. Et heureuse. Et comblée. Et ravie. Et…
— Et la plus jolie mariée que j'ai jamais vue.
— Flatteur ! T'es pas mal non plus, dans ton genre…
— Je crois qu'on doit y aller, maintenant, madame Dumesnil.
— Un instant, monsieur Dumesnil, j'ai un truc à faire…
Elle se hisse sur la pointe des pieds et m'embrasse passionnément. Jusqu'à ce que le prêtre toussote dans notre dos.
— Hum… Vous êtes attendus…
Elle rougit et j'entremêle mes doigts aux siens, alliance contre alliance.
— C'est amusant, tu ne trembles plus, me murmure-t-elle tandis que nous sortons sous une pluie de pétales de roses.
De ce qui suit, les félicitations, la séance photos, le vin d'honneur, les embrassades, je ne me souviens que de son regard empli d'amour et de tendresse, la douceur de ses épaules dénudées.
Quand j'entends « Félicitations ! », je comprends que nos amis me félicitent d'avoir trouvé une femme si belle et intelligente. Une femme que je ne mérite certainement pas. Mais une femme qui porte mon nom désormais.
Pendant le repas, elle m'entraîne sur la piste de danse. C'est le moment que je redoute : dan-

ser devant tout le monde. La tradition veut que les mariés valsent ensemble mais, au bout d'une semaine de répétitions fastidieuses, nous avons conclu qu'un slow serait une meilleure option.

Je place mes bras autour de sa taille en entendant les premières mesures de *Con te partiro*. Mon cœur s'emballe et je ferme les yeux pour retrouver mon calme.

— Tout va bien se passer, je suis là, glisse-t-elle dans mon oreille.

J'ouvre les yeux et me laisse absorber par son regard.

— Je t'aime.

— Moi aussi, me répond-elle.

— Oui, mais moi plus.

Je souris, notre petit jeu commence.

— Moi, je t'aime par-delà les étoiles.

— Et moi, je t'aime par-delà la galaxie.

— Et moi, je t'aime dans cette vie et dans toutes celles qui suivront, ajoute-t-elle en souriant.

— Dans cette vie et dans toutes celles qui suivront, je répète en l'embrassant, oubliant complètement tous les regards braqués sur nous.

Elle se met alors à chanter tout doucement :

« Con te partirò
Paesi che non ho mai
Veduto e vissuto con te
Adesso sì li vivrò
Con te partirò
Su navi per mari

Che io lo so
No no non esistono più
Con te io li vivrò[1]. »

1. « Avec toi je partirai vers des pays vus ou visités avec toi. Maintenant oui je vivrai. Avec toi je partirai, sur des bateaux à travers la mer, qui je le sais, non, non n'existent plus. Avec toi je vivrai. »

14

26 ans – 2003

Déjà 18 heures. Elle n'est toujours pas sortie. J'attends depuis près de deux heures. Peut-être pour rien. Mais je n'ai pas d'autre idée, alors je reste là et je continue à la guetter.

Dans ma première vie, Céline travaillait au siège social de la Banque d'Azur, néanmoins rien ne m'assure qu'elle y travaille toujours. Elle a peut-être fait d'autres choix, elle aussi.

Je me dandine d'un pied sur l'autre en cherchant toujours l'excuse que je vais pouvoir trouver à ma présence ici. « Je me promenais dans le quartier… » sauf que ce quartier d'affaires n'est pas particulièrement fréquenté par les badauds. « Je suis client de cette banque » ; elle pourrait vite s'apercevoir que ce n'est pas le cas. « J'ai un ami qui travaille ici » ; c'est complètement faux, du moins dans cette nouvelle vie. « Je t'aime » ; elle me prendrait pour un psychopathe. C'est pourtant la seule raison qui soit vraie.

J'ai tout essayé pour l'oublier, je suis même tombé amoureux d'Émilie. Je me suis jeté dans cette relation à corps perdu, parce qu'elle repoussait l'angoisse qui ne me quitte plus depuis que j'ai commencé cette deuxième vie. Une angoisse qui a guidé chacun de mes choix. L'éloignement, le besoin de devenir plus fort, plus sûr de moi, comme si j'allais finir par la vaincre. Mais, à trop fuir, j'ai fini par me perdre. Céline n'a jamais quitté mes pensées. J'imaginais être plus heureux avec une femme plus belle, plus séduisante, plus amusante, plus entreprenante. Je me trompais. Céline, c'est un mélange de douceur, de charme, de tendresse, de générosité, de patience, d'écoute, de joie de vivre, de compréhension. Alors même si ça me terrifie, même si j'ai l'impression de plonger tout droit dans le gouffre que je n'ai cessé de fuir, je veux la retrouver. Sinon, autant revenir tout de suite à ma première vie : tout ça n'aura servi à rien. Céline n'est peut-être pas la femme parfaite, mais c'est celle qui me correspond le mieux. Du moins, c'était le cas de la Céline de ma première vie. Ceux que nous sommes devenus sont-ils toujours faits l'un pour l'autre ?

— Hé ! Thomas, c'est toi ?

Un homme s'approche de moi en souriant. Son visage m'est familier…

— Ça fait une paye, dis donc !

Soudain, mes souvenirs se réactivent. Cédric était dans la même classe que moi en première.

— Cédric, comment tu vas ?

— Bah écoute, pas mal. Je travaille là, au service gestion du personnel. Et toi, qu'est-ce que tu fais ici ?

J'ai du mal à comprendre. Cédric ne travaillait pas ici auparavant, je l'aurais su...

— Oh, euh... je passais par là.

— Ah, je croyais que tu venais pour le recrutement.

— Un recrutement ?

— On cherche des agents administratifs, mais je crois que la session doit être terminée à l'heure qu'il est.

Derrière lui, une personne s'avance à grandes enjambées sur le parking. Céline. Cédric suit mon regard.

— C'est drôle, j'ai l'impression de la connaître, lui dis-je.

— Ah, c'est Céline Ducamps, la responsable marketing-com'.

— Elle ne dirige pas le service gestion-comptabilité ?

— Ah non, ça, c'est Mme Vernais et, crois-moi, elle te plairait beaucoup moins !

Encore un changement.

— Dis, je n'ai pas de CV sur moi, mais tu crois que je pourrais postuler pour le recrutement dont tu me parlais ? Je suis justement entre deux boulots et...

— Mais oui ! Allez, viens, je t'accompagne, je dirai deux mots pour toi au DRH.

Je le suis en me demandant ce qui m'a pris. J'ai fait quatre années d'études, j'ai déjà un job de journaliste, un autre de photographe… Je pourrais certainement prétendre à un poste plus intéressant que celui d'agent administratif. Mais, à cet instant, ça n'a aucune importance. Tout ce qui compte, c'est qu'en travaillant ici j'aurai l'occasion de croiser Céline régulièrement, de faire de nouveau sa connaissance, de la courtiser, de l'aimer bien mieux que ce dont j'ai été capable la première fois.

Deux semaines plus tard, c'est mon premier jour à la Banque d'Azur. J'ai réussi à convaincre le DRH de m'embaucher pour le seul poste encore vacant, gestionnaire au service courrier. Je lui ai fait croire que je n'avais que le niveau bac, que j'avais exercé plusieurs petits boulots en France et à l'étranger ces dernières années mais que je n'avais pas tous les certificats de travail correspondants. J'ai juste mentionné ma passion pour la photo pour remplir la case « hobbies ». Je lui ai assuré que ce poste me conviendrait parfaitement car j'étais persuadé qu'une distribution de courrier efficace était la base du bon fonctionnement d'une entreprise. Et ça a marché !

La responsable du service, Isabelle Poutoux, est une vieille fille d'une quarantaine d'années à qui on n'a pas très envie de faire des poutous. Un mètre soixante-quinze, cheveux poivre et sel, chignon strict, jupe large et godillots noirs. Elle commence par me regarder de haut, même si je fais cinq bons centimètres de plus qu'elle. Elle me sort un discours bien rodé sur le respect des horaires, des procédures, de la hiérarchie et du secret professionnel. On dirait un lieutenant-chef. On dirait Jean-Pierre…

— C'est bon, vous avez terminé ? lui demandé-je en me levant.

Elle semble déstabilisée.

— Oui… oui. Si vous avez tout compris, vous pouvez prendre votre poste. Mais faites bien attention à…

— J'ai tout compris. Merci pour votre accueil.

Elle s'en va sans rien ajouter.

Tony, qui part à la retraite la semaine prochaine, me propose de l'accompagner dans la tournée du courrier pour me montrer les ficelles du métier. Il me fait visiter le bâtiment, que je connais déjà pour y avoir accompagné Céline aux fêtes de fin d'année, m'explique les procédures à respecter pour signer les recommandés. Celui du haut de la pile est adressé à Céline Ducamps. Les mains moites, je le tiens fermement tandis que Tony frappe à la porte du bureau.

— Entrez !

— Un recommandé pour vous ! s'exclame Tony.

— Ah, merci. Alors, bientôt la quille ?

— Oui, dans cinq jours exactement. D'ailleurs, j'en profite pour vous présenter mon remplaçant, Thomas… Thomas comment déjà ?

— Dumesnil. Bonjour, lui dis-je en m'approchant pour lui serrer la main.

Elle se lève, tend machinalement la sienne et plisse les yeux en me regardant.

— Thomas Dumesnil ? Nous nous connaissons, n'est-ce pas ? Que faites-vous là ?

Tony nous regarde tour à tour, amusé.

— Les hasards de la vie !

— Ça alors, quelle surprise ! je m'exclame, en essayant de paraître sincère. Je ne savais pas que vous travailliez ici. Heureux de vous revoir.

— Enchantée également, Thomas, et bienvenue parmi nous !

— Merci !

Avant de refermer la porte, un détail attire mon attention. En se rasseyant, elle pose les mains sur son ventre. Un ventre de femme enceinte.

*

* *

Déjà deux mois. Tony est parti couler une retraite paisible et je suis maintenant seul aux commandes de ma chariotte à courrier. Moi qui pensais ne rester que quelques jours dans l'entreprise, le temps de reprendre contact avec Céline et de la séduire de nouveau… Je ne peux pas me résoudre à partir. Ça signifierait abandonner. Je l'ai déjà fait une fois, à la fête de son université. Et j'ai perdu. Mais s'il restait une chance, la moindre chance… ?

Nous nous croisons parfois à la machine à café et nous déjeunons de temps en temps au restaurant d'entreprise, avec d'autres collègues. Au début je la trouvais un peu distante, mais, avec le temps, elle semble plus à l'aise. Elle m'a parlé de Stéphane, son compagnon et le meilleur ami de Cédric, ce qui explique sans doute sa présence dans l'entreprise. Elle est enceinte de sept mois. Elle part en congé maternité ce soir.

Ses yeux bleus si tendres, sa peau si veloutée, ses courbes si féminines, son parfum si délicat, sa façon de replacer une mèche rebelle derrière son oreille, tous ces petits riens me font chavirer d'autant plus cruellement que je dois rester à ma place, comme un bon copain, sans la toucher, la caresser, sans lui dire combien je la trouve belle, séduisante et désirable. Des mots que je ne lui ai pas assez dits jadis mais qui me brûlent les lèvres aujourd'hui.

Je me rappelle que, quand elle était enceinte de Coraline, elle était radieuse et débordait d'énergie. Aujourd'hui, elle semble plus fatiguée, comme si cette grossesse lui pesait davantage. Ou bien est-ce simplement parce que je refuse de voir que j'ai tout perdu. Céline, Coraline et Lilou. Envolée ma famille, rayée des registres, définitivement.

Ma seule chance de les revoir, c'est de retourner dans ma première vie. Mais alors, Sandrine végéterait dans un emploi sans envergure au lieu de s'entraîner sans relâche pour participer au marathon de New York, Mylène continuerait à fréquenter des hommes qu'elle n'aime pas, ma mère serait toujours mariée à un homme qui la bat au lieu de filer le parfait amour avec Pascal et j'ignorerais toujours que j'ai un autre père, quelque part…

Je ne peux me résoudre à faire ce choix et je me réjouis de disposer encore d'une dizaine d'années pour prendre ma décision. Entre-temps, je dois essayer de reconquérir Céline, d'une façon ou d'une autre, encore et encore. Car comme le dit Héloïse, tant qu'il y a de la vie, il y a de l'espoir.

Pourtant, ma grand-mère ne se montre pas très coopérative : j'ai de plus en plus de mal à l'appeler, comme si elle me fuyait depuis que maman m'a révélé qui est mon vrai père. Après de nombreux échecs, j'ai enfin fini par y parvenir hier.

— Héloïïïïïïïïïïïïïïïïïïïïïïïïïïïïïïïïïïïse ! Héloïïïïïïïïïïïïïïïïïïïïïïïïïïïïïïïïïïïïse ! Héloïïse ! ai-je chantonné en boucle, de ma belle voix chevrotante, devant le miroir de ma salle de bains.

— Mais arrête ! C'est un véritable supplice ! Tu es pire qu'une armée de Khmers rouges. Vas-tu te taire à la fin, bougre d'âne !

— Ah, enfin ! Tu t'es fait désirer… Ça fait des semaines que j'essaie d'entrer en contact avec toi. Pourquoi tu ne me réponds jamais ?

— La communication est souvent brouillée par ici. C'est que, là-haut, ils doivent filtrer certains échanges si tu vois ce que je veux dire.

— Non, pas du tout.

— Eh bien, il n'y a pas que des culs bénis parmi nous. Tu rencontres des tas de dictateurs, des tortionnaires, des salauds de la première heure qui essaient d'entrer en contact avec des vivants pour continuer à semer la zizanie en bas !

J'avais envie d'en savoir plus, mais ma grand-mère semblait déjà pressée de repartir.

— Héloïse... tu étais au courant, pour mon père ?

Elle a haussé les épaules.

— Bah ! Ta mère ne m'a rien dit, mais je la connais comme si je l'avais faite. Je me doutais qu'il s'était passé quelque chose sur cette plage, à Porto.

Porto ?

— Maman n'a jamais parlé de Porto, ai-je rétorqué, soupçonneux. Elle m'a seulement révélé avoir fait visiter les plages de la région.

— Oui, bon, on s'en fout un peu du nom de la plage. Pas la peine de chercher midi à quatorze heures, hein ! Et puis, moi, le nom des plages... je suis déjà incapable de retenir un prénom ! s'est-elle exclamée en riant.

Un rire qui sonnait faux. Je n'ai pas insisté, ça n'aurait servi à rien. Elle est aussi butée que sa fille qui n'a d'ailleurs jamais voulu aborder ce sujet de nouveau avec moi.

Il me reste une dernière carte à jouer. Jean-Pierre. Je veux connaître la vérité sur ce qui m'est arrivé – quitte à revoir ce salaud. D'après mes recherches, il habite désormais à Solliès-Pont, une petite ville à une quinzaine de kilomètres de Toulon. Je m'y rends juste après le pot de départ de Céline, ayant furieusement besoin de me changer les idées. Je frappe à sa porte. Pas de réponse. Je tambourine de plus belle.

— Hé ! Mais qu'est-ce que vous avez à escagasser cette porte comme ça, fada ? C'est pas bientôt fini, tout ce boucan ?

Une petite mamie me regarde d'un air mauvais, sa canne à la main.

— Excusez-moi, madame, je dois absolument parler à monsieur Dumesnil. Je suis son… fils. Et c'est très important.

— Eh bé, peuchère, s'il vous ouvre pas, c'est qu'il est pas là, hein !

— Vous sauriez où il est, par hasard ?

— Eh bé, je dirais qu'il est sur son 51, pardi !

— Pardon ?

— Au bar PMU avec son 51 ! Bon, allez, je vous laisse, je suis avec Lucien Leperse, moi…

Je redescends les marches et me dirige vers le bar qui fait l'angle, un peu plus bas. La terrasse est bondée, en ce soir d'été, mais je ne vois pas Jean-Pierre. J'entre à l'intérieur qui me semble bien sombre, comparé à la luminosité extérieure. Le temps que mes yeux s'accoutument, je le reconnais, assis seul près du comptoir, un verre de Pastis 51 presque vide devant lui. J'ai l'impression qu'il a pris dix ans depuis la dernière fois que je l'ai vu. Je tire un tabouret et m'assieds à côté de lui. Il siffle les dernières gouttes d'alcool et contemple son verre vide avant de faire un signe de tête au barman.

— Salut.

— Qu'est-ce que tu fous là, Thomas ? T'es venu assister au spectacle ? Ça te fait plaisir de me voir comme ça, comme une épave ? C'est bien ce que tu voulais après tout..., ânonne-t-il d'une voix pâteuse.

— Non, Jean-Pierre, ce n'est pas ce que je voulais.

— Mais ferme ta gueule ! hurle-t-il dans un brusque accès de rage en se jetant sur moi. Je m'en fous de ce que tu voulais, tu comprends ça, p'tit con ? T'as foutu ma vie en l'air, comme ça, pour te marrer, hein ?

Je me contiens pour ne pas lui balancer le fond de ma pensée, et mon poing dans la gueule par la même occasion. Il lâche ma chemise, s'affale sur son tabouret. Je me contente de fixer ses mains. Des mains de vieux. Il a la cinquantaine, même s'il paraît bien plus âgé. Des mains larges. Des mains qui tenaient la mienne quand j'étais petit et que je marchais trop près de la route, qui m'offraient une glace quand on allait à la plage avec mes sœurs ou qui s'agrippaient au cerf-volant qui finissait toujours le nez dans le sable. Des mains du père qu'il a été pour moi alors que je n'étais pas son fils. Mais aussi des mains qui frappaient ma mère.

— Écoute, je n'ai jamais voulu te faire du mal ou foutre ta vie en l'air, je voulais juste protéger ma mère. Et tu ne la rendais pas heureuse. Je sais que tu la frappais !

Je suffoque dans ce bar enfumé.

— Tout de suite les grands mots ! C'est à Paris qu'on t'a appris à parler comme ça ? T'es qu'un hypocrite, tiens ! Tu dois tenir ça de ta mère...

— Pourquoi tu dis ça ?

— Parce qu'elle n'a jamais eu le courage de t'avouer la vérité. Et je suppose que c'est toujours le cas. C'est bien pour ça que tu es venu me voir, pas vrai ?

— Eh bien...

— Tu crois pas que j'ai été assez humilié comme ça ? Tu crois que j'ai envie de remuer encore toute cette merde ?

— Écoute, je sais que ça n'a pas été facile pour toi, mais...

— Pas facile ? Tu te fous de ma gueule ? Perdre ses clés, c'est pas facile. Supporter la trahison de la femme que tu aimes, élever le gosse d'un autre, le voir grandir et encaisser les remarques des gens qui te disent qu'il te ressemble pas, c'est insupportable, tu m'entends ? Et pendant ce temps-là, l'Amerloque, il se la coulait douce. Il avait la belle vie, sans soucis et sans mioche à élever ! Avec ses belles paroles, ses chansons à la con pour faire tourner la tête de toutes les gonzesses, ses cheveux longs à la hippie, sa belle gueule d'enfoiré de mes deux ! Ah ça, il s'y connaissait pour draguer et pour foutre les bonnes femmes dans son pieu et une fois son coup tiré, pffft, il disparaissait et les laissait seules avec leur rejeton. Tu parles d'un gentleman !

Je n'ose pas lui répondre, de peur qu'il ne s'arrête de parler.

— Faire ça à cette sainte-nitouche de Sophie, en plus. Pour une fois qu'elle arrivait à se dégoter un bonhomme ! Ah ça, elle a eu le nez creux, ta tante Sophie, de nous l'amener en vacances à Porto. La vieille était toute contente, elle qui voulait réunir toute la famille en Corse pour l'anniversaire du vieux Philibert.

Il part d'un rire bien gras, et une larme coule le long de sa joue mal rasée.

— Et ta mère, cette dinde, qui passait son temps à l'écouter chanter sur la plage, allez, encore une autre chanson, s'il te plaît ! Quelle allumeuse, oui ! Et moi, je n'ai rien vu venir, pauvre con que j'étais. Me faire ça à moi ! Et à cette pauvre Sophie... Elle ne s'en est jamais remise, la pauvre fille. Voilà quel merdier elle a foutu, ta mère, pour une pauvre histoire de jambes en l'air avec un chanteur raté. Et après, elle me regarde avec ses yeux de cocker, m'annonce qu'elle est enceinte et me demande d'accepter, sans piper mot. Et moi, pauvre cocu que j'étais, j'ai dit oui, pour la garder. J'ai toujours tout fait pour la garder. Je ne voulais pas qu'elle travaille pour qu'elle reste là, près de moi. J'ai toujours su que je ne lui arrivais pas à la cheville alors j'ai fait ce que j'ai pu pour la retenir... J'étais fou d'elle, tu sais. Peut-être un peu trop... Et voilà où j'en suis aujourd'hui ! Une pauvre merde abandonnée de tous ! Voilà à quoi ça sert d'être trop bon. Trop bon, trop con, oui !

Il enfonce sa tête entre ses bras, comme s'il ne voulait plus rien voir de cette réalité qui lui a fait tant de mal. Je pose ma main sur son épaule, maladroitement, avant de sortir du bar sans un mot.

Je prends ma voiture et roule sans but. Sans savoir comment, je me retrouve au bord de la plage. Le ciel est couvert et je ne croise que de rares passants sur la jetée. Je suis seul face à la mer, si calme comparée au tumulte qui m'habite. Que ma mère ait trompé Jean-Pierre, c'est une chose. Mais ce que je ne comprends pas, c'est qu'elle m'ait menti ouvertement. Après tout ce que j'ai fait pour elle, après lui avoir exprimé mon besoin urgent, vital, de connaître mon vrai père.

Je grimpe les marches pour atteindre le sommet de la digue et m'élance sur les blocs de pierre. Arrivé à l'extrémité, je m'assieds pour contempler les flots argentés qui scintillent sous un timide rayon de soleil. Et je me sens soudain terriblement seul. J'avais une belle carrière, des amis merveilleux, une copine formidable. J'ai tout gâché. Pour quoi ? Pour une femme qui ne m'aime pas et qui, dans cette vie, ne m'aimera jamais.

Mes amis sont loin, à présent. Gaël et Julie sont restés en région parisienne et y construisent leur vie. Mylène a déménagé à Montréal pour oublier Balkiss et ses projets de maternité… Même si, aux dernières nouvelles, Balkiss est allée la retrouver là-bas. Maman travaille d'arrache-pied et roucoule avec Pascal, Sandrine s'entraîne intensément pour son marathon. Je n'ai plus de nouvelles d'Émilie. Céline est sur le point d'accoucher de l'enfant d'un autre.

Et moi, je reste ici, tout seul, à distribuer des courriers, sans savoir pourquoi je continue. Je n'ai plus envie de rien. Plus de projet. Plus de perspective d'avenir. J'ai pourtant essayé d'avoir une vie meilleure que la première, de faire des choix qui me semblaient plus pertinents, mais finalement, je ne suis pas plus heureux dans cette vie-là. Peut-être même moins...

Les vagues se fracassent sur les rochers et m'éclaboussent.

J'ai si peur – tout le temps peur. Pourquoi ? Qu'est-ce qui pourrait m'arriver de pire ?

— Pourquoi m'as-tu fait ça, Héloïse ?

Personne ne me répond, hormis la mer qui semble me tendre les bras. Je me lève, m'approche du bord de la digue. Encore plus près. Mes chaussures sont trempées. Je me penche davantage pour observer le fond des eaux de plus en plus noires. Je me sens littéralement aspiré par les flots...

Soudain, une vibration dans la poche de mon jean me ramène à la réalité. C'est Cédric. Nous avions prévu d'aller boire un verre ensemble ce soir.

— Thomas ?

— Oui, salut.

— Écoute, je vais devoir annuler pour ce soir, désolé.

— Ah, tu as des soucis ?

— Non, pas moi, mais… Je viens de recevoir un appel de Stéphane, le compagnon de Céline. Ils sont à l'hôpital…

— Et ? Qu'est-ce qui se passe ?

— Céline a accouché.

— Quoi ? Déjà ? C'est beaucoup trop tôt !

— Oui, mais le travail a commencé et il n'a pas été possible de l'arrêter…

— Et comment va-t-elle ?

— Elle, ça va. Mais le bébé…

— Quoi ?

— Il est… Il n'a pas survécu.

Sans prendre le temps de raccrocher, ni de réfléchir, je me précipite dans ma voiture. Dix minutes plus tard, je me gare dans le parking de l'hôpital. Mon regard accroche une image dans le rétroviseur. Celle d'Héloïse. Elle est particulièrement pâle.

— Que fais-tu, Thomas ?

— Je… je vais voir Céline. Elle a… elle a perdu son bébé.

— Je sais, j'ai vu. C'est dramatique. Mais, cela ne te concerne pas, mon chéri.

— Bien sûr que si ! Je ne peux pas la laisser toute seule en ce moment ! Tu te rends compte, elle doit être anéantie. Je dois être à ses côtés.

— Tu n'es plus son mari, Thomas. Ce n'est pas ta place…

Je sais que nous ne sommes plus mariés, je sais que je ne devrais pas y aller, je sais qu'elle ne s'attend pas à me voir et qu'elle n'en a même certainement pas envie. Mais je sais aussi que je préférerais mourir maintenant plutôt que de la laisser affronter cette épreuve sans être là pour elle. Je dois y aller, au moins en tant qu'ami.

J'ouvre la portière, m'élance vers l'hôpital. Les cages d'escalier étant inaccessibles pour cause de peinture fraîche, je me résous à prendre l'ascenseur. Quand les portes métalliques s'ouvrent enfin, je découvre Héloïse à travers le miroir. Elle reste silencieuse mais m'adresse un sourire qui se veut réconfortant. Je ne peux pas lui parler. Pas maintenant. Je ne peux pas lui expliquer que je ressens la douleur de Céline de manière tellement intense que j'en souffre comme si j'étais le père de cet enfant. Comme si je venais de perdre Coraline ou Lilou. Une angoisse qui fait tellement écho à celle qui me poursuit depuis que j'ai quitté ma première vie que, pendant un instant, je ne sais plus dans laquelle je suis. Tout ce qui compte, c'est Céline.

Arrivé dans le couloir de la maternité, je vois Cédric près d'une baie vitrée, en pleine discussion avec Stéphane en pleurs. Je continue à avancer dans le couloir quand une porte s'ouvre sur ma gauche pour laisser sortir deux femmes. L'une s'essuie les yeux, soutenue par l'autre. La sœur et la mère de Céline. J'aimerais aller vers elles et les serrer dans mes bras, mais, bien entendu, elles ne me connaissent pas.

— Thomas ?

Je relève la tête et aperçois, par l'entrebâillement de la porte restée ouverte, le visage de Céline, allongée sur le lit.

— Que fais-tu là ? me demande-t-elle.

— Je... j'ai appris que... et..., bafouillé-je en tordant mes mains moites.

Je me sens idiot, soudain, incapable de justifier ma présence. Pourtant je ne pourrais être nulle part ailleurs.

— Entre.

Sa mère et sa sœur me regardent entrer dans la chambre, visiblement surprises. Je leur adresse un sourire contrit et m'approche de Céline. Elle a les yeux rouges et gonflés.

— Je... je suis désolé pour toi. Ça me fait beaucoup de peine.

Mes yeux débordent, malgré moi.

— Je n'arrive pas encore à y croire.

Elle se mouche discrètement et tamponne ses yeux de son mouchoir en papier.

— Mais la vie continue. J'aurai d'autres enfants, je le sais, reprend-elle dans un sourire.

Elle est tellement belle, tellement forte, que je meurs d'envie de la prendre dans mes bras, de coller mon cœur au sien pour en extraire un peu de douleur. Même si j'ai l'impression que c'est elle qui me réconforterait.

— C'est tellement gentil à toi d'être venu, Thomas. Ça me touche beaucoup, vraiment.

— Nous ne nous connaissons pas depuis très longtemps, mais tu pourras toujours compter sur moi. Et si je peux faire quelque chose...

— J'aimerais beaucoup boire un chocolat chaud, demande-t-elle avec un sourire triste.

— C'est comme si c'était fait.

J'aurais dû y penser... Le chocolat chaud, c'est son remède miracle par excellence. Avec un soupçon de crème chantilly au sommet, c'est même le paradis. Un instant plus tard, je reviens dans la chambre avec deux chocolats chauds. Stéphane est assis à côté d'elle. Elle fait les présentations, mais il ne m'accorde pas la moindre attention et continue à fixer le sol. Je tends son gobelet à Céline. Ses doigts rencontrent les miens. Un frisson me parcourt l'échine et accroche à mon visage un sourire inapproprié. Je lui fais la bise pour cacher mon trouble. Elle retient ma main un instant, murmure un « merci » d'une douceur infinie.

En sortant de l'hôpital, ce soir-là, je suis épuisé. Sa détresse ravive en moi le sentiment d'angoisse, cette sensation de danger imminent qui me persécute depuis toutes ces années. Mes entrailles s'enflamment. Je prends mon dixième comprimé antidouleur de la journée, dépassant allégrement la dose autorisée. Plus les années passent, plus l'échéance approche, et plus j'ai du mal à étouffer la souffrance. Qu'est-ce qui a pu m'arriver de si horrible, dans ma première vie, pour me frapper encore ainsi en pleine face des années après ?

15

27 ans – 2004

Depuis sa sortie de l'hôpital, Céline s'efforce de rester positive et il lui arrive même de remonter le moral de ses proches. Elle répète souvent que ça aurait pu être pire. L'infection qui a emporté sa fille aurait aussi bien pu survenir beaucoup plus tard et cela aurait été encore plus terrible de perdre une personne que l'on a connue et aimée. Ce petit être, elle l'a porté pendant sept mois, elle lui a imaginé un visage, une personnalité, un avenir, mais tout cela n'a existé que dans son imagination. Elle tente de faire le deuil de ses rêves et de l'amour pour un enfant qu'elle n'a pas eu la chance de voir naître. Certains de ses amis et même de sa famille ont du mal à comprendre son raisonnement, qu'elle puisse déjà sourire, qu'elle ait déjà recouvré l'espoir d'un autre avenir, qu'elle veuille tourner la page et aller de l'avant.

Et pourtant, comme je la connais par cœur, je suis sûr qu'elle pleure quand elle se retrouve seule, sans personne pour la juger ou pour se sentir obligé de la consoler. Elle doit puiser du réconfort auprès de sa sœur Mathilde, la seule qui puisse entendre sans pleurer le récit détaillé de son accouchement, des sensations de cet enfant qui bougeait dans son ventre jusqu'au jour où elle n'a plus rien ressenti... En dehors d'elle, j'imagine que sa mère passe son temps à sangloter et que son père reste silencieux, comme toujours.

Quant à moi, j'essaie de garder un contact régulier avec elle. Je lui envoie des messages, je l'appelle de temps en temps. Elle semble contente de m'entendre. Nous parlons de tout et de rien, des collègues du bureau, des repérages que je fais dans la région pour mes prises de vues, des inondations du Sud-Est et de la finale de la Fed Cup, l'équivalent féminin de la Coupe Davis de tennis, lors de laquelle les Françaises ont battu les Américaines haut la main.

Un jour, elle m'a avoué que Stéphane avait beaucoup de mal à se remettre de ce drame. Cette petite fille représentait tous ses espoirs, tous ses rêves, toute sa vie, et il lui est difficile de continuer la sienne sans elle. Il est allé voir un thérapeute mais sa mélancolie reste cramponnée à lui. Il reproche même à Céline de répéter que ça ira mieux demain, qu'ils auront d'autres enfants, que la vie continue. Je me suis contenté de l'écouter sans commenter, alors qu'en moi l'envie de venir la chercher, de l'arracher à cette relation qui la mine et de lui procurer tout le réconfort et le soutien dont elle a besoin me brûlait.

Ce soir, j'entends le téléphone sonner tandis que je suis dans mon bain. J'hésite à répondre, mais mon anxiété me souffle qu'il s'agit sûrement d'un appel urgent de la part de ma mère, de ma sœur ou peut-être de Céline. Je sors de la baignoire comme un diable de sa boîte, glisse lamentablement sur le carrelage et décroche *in extremis*.

— Allô, Thomas ? C'est moi. Céline, précise-t-elle d'une voix blanche.

— Salut ! Comment te sens-tu aujourd'hui ?

— J'ai besoin de me changer les idées.

— Oui, je comprends. Euh… tu veux qu'on mange ensemble demain midi ?

— Non, ce soir. Maintenant.

— OK, mais… Stéphane ?

— Je ne crois pas qu'il remarque mon absence, de toute façon.

— Dans ce cas, je viens te chercher d'ici dix minutes.

— Oui… et puis non. Je ne veux pas envenimer les choses… Excuse-moi. On peut remettre ça à demain midi, finalement ?

— Pas de problème. Je peux même te proposer un petit déjeuner. Je passe te prendre à 8 heures ?

Le lendemain matin, je me réveille aux aurores, le temps de préparer tout ce dont j'ai besoin. Je passe la prendre chez elle à l'heure dite et la conduis à la plage. Elle me suit mais reste silencieuse, certainement perdue dans ses sombres pensées. J'installe de grandes serviettes sur le sable et une nappe à carreaux rouges et blancs sur laquelle je dépose un panier contenant des viennoiseries, des tasses en porcelaine, du thé Earl Grey impérial de sa marque préférée, une bouteille de jus d'oranges fraîchement pressées et quelques fruits secs. Céline est stupéfaite.

— Tu ne le croiras jamais, mais tu as choisi exactement tout ce qui représente mon petit déjeuner idéal. J'adore ce genre de tasses au bord fin, ce parfum de thé en particulier, les fruits secs et les oranges pressées. C'est dingue ! s'exclame-t-elle. On dirait que tu lis dans mes pensées !

Je réprime un rire gêné.

— Je dois te révéler un secret. Quelque chose que je n'ai encore jamais avoué à qui que ce soit...

— Ah bon ? C'est grave ?

— Non, ne t'inquiète pas. Mais quand je t'aurai confié ce secret, tu ne me verras plus jamais de la même façon. Voilà, je suis doté d'un sixième sens hors du commun. Je lis dans les pensées des gens. Je sais ce qu'ils aiment et n'aiment pas, ce qu'ils souhaitent, et ce qu'ils essaient de me cacher...

Elle me regarde, perplexe, et finit par éclater de rire.

— Mais que tu es bête ! J'ai failli te croire, dit-elle en croquant dans un abricot sec.

Elle dévore tout ce que j'ai préparé, comme si elle n'avait pas mangé depuis des semaines. Puis, elle s'étend sur sa serviette, un léger sourire aux lèvres. Il fait encore assez chaud pour ce mois d'octobre et l'air provenant de la mer est doux et chargé d'iode. Je m'amuse à balancer des miettes de croissants aux goélands qui se rapprochent de plus en plus, attirant leur bande de potes sur la plage.

— Tu sais, Thomas, je tiens énormément à notre amitié, affirme Céline.

J'attends la suite en fixant une mouette particulièrement audacieuse. Au loin, une petite fille joue au ballon avec son père. Elle trébuche et son père se précipite pour l'aider à se relever, puis il la serre contre lui. Mon cœur se contracte douloureusement.

— Tu vois, je me sens bien avec toi, je me sens libre d'être moi-même. Plus qu'avec quiconque. Avec mes amis, je me sens obligée de jouer un rôle, j'ignore pourquoi. Et avec ma famille, en ce moment, c'est compliqué. Mais avec toi, c'est différent. Un peu comme si on s'était toujours connus. Un peu comme des âmes sœurs. Sans qu'il y ait la moindre ambiguïté entre nous. Et cette amitié m'est extrêmement précieuse.

Je me lève pour me donner une contenance. Ses mots me bouleversent. Comment peut-elle nous comparer à des âmes sœurs pour terminer sa phrase sur la notion d'amitié ? Et pourtant, je devrais m'estimer heureux qu'elle place notre relation encore récente à ce degré d'intimité. Je devrais être heureux... Et me contenter de cela. Pour l'instant. Je me rassieds à ses côtés.

— Moi aussi, je tiens beaucoup à notre relation. Et, comme je te l'ai déjà dit, tu pourras toujours compter sur moi. Quoi qu'il arrive.

— Je le sais. Merci. Heureusement que tu es là.

— Dis-moi, que s'est-il passé hier soir ? Tu avais l'air bouleversée...

— C'est Stéphane. Il n'arrive pas à s'en remettre. Il continue à déprimer et je ne peux rien faire pour l'aider. Du coup, ça le rend... amer.

— Amer ?

— Oui, et injuste aussi...

— Qu'est-ce que tu veux dire ?

— Il... il m'a dit que c'était facile pour moi d'être optimiste puisque, quelque part, c'était ma faute si sa fille était morte, c'était moi qui n'avais pas été capable de mettre au monde un enfant en bonne santé.

— Quoi ? Tu plaisantes ? je m'écrie en balançant un galet vers une pauvre mouette qui s'envole en poussant des cris stridents. C'est immonde de dire ça !

Elle ne me répond pas et se contente de fixer la mer. Mais je vois bien son menton trembler et ses lèvres se pincer.

Deux mois plus tard, elle m'appelle en pleine nuit.

— Je l'ai quitté. Je ne pouvais plus rester avec lui, envisager de passer le restant de mes jours avec lui. Tu avais raison.

— Moi ? Mais je n'ai rien dit !

— Non, et je t'en remercie. Mais tes silences et l'expression de ton visage quand je te racontais ce que j'endurais étaient suffisamment éloquents. Tu vois, j'ai perdu mon bébé et l'homme que j'aimais. En revanche je peux compter sur ton amitié et ça m'aide à me projeter dans l'avenir.

Elle habite désormais chez Mathilde et tente de se reconstruire, jour après jour. Nous nous voyons régulièrement ; je m'efforce de lui changer les idées en lui faisant découvrir quelque chose de différent à chacune de nos rencontres, comme Émilie le faisait avec moi. Une crique enfoncée dans un recoin du littoral, un pique-nique à base de fleurs comestibles (et de saucisson corse, l'un de ses péchés mignons), une chapelle cachée dans la garrigue, une rivière souterraine, une petite librairie qui doit exister depuis des siècles et recèle des ouvrages rarissimes. Enchantée, elle me remercie à chaque fois avec chaleur. Cependant nos rapports restent ceux de deux amis. Je ne veux pas brusquer les choses, je veux suivre son tempo. Si elle ne respecte pas sa période de deuil, celui de son bébé et de son amour perdu, notre relation amoureuse sera vouée à l'échec.

Mais j'ai attendu si longtemps...

*

* *

Je scrute le ciel actuellement couvert mais qui devrait se dégager, d'après la météo. J'ai tout organisé minutieusement. Je l'attends en bas de chez elle, anxieux comme un adolescent avant son premier rencard. Elle arrive enfin, éblouissante dans une robe rouge décolletée. Je m'efforce de regarder ailleurs. Ne surtout pas loucher sur sa poitrine.

Pendant le trajet, elle m'assaille de questions sur notre destination. Je reste inflexible et lui réponds par un sourire, en chantonnant les paroles des chansons qui sortent de l'autoradio, soigneusement enregistrées en fonction de ses goûts d'avant.

Deux heures trente plus tard, nous arrivons à Avignon où le soleil s'est également invité. Je me gare dans une ruelle et m'empresse de lui ouvrir la portière.

— On va voir un spectacle ? me demande-t-elle.

— Oui, si on veut...

— Tu es bien mystérieux.

Nous pénétrons dans une petite salle et nous installons sur les gradins au milieu des autres spectateurs. Je la laisse seule quelques minutes, prétextant un besoin urgent. Quand la représentation commence, je me rassieds à côté de Céline. Deux comédiens entrent en scène et se mettent à jouer un vaudeville très amusant. À un moment donné, la comédienne se tourne vers le public et s'adresse directement à lui.

— Mesdames, messieurs, l'heure est grave. Le procès de mon ignoble mari, celui qui a bafoué mon honneur avec cette catin de Gismonde, est désormais inéluctable. Mais pour me défendre, il eût fallu que des témoins comparussent à la barre et attestassent de ma respectabilité. Et je n'en ai aucun, quel malheur… Alors, je m'en vais en trouver !

Elle descend de la scène et s'avance entre les allées de spectateurs, avant de s'arrêter devant un monsieur.

— Mon brave homme, vous avez la mine d'un vieux sage, on vous donnerait le bon Dieu sans confession. Seriez-vous prêt à intercéder en ma faveur ?

Le monsieur accepte et se lève à côté d'elle. Elle s'adresse ensuite à deux autres personnes avant de marquer une pause devant nous.

— Oh, vous ! Vous ressemblez à la Madone, vous feriez un témoin de premier choix. Consentiriez-vous à me suivre, gente dame ?

— Moi ? répond Céline. C'est que… euh…

— Vas-y, lui soufflé-je, tu vas t'amuser.

Elle me jette un regard affolé mais se lève en souriant, avant de rejoindre les autres volontaires et de monter à son tour sur scène. La comédienne reprend la parole.

— Mesdames, messieurs, il nous faut à présent préparer notre défense, si vous voulez bien nous excuser…

La petite troupe sort alors à sa suite derrière les portes factices. C'est l'heure de l'entracte. Dix minutes plus tard, la pièce recommence et le rideau se lève de nouveau. La scène représente un tribunal au décor minimaliste, au centre duquel trône un juge apparemment ivre. Les différents témoins, affublés de costumes Renaissance, se succèdent et déclament un discours qui semble être improvisé, avec plus ou moins d'aisance. Mais la sympathie du public leur est acquise et ils nous font rire de bon cœur. C'est au tour de Céline. Elle joue le rôle de la femme de ménage de l'épouse bafouée. Elle commence à expliquer au juge, qui continue à boire la flasque qu'il tente de dissimuler dans ses larges manches, qu'elle en a vu défiler des péronnelles en l'absence de Madame, pendant toutes ses années de service, et que Monsieur n'est assurément pas la pauvre victime qu'il prétend être. Sa tirade aurait apparemment dû s'arrêter là car l'épouse s'avance, avec l'intention de confirmer les dires de sa bonne. Mais Céline ajoute que Madame a toujours tout fait pour Monsieur, qu'elle l'a toujours soutenu et que ses relations avec le jeune palefrenier étaient juste amicales. La comédienne en reste bouche bée, de même que les autres acteurs, déclenchant les rires des spectateurs. Ce dernier renseignement n'était visiblement pas prévu. L'épouse pousse alors de grands cris et feint d'avoir des vapeurs, face à un époux qui l'accuse de mille torts.

Quand elle me rejoint à l'extérieur de la salle, Céline affiche un sourire radieux.

— C'est toi qui as manigancé tout ça, avoue !

— Je suis allé en coulisses avant le début du spectacle et je leur ai fait croire que tu étais volontaire pour participer à la séquence d'improvisation...

— Pourquoi ?

— Tu m'as dit un jour que ton rêve serait de monter sur scène et de faire du théâtre, mais que tu n'avais pas assez de courage pour franchir le pas. Alors, j'ai eu envie de te donner un coup de pouce pour t'aider à réaliser ton rêve.

— Je ne me rappelle pas t'en avoir parlé...

J'ouvre de grands yeux, comprenant seulement ma bourde.

— Effectivement, tu ne me l'as pas dit aussi explicitement. Mais l'autre jour, quand nous sommes passés devant l'Opéra de Toulon, tu as lu une affiche proposant des cours de théâtre. Alors, j'ai pensé que...

Son regard se radoucit, rassuré.

— Ah mais tu as des yeux derrière la tête, ma parole !

— Et alors, comment as-tu trouvé cette première fois ? Tu as aimé ?

— Oui ! C'était grisant ! J'étais absolument morte de trouille mais, une fois sur scène, j'ai oublié mes peurs et je me suis lancée.

Sans prévenir, elle se blottit contre moi en me murmurant « merci ». Je resserre mes bras autour d'elle. Elle relève la tête et nos regards plongent l'un dans l'autre. Je passe ma main sous sa nuque pour l'attirer à moi et, après un instant d'hésitation interminable, l'embrasse tendrement. Elle répond à mon baiser, d'abord timidement, puis beaucoup moins... avant de s'écarter brusquement.

— Tom... Pardon, Thomas... je suis désolée, je... Je ne sais plus où j'en suis. J'aurais du mal à te l'expliquer, tout ça est assez fou. Tu es un homme exceptionnel, mais je ne suis pas prête...

— Je comprends, ne t'inquiète pas. Prends ton temps.

C'est ce que je lui réponds alors que mon cœur saigne à l'intérieur. Je n'ai pas envie de comprendre, je n'ai pas envie de lui laisser du temps, je n'ai pas envie d'être gentil. Mais, plus que tout, je n'ai pas envie de la perdre.

Pendant le trajet du retour, nous parlons peu. Quand je la ramène devant sa porte, elle me remercie encore une fois pour tout ce que j'ai fait pour elle, puis disparaît à l'intérieur. Je reste longtemps à contempler le vide, hagard, sans comprendre ce qui vient de se passer. Tout allait si bien. J'ai ressenti sa tendresse, son besoin d'être blottie dans mes bras. Alors pourquoi ?

La question me hante encore quand je reprends le volant, plus perdu que jamais. Sans réfléchir, comme souvent depuis que je suis entré dans cette seconde vie, ma souffrance me mène à la crique du Fer à cheval. La nuit s'est déjà emparée du paysage, ne laissant aucune place à la lumière opalescente de la lune. Je pensais que ma mère serait couchée à cette heure tardive mais je la trouve dans sa chambre, affairée à disposer quelques vêtements dans une petite valise. Elle est surprise de me voir ici, alors que je n'ai plus donné de nouvelles depuis plusieurs semaines. Moi qui m'étais promis d'être plus présent auprès de ma famille que dans ma première vie... Elle me sert un thé dans la cuisine et m'explique que Pascal l'a invitée à séjourner dans sa villa de Bonifacio pour une quinzaine de jours et qu'ils partent tôt le lendemain matin.

J'aimerais lui dire que j'en suis heureux pour elle, mais je n'y parviens pas. Elle remarque alors mon air dépité et me demande ce qui ne va pas. Alors, je lui relate ma tentative pour séduire celle que je sais être la femme de ma vie et son échec cuisant.

— Je me sens tellement désemparé. J'ai l'impression que ma vie est une succession d'échecs.

— Tu ne peux pas dire ça, enfin ! Tu dois être positif, te projeter dans l'avenir, faire de nouveaux projets...

— J'aimerais beaucoup, maman. Mais je ne sais plus où j'en suis, ni même qui je suis. Et puis, j'ai du mal à me projeter dans l'avenir comme tu dis, en ressassant toutes ces questions sur mon père. C'est horrible de ne pas savoir qui il était vraiment, quelles qualités et quels défauts je tiens de lui, quels conseils il aurait pu me donner...

Je lui glisse un regard en coin, surprends son air coupable me confirmant qu'elle ne m'a pas tout avoué. Cela devrait me mettre en rage, mais Céline occupe toutes mes pensées, me laissant juste... vidé. Une larme roule sur ma joue.

Ma mère doit s'en apercevoir, car, après une longue hésitation, elle pousse un profond soupir.

— Écoute, Thomas, je ne t'ai pas dit la vérité à propos de lui.

Je me fige, la regarde franchement cette fois, avec une rancœur mêlée de colère.

— Je sais, j'ai parlé à Jean-Pierre. Pourquoi m'as-tu menti ?

Elle baisse les yeux. Je crains d'avoir coupé court à ses confidences, et m'apprête à la presser de questions quand elle finit par avouer :

— Parce que j'avais honte, tout simplement. Je me suis toujours sentie coupable de tout ce que cette relation a engendré : la mort de Sophie, l'attitude froide et distante de Jean-Pierre envers toi et même envers tes sœurs, l'échec de notre mariage. Je ne voulais pas que tu aies à supporter cette image de moi. Mais j'avais tort. Ce qui compte, ce n'est pas moi, et encore moins le passé. Tu as le droit de savoir qui est ton vrai père... Je suis désolée, Thomas. Pardonne-moi, s'il te plaît.

En la voyant devant moi, si fragile, ses yeux emplis de larmes, ma colère se dissipe. Je n'ai pas le cœur à la blâmer. Malgré moi, mes ressentiments laissent place à la compassion.

— Raconte-moi ce qui s'est passé.

— Lors d'une réunion familiale en Corse, à Porto, ma cousine Sophie nous a présenté son ami, un certain Bradley Stevens, un homme solaire au charme fou. Un soir, après une soirée arrosée, tous les autres sont partis se coucher et je suis restée seule avec Brad. Il m'a expliqué que Sophie et lui n'étaient pas vraiment ensemble, qu'ils étaient juste amis… Nous étions assis autour d'un feu de camp, il m'a chanté des chansons, et j'ai lu dans ses yeux qu'il me trouvait belle et… nous avons passé la nuit ensemble. Le lendemain, il nous a annoncé que sa sœur l'avait appelé de Miami pour lui apprendre que leur mère était gravement malade. Il m'a promis de m'appeler, mais il ne l'a jamais fait.

— Tu ne sais donc pas ce qu'il est devenu ?

— Pas vraiment, mais il y a une dizaine d'années je suis tombée sur un article d'un magazine féminin qui présentait une nouvelle station de radio du Sud-Ouest, Feel Good FM. Elle diffusait des musiques relaxantes, des séances de méditation guidée et des interviews d'auteurs et de personnalités inspirantes. L'article précisait que cette radio avait été créée par un certain Bradley Stevens qui avait importé ce concept des États-Unis. Une photo de lui illustrait l'article. Ses cheveux étaient plus courts et son front s'était strié au fil des années mais je l'ai bien reconnu. Depuis, je n'ai plus entendu parler de lui. Je n'ai jamais essayé de le recontacter, c'était de l'histoire ancienne...

*

* *

J'ai appelé la radio, qui existe toujours. La standardiste m'a appris que la station a été rachetée il y a deux ans et qu'elle ne connaît aucun Bradley Stevens. J'ai eu beau chercher, je n'ai trouvé aucune autre information à son sujet. J'ai donné ma démission à la Banque d'Azur. J'avais besoin d'aller de l'avant, ne serait-ce que pour dissiper cette impression de faire sans cesse du surplace.

Trois jours plus tard, je descends du train en gare de Biarritz, le cœur battant. Je me présente au siège de Feel Good FM. J'explique à la standardiste que je cherche le fondateur de la radio, Bradley Stevens. Elle me répète qu'elle ne l'a pas connu car elle ne travaille là que depuis six mois.

Je sors du bâtiment, dépité. Je ne sais pas ce que j'espérais. Un miracle, peut-être ? Un coup de pouce de l'univers, pour une fois ?

Une fois dehors, un homme en polo vert m'interpelle.

— Excusez-moi, j'ai entendu votre conversation avec Sarah. J'étais dans le bureau, derrière elle. Vous cherchez Bradley ?

— Oui ! Vous le connaissez ?

— Disons que je l'ai connu. J'ai travaillé pour lui pendant deux ans, jusqu'à ce qu'il décide de quitter la radio.

— Pourquoi a-t-il voulu en partir ?

— Il me disait qu'il avait fait le tour de la question… et qu'il était déçu par tous les « gourous du bien-être », comme il les appelait, qui prônaient la bienveillance et l'amour de son prochain mais qui, en réalité, ne pensaient qu'à leur notoriété et à leur chiffre d'affaires.

— Vous savez ce qu'il est devenu ?

— Il répétait souvent qu'un jour il partirait loin d'ici pour faire une retraite méditative dans un ashram.

— Vous avez une idée de l'endroit où il a pu aller ?

— Les seuls ashrams que je connais sont en Inde. Mais il y en a des milliers… Je crains que ça ne vous aide pas vraiment.

— C'est toujours ça. Vous savez s'il avait des relations dans la région ? Des amis ? Une épouse ?

— Il ne me parlait jamais de sa vie privée, désolé.

— Ce n'est rien, merci pour votre aide. Vous travaillez toujours à la radio ?

— Oui, Bradley me l'a cédée avant de partir. Au fait, pour quelles raisons le cherchez-vous ?

— Je… je suis son fils.

L'homme au polo écarquille les yeux. C'est la première fois que je parle de mon père avec une personne étrangère à ma famille et ça le rend concret, vivant. Il sourit, me donne une tape sur l'épaule.

— Je vois. Je vous souhaite bonne chance. Bradley est un type bien.

Ces derniers mots me soulagent bien plus que je ne l'imaginais. J'ai déjà eu un salaud pour père, et je serais extrêmement déçu d'en avoir un autre, comme je l'ai cru quand ma mère a inventé son histoire de vendeur sur les marchés. Bradley a certes plaqué ma mère, mais il ignorait qu'elle était enceinte. Et puis, elle était déjà mariée, avait une fille. Il a pu vouloir s'effacer pour la laisser vivre. Je réalise soudain que Stevens est également mon nom de famille. Thomas Stevens. Ça sonne plutôt bien…

*

* *

— Thomas ? C'est Mylène.

— C'est sympa d'appeler depuis le Grand Nord ! Toujours à Montréal ?

— Oui ! Et d'ailleurs… toi aussi, tu y seras bientôt.

— Hein ?

— Tu m'as bien dit qu'un de tes petits paris t'avait rapporté un joli pactole récemment, non ?

— Oui, mais…

— Alors prends ton billet, ma caille. J'ai une surprise pour toi.

— C'est-à-dire que… je suis à Biarritz, là.
— C'est important ?
— Oui. Enfin… Non. Plus maintenant, je crois.
— Ben alors, qu'est-ce que tu attends ?

*
* *

Le surlendemain, mon avion atterrit à Montréal. Mylène m'attend dans la zone des arrivées avec de grands gestes de la main. Elle est toujours aussi joviale. En la voyant ainsi, à sautiller sur place, je réalise combien elle m'a manqué ces derniers mois. Nous discutons à bâtons rompus tout au long des vingt kilomètres de trajet… pourtant, elle reste mystérieuse sur l'objet de son appel. Une fois chez elle, elle récupère des sacs de courses dans son coffre et me demande d'ouvrir la porte de son appartement. C'est alors que je tombe nez à nez avec Gaël et Julie, assis dans un canapé, l'air aussi perdus que moi.

— Hey, mais vous êtes là aussi ! Tu ne m'avais rien dit, Mylène !

— Salut, Tom ! s'écrie Gaël en me donnant une accolade. Bon alors, qu'est-ce qu'on fait ici, une réunion des anciens du lycée Dumont-d'Urville ?

— Je ne sais pas, Mylène m'a demandé de venir de toute urgence. Et toi ?

— Pareil ! Elle nous a fichu la frousse !

— Bon, alors, t'as fini avec tous ces mystères, Mylène ? Tu vas nous dire ce qui se passe, oui ou non ? reprend Gaël.

— Je vous ai fait venir pour vous présenter quelqu'un, répond-elle en souriant.

À ce moment-là, une porte s'ouvre dans le couloir. Balkiss apparaît, un bébé dans les bras.

— Les amis, voici Morgane, notre fille, poursuit Mylène, le visage radieux.

Après les effusions, Mylène nous explique qu'elle avait convaincu Balkiss de recourir à l'insémination artificielle et, malheureusement, que cela n'a pas fonctionné. Elles se sont alors décidées à se tourner vers l'adoption, dont les procédures sont plus simples au Canada qu'en France. L'attente a été longue mais, il y a deux semaines, on leur a annoncé qu'elles étaient les futures mamans d'une petite fille âgée de trois mois. Elles l'ont accueillie dans la chambre qu'elles avaient déjà aménagée, au cas où... Depuis, elles vivent toutes les trois, au rythme des biberons, des changes et des pleurs du soir de cette petite poupée aux joues roses.

— En réalité, je ne vous ai pas fait venir jusqu'ici rien que pour vous la présenter. Morgane sera baptisée civilement dans deux jours. Julie et Thomas, on aimerait que vous soyez sa marraine et son parrain.

Nous acceptons avec joie, et Balkiss fait sauter le bouchon d'une bouteille de champagne. L'alcool aidant, je ressens une vague de nostalgie. Céline aurait adoré nous présenter son bébé, elle aussi. Et moi, je ne retrouverai peut-être jamais mon propre père…

Mylène me prend à part dans la cuisine, inquiète de me voir si mélancolique. Je lui résume les récents épisodes de ma vie.

— T'inquiète, je la sens bien cette Céline. Elle a morflé et elle veut se protéger, c'est normal. Laisse-lui du temps, elle reviendra vers toi.

— Oui, peut-être…

— Il n'y a pas de peut-être. L'intuition féminine, tu en as entendu parler ? Quant à ton père, tu n'as pas essayé d'interroger ses voisins, les commerçants de son quartier ?

— Le gars de la radio ne savait même pas où il habitait précisément…

— Dans ce cas, il ne te reste plus qu'à faire appel à un détective privé.

— Tu rigoles ? Ça doit coûter extrêmement cher, surtout s'il doit enquêter à l'étranger.

— C'est toi qui vois. Mais c'est une possibilité… Allez, viens boire un coup, parrain !

Le baptême civil canadien est très émouvant. Un groupe de gospel nous accueille à notre arrivée avec un *Oh Happy Day* parfaitement adapté à la journée. L'ambiance est à la fête et aux rires, loin de l'atmosphère parfois guindée de certains baptêmes français auxquels j'ai assisté. Julie et moi signons des registres, tandis que Gaël nous mitraille de photos. L'officier de la cérémonie, une certaine Martha, a confectionné une couronne de fleurs fraîches qu'elle dépose sur le front de Morgane, pour conclure cette cérémonie par un geste symbolique. La petite s'empresse de l'attraper pour en mâchouiller les pétales.

Un soir, j'appelle Sandrine qui s'entraîne comme une forcenée depuis des mois pour le marathon de New York. Celui-ci a lieu la semaine prochaine. Comme je suis déjà sur le continent américain, je lui promets de venir assister à sa course, en compagnie de mes amis. Elle m'avoue alors qu'elle n'est encore jamais parvenue à courir les quarante-deux kilomètres réglementaires. Au bout d'une trentaine de kilomètres, elle souffre de douleurs dans le bassin et dans le genou qui maintient la prothèse. Les médecins du sport affirment que c'est dû à des problèmes de réglages mais ils n'ont toujours pas trouvé de solution satisfaisante. Je la rassure en lui affirmant que sa seule participation à ce marathon, quelle que soit la distance qu'elle parcourra, sera déjà en soi une victoire éclatante. Cela ne semble pas réconforter Sandrine, devenue une compétitrice dans l'âme...

*

* *

— Céline ?

— Thomas ! Comment vas-tu ?

— Ma vie est en plein chamboulement, mais ce serait beaucoup trop long de te raconter tout ça par téléphone. Je préférerais te le dire de vive voix. Tu accepterais de boire un verre avec moi ?

J'ai conscience de rompre le pacte tacite qu'elle m'a demandé de respecter. Mais c'est plus fort que moi. Son absence lors du baptême de Morgane a laissé un tel vide en moi. Elle a agi comme un électrochoc.

— Pourquoi pas ? Mais alors, juste un verre.

— Promis, juste un verre. Mais dans un endroit très spécial.

— Où ça ? À Nice ?

— Nice, tu connais déjà, ça manquerait d'originalité. Je te propose de trinquer à Manhattan !

— C'est une blague ?

— Pas du tout ! J'y suis déjà et je t'attends. J'ai pris ton billet et je te l'envoie par fax.

— Thomas, tu es devenu fou ?

— Assurément. Tu m'as dit l'autre jour que tu rêvais de venir ici, c'est l'occasion idéale, non ?

— Oui mais…

— Juste pour un verre, promis !

*
* *

Quelques jours plus tard, je franchis les portes coulissantes de l'aéroport Kennedy. Je n'ai pas apporté de roses rouges, pas de cadeaux. Je ne veux pas l'effrayer. Et pourtant, le simple fait que Céline ait accepté mon invitation à New York représente selon moi une avancée considérable dans notre relation. Mais je peux me tromper... Peut-être n'a-t-elle accepté de me rejoindre que pour le plaisir de visiter la Grosse Pomme, après tout ?

Quand je la repère enfin dans la foule des voyageurs, tirant une énorme valise bleue derrière elle, je me précipite vers elle et la serre dans mes bras. Elle s'y blottit un instant avant de me faire la bise.

Le soir, nous nous retrouvons tous dans un restaurant italien situé dans le quartier de Hell's Kitchen. Parfaitement à l'aise au milieu de mes amis, Céline est adoptée en moins de deux minutes. Elle parle avec tout le monde, plaisante avec Sandrine arrivée hier avec Bastien, avec laquelle elle partage désormais le regard de ceux qui ont vécu l'enfer et en sont revenus, et trinque allègrement avec nous. Gaël me décoche un regard approbateur. Je ne suis pas surpris : déjà dans ma première vie, elle s'entendait bien avec eux. Mais je suis heureux de revoir la bande au complet, avec Julie et Balkiss en plus, et Andrea, l'homme que Mylène avait épousé, en moins.

Nous rentrons nous coucher de bonne heure. La course a lieu demain, et Mylène et Balkiss ne veulent pas laisser Morgane trop longtemps avec la baby-sitter. J'ai réservé une chambre pour Céline dans l'hôtel dans lequel je séjourne. Elle est complètement épuisée par le décalage horaire, et m'envoie un baiser de loin avant de s'enfermer dans sa chambre.

7 h 30. Sandrine vient de rejoindre la foule des coureurs, le visage fermé, concentré. Je ne suis pas sûr qu'elle ait entendu tous nos messages d'encouragement, de soutien et d'amitié. Elle est focalisée sur son objectif. Finir la course quoi qu'il arrive. C'est ce qui l'a maintenue en vie, qui lui a donné la force et le courage de se relever, au propre comme au figuré. Elle n'envisage pas d'abandonner. C'est d'ailleurs ce qui inquiète Bastien, qui craint qu'elle ne se fasse mal pendant la course. Il aurait voulu courir avec elle pour la soutenir et l'aider, le cas échéant, mais elle préfère le faire seule. Nous décidons de prendre le métro pour rejoindre le pont de Queensboro, qui se trouve au milieu du parcours.

Une heure plus tard, les premiers coureurs arrivent à vive allure, comme s'ils n'avaient pas déjà une bonne vingtaine de kilomètres dans les jambes. Nous guettons néanmoins tous les athlètes qui passent devant nous, à la recherche du maillot rose fluo de Sandrine. Quarante-cinq minutes plus tard, nous l'entendons enfin arriver. Le bruit de sa course ne ressemble pas à celui des coureurs à deux jambes. Elle file à vive allure, rebondissant sur sa lame, la queue-de-cheval au vent, le sourire aux lèvres. Elle ne semble pas souffrir outre mesure et affiche même une exaltation qui nous rassure et fait plaisir à voir. Nous hissons la bannière sur laquelle nous avons peint un « Vas-y, Sandrine ! T'es la meilleure ! » entouré de cœurs et de smileys. Elle nous gratifie d'un petit signe et d'un « Tout va bien ! », à peine essoufflée, en passant à nos côtés. Les coureurs qui la doublent regardent sa lame avec un mélange d'admiration et d'étonnement. Elle en profite pour reprendre l'avantage. Nous quittons notre poste d'observation pour nous rendre à Central Park, malgré le monde qui s'entasse dans le métro et autour du parc. Les coureurs défilent devant nous, inlassablement. Les premiers ont déjà atteint la ligne d'arrivée depuis un bon moment. Nous patientons, assis dans l'herbe, en racontant des bêtises pour détendre Bastien, le cou tendu pour tenter d'apercevoir sa chérie, comme il l'appelle. Il nous écoute à peine. Cent fois, il nous annonce qu'il va faire la route en sens inverse pour essayer de la retrouver, mais nous parvenons à l'en dissuader. Le gros des coureurs passe devant nous. Toujours pas de Sandrine. Bastien ne tient plus en place. Il repère un membre de l'organisation à son gilet jaune et lui demande si une personne s'est blessée pendant le trajet. L'autre se met à rire et lui répond que près de cent cinquante coureurs sont actuellement soignés par les services de secours. Mais il n'a pas entendu parler d'une jeune femme handicapée parmi les blessés. Il s'en assure par talkie-walkie quand Mylène, qui a grimpé sur un arbre pour mieux voir la route, pousse un grand cri :

— Elle est là, je la vois !

Cette fois, Sandrine a le visage marqué, crispé par la douleur. Elle s'arrête quelques instants au stand de ravitaillement pour avaler un verre de boisson énergisante. J'hésite à courir jusqu'à elle et lui ordonner de s'arrêter, que ça n'en vaut pas le coup. Ma petite sœur m'en voudrait à jamais. Elle reprend sa course, plus lentement que tout à l'heure. Quand elle passe à notre niveau, elle se contente de marcher pour pouvoir parler à Bastien. Nous n'entendons pas ce qu'il lui dit, mais nous la voyons s'efforcer de sourire pour le rassurer. Nous lui crions nos encouragements et la suivons un instant pour la soutenir, avant de rejoindre la ligne d'arrivée en coupant à travers le parc. Elle met un temps fou pour arriver jusqu'à nous. Elle ne parvient plus à courir. Elle marche aussi vite qu'elle le peut, une main posée sur sa hanche, son visage en pleurs déformé par une grimace. Tous les spectateurs qui sont encore là l'encouragent, lui crient des « *Go ahead, girl !* ». Nous remontons la file pour arriver jusqu'à elle. Bastien et moi franchissons le cordon de sécurité, et il se met à marcher à ses côtés en lui murmurant des paroles rassurantes. Mes amis nous imitent, marchent avec nous. Céline, particulièrement émue, saisit ma main. Bientôt, des dizaines de spectateurs nous accompagnent sous le regard compréhensif des organisateurs. Sandrine tangue de gauche à droite mais continue à avancer. Vingt mètres. Dix. Trois. Un. Et elle franchit enfin la ligne d'arrivée, avant de s'effondrer dans les bras de Bastien, en larmes. Toutes les personnes présentes l'applaudissent, sifflent, scandent son prénom comme ils le peuvent : Sandy, Sandy. Elle se relève enfin, aidée par Bastien, avec son ineffable sourire aux lèvres, même s'il n'a pas son énergie habituelle.

— J'y suis arrivée, j'ai réussi ! Je vous l'avais bien dit que je le terminerais ce foutu marathon !

Quelques minutes plus tard, elle se laisse choir dans l'un des brancards des services de secours. Elle souffre de crampes et d'une double tendinite. Mais je crois qu'elle s'en fiche. Elle a accompli sa mission, c'est tout ce qui compte.

Plus tard dans la soirée, alors que Sandrine se repose avec Bastien, je propose à Céline de sortir pour manger un morceau. Je l'emmène alors au POD39, un bar restaurant à ciel ouvert situé au dix-septième étage de l'hôtel du même nom. Les murs sont constitués de briques rouges et de hautes arcades qui donnent directement sur l'Empire State Building illuminé. Des lampions sont disposés sur le plafond du ciel et des bougies éclairent ce lieu magique d'une lumière surnaturelle. Des haut-parleurs habilement dissimulés diffusent *What a Wonderful World* de Louis Armstrong. Il est encore tôt, l'endroit est presque désert. Céline semble ravie de ce spectacle ; elle serre ma main un peu plus fort. Nous nous asseyons côte à côte, face au plus célèbre édifice de la ville. Je reste là, immobile, à profiter pleinement de cet instant merveilleux.

— Au fait, tu as tenu ta promesse. Même si tu t'es trompé de pays.

Je souris en me remémorant ma promesse de la retrouver quatre ans plus tard à la gare de Toulon. Mais je ne dis rien, de peur de briser la magie de l'instant.

Elle se tourne vers moi et me regarde intensément pendant de longues minutes. Elle est si près de moi que je peux entendre son cœur battre aussi fort que le mien. Elle caresse le grain de beauté dans mon cou, approche son visage de mon oreille...

— Je... Je t'aime.

Elle cherche à reculer pour mesurer l'effet que son annonce a sur moi, mais je ne lui en laisse pas le loisir. Je glisse une main dans ses cheveux et l'autre dans son dos pour la serrer encore plus près et l'embrasser passionnément. Cette fois, elle reste là, son corps tremblant collé au mien. Les étoiles, nos seuls témoins, emportent avec elles la boule d'angoisse qui consent à me laisser un peu de répit. Juste pour ce soir.

16

29 ans – 2006

— Tu es prête ?

— Euh... Oui, je crois. Je suis un peu nerveuse, mais ça va.

— Moi aussi, mais tout va bien se passer, je te le promets. On se retrouve là-bas. Je t'aime.

Je raccroche le téléphone et le range dans mon smoking.

— On y va mon pote ? me lance Gaël, me tapant affectueusement sur l'épaule. Mylène va encore râler si on est en retard. Tu la connais..., ajoute-t-il en ajustant mon nœud papillon.

Quelques minutes plus tard, nous arrivons devant la petite chapelle Notre-Dame, face à la crique du Fer à cheval. Plus aucune cérémonie n'y est normalement célébrée, mais j'ai tellement insisté auprès du diocèse qu'il a fini par accepter, à titre exceptionnel. Les invités sont déjà à l'intérieur. À mon entrée dans l'église, le trio Happy Voices entonne un sublime *Alléluia*.

Accrochée à mon bras, ma mère tente de sourire, mais ses yeux brillent de larmes contenues pendant que nous remontons l'allée centrale. Devant l'autel, j'embrasse ma mère, me retourne avec impatience. Céline apparaît alors, aux côtés de son père, dans une robe éblouissante. Sous ce voile de dentelle, je ne vois que son sourire, ses yeux pétillants, ce visage que j'ai bien cru ne plus jamais revoir… En arrivant à mon niveau, elle relève son voile et s'approche de moi sur le dernier alléluia de la chanson. Son menton tremble, en proie à une émotion qui nous contamine tous les deux. Ma main serre la sienne un peu plus fort, comme si ce geste pouvait m'aider à refouler mes larmes.

Quand le prêtre nous demande d'échanger nos consentements, je ne me souviens plus du petit texte préparé avec soin et appris par cœur depuis une semaine. Ma bouche reste ouverte sans qu'aucun son en sorte, comme un poisson hors de l'eau, sous le regard amusé de Céline et celui, plus réprobateur, du prêtre. Gaël s'aperçoit de mon trouble ; il me donne un léger coup de coude pour m'inciter à prendre la parole.

— Céline, je… je t'aime parce que tu es mon âme sœur, celle qui m'est destinée, dans cette vie et dans toutes celles que je serai amené à vivre. Celle qui me complète si bien, qui me comprend, qui partage mes rêves. Je t'aime parce que tu rayonnes de joie de vivre et qu'avec toi le bonheur est juste naturel. Je t'aime parce que la vie à tes côtés est drôle et légère. Je t'aime pour ce que tu es et pour ce que je suis quand je suis avec toi. Je t'aime parce que je veux partager ta passion et ton enthousiasme pour la vie. Je m'engage à décrocher la lune pour te rendre heureuse jour après jour, je te promets de réessayer d'écouter Queen, je promets de devenir un super-papa pour nos enfants. Je m'engage à t'aider à t'accomplir et te soutenir quels que soient les obstacles. Je te fais ces promesses pour l'éternité. Je me lie à toi pour toujours, jusqu'à la fin des temps, dans cette vie et dans les autres. Je resterai à tes côtés jusqu'à ce que la mort nous sépare.

Ces promesses, je suis le seul, en dehors d'Héloïse, à en comprendre le double sens et leur portée me bouleverse malgré moi. Je puise dans le regard de Céline la force de rester digne qui m'a abandonné.

Après les « oui, je le veux », je la serre enfin dans mes bras et lui donne un baiser pas aussi chaste qu'il aurait dû l'être. Un frisson me parcourt le dos. Quelque part, au loin, une certaine aïeule me murmure : « Eh bien, c'est pas trop tôt ! »

Nous descendons ensemble sur la plage, où un grand chapiteau a été installé et décoré avec goût par Julie et Gaël. Tous nos proches se succèdent pour nous féliciter : Mylène, Balkiss et leur fille Morgane, qui aurait visiblement préféré se jeter dans les vagues qu'elle voit pour la première fois ; mes grands-parents paternels Marianne et Patrice qui ne se lâchent pas la main ; ma mère, resplendissante au bras de Pascal ; Sandrine et sa nouvelle prothèse de jambe qu'elle a réussi à glisser dans ses escarpins ; ma tante Lydia agrippée à son verre de whisky ; les parents de Céline qui font tout pour s'éviter ; Gaël et Julie, amoureux comme au premier jour ; Bénédicte et son mari ; mon cousin Crépin qui veut absolument connaître mon avis sur les résultats négatifs du référendum sur la Constitution européenne ; les amis de Céline, Paul et Clotilde, à qui j'ai lancé un « Salut, les amoureux ! » avant de me souvenir qu'ils ne se déclareront leur flamme qu'en 2010 après leurs divorces respectifs, et mon ami galeriste Laurent Godant qui me propose, entre deux coupes de champagne, d'organiser une nouvelle exposition.

Nos invités semblent heureux d'être là, endimanchés dans ce décor de vacances. Bénédicte me rejoint à l'extérieur du chapiteau.

— Papa te présente ses félicitations, m'annonce-t-elle.

— J'en doute... Comment va-t-il ?

— Il a passé quelques mois en maison de repos et il s'est remis sur pied. Il a même repris le travail à mi-temps.

— Tant mieux pour lui.

— Tu sais, je n'ai pas toujours cautionné son comportement mais, malgré tout, il s'agit de mon père. Je ne pouvais pas lui tourner le dos au moment où vous êtes partis. Je crois qu'il aurait fait une connerie...

— Tu n'as pas à te justifier, Béné.

Elle sourit. Je sais à quel point elle déteste que je l'appelle comme ça mais elle ne me rabroue pas, contrairement à l'époque où nous étions enfants.

— Je te remercie de nous avoir invités, ça me fait plaisir d'assister à ton mariage. Et puis, tu m'as permis de revoir maman et Sandrine. Vous m'avez... Enfin, c'est sympa.

— De rien.

— Ça fait tellement longtemps... Tu as bien changé.

— Dis tout de suite que j'ai vieilli !

— Tu as quand même dix ans de plus.

— Toi aussi, ma vieille.

— Ce que je veux te dire, c'est que tu as l'air épanoui.

— J'ai tout pour être heureux : une épouse adorable, un métier qui me plaît et...

— Tu as eu raison de suivre ces études de journalisme, coupe-t-elle, comme si le prononcer lui coûtait. Tu as suivi ton instinct. Moi, je ne sais pas faire ça. Je ne sais qu'écouter ma tête, ma logique, ma petite sécurité. Et au final, j'ai l'impression de me perdre. Regarde, j'ai trente-quatre ans et j'en fais dix de plus !

— Tu racontes des bêtises ! Mais tu l'as dit toi-même : tu as trente-quatre ans. Tu as donc toute la vie devant toi pour faire ce que tu aimes, ce qui te fait vibrer.

— Je n'en sais rien...

— Penses-y. Quand tu seras prête, tu sauras.

— C'est gentil mais je crois que je suis trop cartésienne pour ça. Ou trop peureuse, peut-être…

J'observe les autres convives, tous mes amis, ma famille, tous ceux que j'aime. Je ne parviens pas à réaliser que j'ai réussi à remettre ma vie sur les mêmes rails que dans la première dimension… Ce mariage est à la fois plus simple et plus romantique que la première fois, plus conforme à ce que nous sommes dans cette vie.

Plus tard dans la soirée, tous nos amis se retrouvent sur la piste de danse pour interpréter la chanson *You Are Not Alone* de Michael Jackson, dont ils ont modifié les paroles (et le nombre de syllabes) à leur guise. Je n'ai jamais entendu chanter aussi faux ni rien entendu d'aussi drôle. Quand on me tend le micro, après cette représentation mémorable, je les remercie chaleureusement en les priant tout de même de ne pas chercher à se lancer dans la chanson.

Céline me prend la main pour ouvrir le bal sur *What a Wonderful World*, la chanson sur laquelle nous avons échangé notre premier baiser un soir, au sommet d'un building de New York.

Sur les dernières notes de musique, je l'embrasse, plus heureux que jamais.

*

* *

Je n'ai jamais fumé de ma vie, mais là, tout de suite, j'en grillerais bien une. Je devrais pourtant être habitué. C'est quand même la troisième fois que je vis cet événement.

Céline est à côté de moi, le visage pâle et crispé, les mains sur son ventre rond sanglé d'une ceinture et de capteurs, mais souriante. Je sais qu'elle pense à son premier accouchement et à sa petite fille qui a rejoint les anges il y a trois ans. Elle s'efforce de sourire, comme si le bébé qu'elle porte pouvait déjà sentir à quel point sa mère est heureuse de l'accueillir. Nous ne savons pas si ce sera une fille ou un garçon, Céline veut préserver la surprise. J'aurais préféré vérifier que c'est bien une fille, une petite Coraline, ma petite Coraline qui me manque tant. Céline a accepté ma suggestion de prénom, bien sûr. La première fois, l'idée venait d'elle. Mais si c'était un garçon ?

Il ne nous reste plus qu'à attendre que notre bébé daigne sortir pour mettre fin à ce suspense intenable. Je suis à la fois anxieux, tout intimidé à l'idée de revoir ma fille chérie et, dans le même temps, j'essaie de me préparer à accueillir le petit Robin – on a choisi de l'appeler comme ça, si c'est un garçon – comme il mérite de l'être. Je tourne et retourne mon alliance sur mon doigt, en scrutant le tracé du monitoring comme si j'y comprenais quelque chose. Pour l'instant, il est régulier, entre les pics des contractions et les vallées de calme relatif. Mes pensées vagabondent, se posent sur Céline dans sa tenue d'hôpital et sur tout ce que nous avons traversé ces dernières années pour en arriver à ce jour précis.

— Thomas ? Donne-moi ta main !

Une sage-femme annonce à Céline que ça va être à elle de jouer, à présent. Elle me demande si je veux rester. La première fois, j'avais préféré sortir pour l'accouchement, je ne me sentais pas à ma place. Aujourd'hui, je ne manquerais ce moment pour rien au monde.

Vingt minutes plus tard, la sage-femme dépose un tout petit bébé sur la poitrine de Céline. Elle le caresse tendrement.

— Bonjour, Coraline, lui murmure-t-elle. Bienvenue, mon bébé.

Elle la recouvre d'un drap et la serre contre elle, au comble du bonheur, ravie d'avoir mis au monde cette petite fille en bonne santé.

Quand elle me la tend, emmaillotée dans son pyjama blanc, je n'en crois pas mes yeux. Si elle pèse un peu moins lourd que la première Coraline, elle lui ressemble néanmoins comme deux gouttes d'eau, faisant fi des trois années écoulées, de l'influence du zodiaque ou des chromosomes…

J'enfouis mon nez dans son cou pour m'enivrer de son parfum de bébé. Puis, elle attrape mon doigt et le serre dans sa petite main, ferrant irrémédiablement mon cœur de victime consentante.

Le destin me sourit enfin.

17

29 ans – 2006

Quelques semaines après notre retour à la maison, ma mère nous invite à déjeuner chez elle en compagnie de Pascal. Elle a dressé la table sur la terrasse qui surplombe la mer, sous la tonnelle. L'air est doux en ce mois de juin et embaume les pins maritimes. Je suis heureux de revenir ici. Ma mère passe davantage de temps à Bonifacio, où Pascal possède une propriété. Il a été nommé délégué culturel dans le but de développer les manifestations et les expositions sur l'île de Beauté. Sandrine vit désormais en région parisienne avec Bastien, qui y a trouvé un emploi de responsable financier.

En retournant dans ces lieux, je me rends compte que je n'ai pas contacté Héloïse depuis des semaines. Elle me manque, soudain. Je propose à ma mère d'aller préparer les apéritifs dans la cuisine. Elle ne m'entend même pas, trop occupée à gâtifier devant sa petite-fille.

En pénétrant dans le couloir, je m'arrête devant le miroir accroché au mur, me rappelant l'avoir cassé il y a quelques années. Ou plutôt dans quelques années...

— Héloïse, tu es là ? Héloïse ?

— Ne crie pas comme ça, bougre d'âne ! Comment ça va, mon grand ?

— On ne peut mieux. Ça n'a pas été simple au début mais, maintenant, je crois que j'ai réussi à remettre ma vie sur les bons rails.

— J'en suis bien heureuse pour toi. Félicitations pour la naissance de la petite.

Sa voix est distante, bien moins chaleureuse que d'habitude.

— Quelque chose ne va pas ?

— Ta mère ne t'a rien dit ? demande-t-elle, sceptique.

— Qu'est-ce qui se passe ?

Ma mère ouvre la porte, Coraline dans ses bras.

— Eh bien, tu en mets du temps. Tu as besoin d'aide ?

Je l'observe un instant sans prononcer un mot. Ma mère et ses petits secrets. Je pourrais résumer sa vie avec ces seuls mots. Que me cache-t-elle encore ? Fatigué de ce petit jeu, je ne réfléchis pas longtemps avant de lâcher :

— Maman, je sais tout.

— De quoi parles-tu, mon chéri ? me répond-elle en souriant.

— Tu aurais pu me mettre au courant, surtout avec ce qui se passe en ce moment…

Elle me regarde en haussant un sourcil et continue son chemin jusqu'à la cuisine.

— Qui te l'a dit ? me demande-t-elle.

— J'ai été journaliste, maman. Les infos, c'est mon domaine.

Elle soupire.

— Il fallait bien que tu l'apprennes, de toute façon… J'ai voulu repousser cette annonce au maximum, mais je n'ai plus le choix. Je vais devoir céder la maison.

— Quoi ?

Mon cri est sorti tout seul.

— Le compte rendu des experts indique clairement que la corniche sur laquelle la maison est construite est devenue instable et qu'il y a un risque sérieux, à terme plus ou moins proche, d'un glissement de terrain ou d'éboulement. Ils doivent entreprendre des travaux de consolidation et cela implique de… démolir la maison.

— C'est n'importe quoi !

Elle me regarde avec un air sceptique.

— Je croyais que tu savais tout ?

Je serre les poings, trop en colère pour noter l'accusation dans sa voix.

— Je bluffais. Mais je te connais assez pour savoir quand tu caches quelque chose.

Maman berce doucement Coraline, qui s'agite en percevant ma colère.

— Rien n'est immuable, tu sais. Et puis, dans le cas présent, il s'agit de notre sécurité…

— Alors, voilà, c'est réglé ? Affaire conclue ? C'est ça que tu es en train de m'expliquer ? Ne me dis pas que tu as déjà accepté !

— La déclaration d'utilité publique n'a pas encore été actée et les délais peuvent être longs… Je voulais d'abord vous en informer, tes sœurs et toi, car je crains que cela ne soit inéluctable. Je sais ce que cette maison de famille représente pour vous. Surtout pour toi.

Ma mère est à mille lieues d'imaginer ce que cette maison représente pour moi. Bien sûr, je pense à mes souvenirs d'enfance, à la présence toujours vivace de mes grands-parents, à l'émotion ressentie à chacune de mes venues, à toutes ces choses qui vont s'envoler en fumée sous les griffes implacables d'une tractopelle.

Mais ce n'est rien comparé à ce qu'avait expliqué ma grand-mère : « Dans vingt ans, le 21 avril 2015 à 10 heures précises, tu devras venir ici, dans cette maison. Tu feras alors le dernier choix de cette aventure : revenir dans ta première vie ou rester dans la seconde. Pour toujours… » Si la maison disparaît, ma porte de sortie aussi. Ainsi que le choix qui m'est offert de revenir dans ma première vie. Mon choix ultime.

Depuis plusieurs années, j'évite de penser à cette alternative fatidique. Elle est tellement brutale, tellement violente. Comment décider, comme ça, sans aucune hésitation, de retourner dans ma première vie et d'abandonner la seconde – et inversement ? Comment puis-je décider qu'une vie vaut mieux qu'une autre ?

J'ai soudain l'impression d'être pris au piège, de manquer d'air. La boule d'angoisse au creux de mon estomac, désormais familière, semble s'enflammer et me coupe le souffle. Moi qui n'ai jamais aimé choisir, j'ai envie de garder les dés en main. Je ne peux me résigner à renoncer.

Soudain, une douleur explose dans mon ventre, comme si on m'y avait enfoncé des poignards. Je me roule en boule en gémissant. Céline arrive en courant, s'agenouille à mes côtés.

— Thomas ? Qu'est-ce qui se passe ? Thomas !

De ma bouche, aucun son ne sort mais un filet de sang s'écoule sur mon menton.

— Appelez une ambulance ! Vite !

18

Première vie – 29 ans – 2006

Les cigales nous étourdissent de leurs chants saccadés et les vagues nous bercent de leur danse lancinante. Allongés l'un contre l'autre, nous offrons nos corps aux premiers rayons de soleil de ce mois de mai. La plage est presque déserte, à l'exception de dames d'un certain âge à la peau déjà dorée et aux chevelures flamboyantes. Céline m'a demandé de poser une journée de congés pour que nous puissions passer un moment ensemble, tous les deux. Les filles sont à l'école et ma mère les récupère à la sortie. Nous avons déjeuné sur la terrasse de la maison de mes grands-parents, à l'ombre des pins.

— Et si on plaquait tout pour aller vivre à l'autre bout du monde ? me questionne Céline.

— Tu es sérieuse ?

— Je ne sais pas. En tout cas, j'y pense de temps en temps. Ça ne te tente pas ?

— Pas vraiment. Pourquoi voudrais-tu partir ?

— Pour qu'il y ait un peu de changement dans nos vies. J'ai l'impression d'être dans ce film, *Un jour sans fin*, de Harold Ramis… Tu sais, celui où les personnages revivent la même journée indéfiniment. C'est pareil pour nous. On se lève, on part travailler, on se coltine les mêmes collègues barbants et les mêmes tableaux comptables qui me sortent par les yeux, on rentre, on prépare le repas, on lit une histoire aux filles même si on est crevés, et on se couche. Le lendemain, rebelote. C'est d'un ennui…

— Je suppose que même à l'autre bout du monde on devrait aussi se lever, travailler, préparer à manger et lire une histoire aux filles…

— Oui, tu as sans doute raison. Mais dans un environnement exotique j'imagine que ce serait moins pesant.

— Tu ne trouves pas ce cadre-là assez exotique ?

Elle se redresse pour regarder autour d'elle, les reflets miroitant à la surface de l'eau turquoise, semblable à des milliers d'étoiles ; les mouettes virevoltant dans le ciel d'azur, et le sable doré qui a absorbé à nos pieds.

— C'est vrai qu'il y a pire, admet-elle. Mais…

— Je comprends très bien ce que tu veux dire, ma chérie. Tu t'es habituée à tout ça, à ce petit coin de paradis, aux avantages de ta boîte, à ton confort de travail, à notre qualité de vie. Et comme tu es fatiguée en ce moment, tu n'en vois que les côtés négatifs. Ça m'arrive aussi, très souvent. Jusqu'à récemment, je le vivais même assez mal. Je me reprochais cette situation, je me disais que j'aurais dû exercer un métier plus lucratif, prendre davantage de risques. Et en même temps, je savais très bien que je n'en étais pas capable. Et puis, un jour, en regardant les filles s'extasier devant le moindre papillon ou la forme d'un nuage, j'ai compris qu'elles avaient trouvé la formule magique pour apprécier la vie. Savoir observer et apprécier toutes les beautés qui nous entourent, tous les petits moments de bonheur que la vie nous offre, et tout ce dont nous disposons sans même nous en rendre compte : l'eau courante, l'électricité, le chauffage et même la clim ! Certains se damneraient pour avoir ça !

Céline m'écoute en haussant les sourcils, puis éclate d'un rire communicatif. Je repousse une mèche de ses cheveux derrière son oreille.

— Pourquoi ris-tu ?

— Je ne savais pas que j'avais épousé Maître Yoda. Je te trouve drôlement sage…

— Pas si sage que ça… Il m'arrive encore très souvent de me reprocher de n'être pas plus courageux. J'imagine que ce n'est pas très sexy de parler comme ça. Tu aurais sans doute préféré un aventurier capable de t'emmener à l'autre bout du monde sur un coup de tête. Mais je crois que je suis l'antithèse d'un aventurier, désolé.

Elle s'approche de moi, et me regarde droit dans les yeux.

— Ne sois pas désolé. À bien choisir, je préfère que notre vie soit un long fleuve tranquille plutôt qu'un torrent en furie. Je ne serais pas de taille à l'affronter.

— Moi non plus.

— Et puis, si j'avais voulu épouser un aventurier, j'aurais choisi Simon, notre ancien copain de fac, celui qui change de pays tous les quatre matins et qui est incapable de s'investir dans un projet ou avec une femme sur le long terme. Ce n'est pas de ça dont j'ai besoin. J'ai besoin d'un homme qui me ressemble, qui comprend et écoute mes états d'âme et qui sait les apaiser avec gentillesse et amour. Un homme calme, fiable, prévenant, réconfortant. Un homme comme toi, ajoute-t-elle en m'embrassant.

19

31 ans – 2008

— J'ai l'impression que tu ne réalises pas bien la gravité de la situation, Thomas. Tu as failli mourir !

— Je sais. J'ai déconné. Excuse-moi.

Elle soupire.

— Tu n'as pas à t'excuser, c'est juste… je ne savais pas que tes angoisses t'affectaient autant. Promets-moi de faire attention à toi.

— Promis.

J'aimerais tellement être capable de tenir cette promesse, d'autant que je sens l'ulcère me brûler les entrailles, même après l'opération.

Le médecin a accusé le stress, l'alcool et le café ; autant d'éléments dont j'ai abusé dans cette dimension alors que j'y touchais à peine dans ma première vie. Nous étions si paisibles, Céline et moi. Je ne craignais pas les conséquences terribles déclenchées par chacun de mes choix ; je n'avais pas peur de me tromper et de la perdre, ou du moins pas autant. J'étais juste aveugle, et je me suis promis de ne plus faire la même erreur. J'aime profondément la Céline de cette vie et ma petite Coraline. Alors, pourquoi est-ce que ça ne me suffit pas ? Pourquoi suis-je toujours angoissé ? Pourquoi ai-je l'intuition qu'aucun médicament, aucune méditation ne pourra apaiser la tempête qui m'agite en permanence dans cette vie ? Je suis si fatigué...

*

* *

Deux ans passent. Sept cent trente jours et j'ai l'impression de ne pas avoir avancé d'un pouce. Céline et Coraline éclairent toujours ma vie. Notre fille est aussi belle et calme que dans ma première vie, elle mange avec autant d'appétit et prend un malin plaisir à éclater de rire quand elle a la bouche pleine de purée. Et pourtant, j'ai le sentiment de la redécouvrir chaque jour. J'aimerais passer tout mon temps avec elle pour pouvoir l'observer, mais ça m'est impossible. Il me faut tant bien que mal remettre de l'ordre dans la vie qui me glisse inexorablement entre les doigts.

J'ai toujours des crises d'angoisse inexpliquées, auxquelles s'ajoute ma terreur de ne plus pouvoir revenir en arrière le moment venu. Maître Dumont, l'avocat qui nous accompagne dans la procédure d'expropriation de la maison de la crique, a intenté un recours en annulation de la déclaration d'utilité publique et de l'arrêté de cessibilité. Nous avons ainsi pu gagner une année, mais le juge de l'expropriation a fini par nous débouter, arguant du danger majeur représenté par l'érosion de la falaise. Nous voulions faire réaliser une contre-enquête, mais le seul organisme accrédité pour ce genre d'études dans la région est justement celui qui a réalisé les premières expertises. Même le procès en cassation que nous avons intenté en début d'année n'a pas abouti...

Un matin, nous avons reçu une lettre froide et impersonnelle qui annonçait la destruction pure et simple de notre maison, prévue pour le 2 janvier 2010.

J'en ai perdu le sommeil et l'appétit pendant plusieurs mois. Personne ne parvenait à me raisonner, pas même ma mère pour qui il y a certains combats que nous ne pouvons pas mener, ni Céline qui me reprochait mon irritabilité et mes sautes d'humeur.

Me sentant impuissant pour la maison, j'ai employé toute mon énergie à essayer de dénicher mon vrai père. Puisque j'étais coincé dans cette vie, que je le veuille ou non, j'avais un besoin viscéral de le connaître – comme si, sans lui, je ne pouvais être vraiment moi-même. Comme s'il était la réponse à tous mes problèmes. Je voulais découvrir son visage, son caractère, ses habitudes, ses goûts, sa façon de vivre. J'avais envie de savoir si nous nous ressemblions, si je tenais de lui certains traits de ma personnalité. Surtout, même si je venais d'avoir trente et un ans, j'avais besoin de retrouver un père, moi qui n'en avais plus depuis presque treize ans.

Et puis Coraline est tombée malade, à un an et demi. Une gastro-entérite qui a entraîné une déshydratation sévère et une forte fièvre avec convulsions. Nous l'avons emmenée aux urgences en pleine nuit, complètement paniqués. Elle avait perdu connaissance. Elle a été admise dans le service pédiatrique, complètement amorphe, la bouche ouverte et la langue sortie. Elle y est restée cinq jours.

Cinq jours pendant lesquels j'ai encore moins dormi que les nuits précédentes. Cinq jours pendant lesquels je me suis mis à prier, moi l'agnostique, à promettre à Dieu tout un chapelet d'engagements s'il sauvait la vie de ma fille. Parmi ceux-ci, j'ai juré de ne plus me préoccuper de la maison et de me consacrer davantage à ma famille.

Coraline est rentrée chez nous et s'est remise à courir partout. Il me reste à respecter ma promesse et accepter la fatalité, comme l'appelle ma mère, pour me concentrer sur ma famille et sur ma santé. Ne pas avoir de père ne doit pas m'empêcher d'en devenir un bon.

Comme par un coup du destin, c'est précisément à ce moment-là que je reçois un appel de Marcel Provert, le détective privé que j'ai engagé pour retrouver mon père. Je l'ai payé en misant toutes mes économies dès 2006 sur une société américaine dont je savais que les actions allaient s'envoler en juin 2007 : Apple, avec la sortie du premier iPhone. Marcel est un bon détective, mais il ne peut pas s'exprimer sans utiliser de superlatifs et multiplier les effets d'annonce, ce qui a tendance à m'agacer. Il a d'abord essayé de suivre la trace de « Bradley Stevens » en Inde, d'après les vagues informations données par son ancien collaborateur de la station de radio. Au bout de quelques mois, il a repéré son nom dans les registres d'un temple indien, un ashram perdu du cœur de l'Inde, à Rishikesh. Cet ashram était spécialisé, comme beaucoup d'autres, dans la pratique du yoga et la méditation, et placé sous l'égide du yogi Vishvketu. J'ai eu du mal à faire le rapprochement entre la photo un peu floue de l'homme sur l'article de journal que ma mère avait conservée et le baba cool que j'imaginais pieds nus en train de pratiquer la salutation au soleil. Son nom était bien inscrit dans la colonne des entrées mais, étrangement, pas dans celle des sorties. Apparemment, cette retraite remontait au début des années 1990 et, à l'époque, on ne faisait pas vraiment attention aux formalités administratives. Les gens allaient et venaient à leur guise. Un bien maigre indice, qui ne m'a pas beaucoup avancé, et suite auquel Marcel m'a baladé de fausse piste en fausse piste.

Cette fois-ci, pourtant, il semble avoir quelque chose.

— Monsieur Dumesnil ? J'ai une nouvelle époustouflante !

— Mais encore ?

— Après mes découvertes en Inde, j'ai orienté mes recherches vers le yoga et la méditation. Vous imaginez bien, perspicace comme vous l'êtes, que ce sont des thématiques très en vogue par les temps qui courent et qu'il existe de très nombreuses entreprises spécialisées sur ce secteur. J'en ai visité un certain nombre, comme vous le constaterez sur mes prochaines notes de frais, et...

— Quoi ? Ne me dites pas que...

— Et, vous disais-je avant d'être interrompu, aucune ne semble avoir de lien avec Bradley Stevens.

— C'est tout ? Tout ce baratin pour me dire que vous avez encore échoué après m'avoir fait dépenser une fortune en massages et en séances de yoga ?

— Le Graal, enchaîne-t-il vite, content de son petit effet. C'est le nom d'un centre spécialisé dans le bien-être et les cures de jouvence. Et cette société, implantée à Bali, a été fondée en 1992 par un certain B. Steve...

— C'est un peu mince comme indice.

— Bien sûr, mais je leur ai téléphoné. Cherinata, la chargée des relations publiques, a fini par reconnaître, après quelques échanges de galanteries dont j'ai le secret, que B. Steve était le diminutif de Bradley Stevens, mais qu'il ne fallait surtout plus l'appeler ainsi.

Malgré moi, mon cœur se met à battre un peu plus vite.

— Il doit y avoir des millions de Bradley Stevens dans le monde, dis-je toutefois prudemment.

— Mais un seul qui dirige ce centre et qui était également un animateur radio dans les années 1990... C'est en tout cas ce que m'a confié Cherinata, en échange d'un dîner aux chandelles. C'est sûr qu'un dîner pour deux à Kuta, ça va vous revenir cher, mais ça en vaut la chandelle, si vous me passez l'expression.

— Vous... vous êtes sérieux ?

— Un génie ne plaisante jamais, monsieur Dumesnil. Alors, vous m'accompagnez à Bali ?

*

* *

Deux semaines plus tard, notre avion se pose à l'aéroport de Denpasar, sur l'île de Bali. J'ai proposé à Céline de m'accompagner pour que ce déplacement soit aussi l'occasion du voyage de noces que nous n'avons pas encore eu le temps de programmer. Bali étant l'une des destinations qu'elle a inscrite dans la rubrique « les dix voyages à faire avant de mourir » sur le carnet qu'elle garde soigneusement sur sa table de chevet, je savais par avance qu'elle serait ravie d'accepter ma proposition. Nous avons donc confié Coraline à ma mère, trop heureuse de pouponner quelques jours.

Depuis que je la connais, Céline sait que je suis à la recherche de mon père et m'apporte tout son soutien, même dans mes moments de doute et d'abattement. Elle comprend à quel point un être humain a besoin de connaître ses origines, ses racines, ses parents pour avancer sereinement dans la vie.

Dans le hall des arrivées, je repère immédiatement Marcel avec son look de dandy, sa casquette de lord anglais et sa chemise blanche à jabot.

— J'espère que vous avez fait bon voyage. Excusez ma tenue pour le moins excentrique, mais, pour une fois, je n'ai pas besoin de passer inaperçu, alors j'en profite. Comment souhaitez-vous procéder, monsieur Dumesnil ? Voulez-vous prendre le temps de vous installer ou préférez-vous aller au Graal tout de suite ? Je les ai prévenus que nous étions journalistes pour un magazine français et que nous aimerions rédiger un article sur ce centre.

— Pourquoi ne pas avoir avoué la vérité ?

— Monsieur Dumesnil, ma longue expérience m'a appris qu'il vaut mieux avancer masqué. Après tout, vous ne connaissez presque rien de votre père, c'est peut-être un criminel travaillant pour la mafia ou un ignoble tueur en série. Il sera toujours temps de vous présenter en temps utile.

Je lève les yeux au ciel, puis me tourne vers Céline et l'interroge du regard.

— Je préférerais me reposer à l'hôtel, au bord de la piscine. Toi, va au Graal dès maintenant. Il faut battre le fer tant qu'il est chaud.

Cette phrase me fait sourire. C'est l'une des expressions favorites d'Héloïse.

— Je te rejoins dès que possible.

Après avoir accompagné Céline jusqu'à notre chambre d'hôtel, je rejoins Marcel dans le taxi. En sortant de Denpasar, il emprunte une voie rapide envahie de scooters transportant en moyenne trois à quatre passagers, qui nous conduit à Kuta. Nous longeons alors une plage de sable blanc bordant une mer bleu turquoise. Même de loin, nous remarquons les vagues imposantes qui s'écrasent sur le sable avec fracas. Plus au large, une nuée de surfeurs semble voler sur l'eau.

Nous nous éloignons du bord de mer le long d'une route sinueuse, au milieu des palmiers et des bananiers. Au bout d'une dizaine de minutes, sur notre gauche, un panneau affichant un bouddha qui tient dans ses mains une fleur de lotus, le tout surplombant l'inscription « Le Graal », nous accueille.

Avant d'ouvrir la portière, je prends plusieurs grandes inspirations pour tenter de me calmer. Mes mains tremblent légèrement. Je stresse comme un étudiant avant de passer l'oral de sa vie. Je ne sais pas si mon père sera là physiquement mais, même s'il est absent, j'espère récolter ici des informations qui me permettront de le retrouver.

Je me décide enfin à sortir de la voiture et à payer notre taxi. L'endroit est stupéfiant. À l'extérieur, on n'entend plus aucun bruit de civilisation. Juste le cri des toucans, les stridulations des cigales, et le chant d'oiseaux exotiques dont je ne connais pas le nom. Nous suivons un chemin bordé de fleurs d'hibiscus, contournons un petit bassin où s'ébattent des carpes bien nourries, et entrons dans ce qui ressemble aux temples balinais que j'ai remarqués le long des routes, avec leur toît de chaume pointu. Une jeune femme vêtue d'un sarong rose et doré nous accueille, un grand sourire illuminant son visage.

— Bonjour, nous aimerions rencontrer Cherinata, explique Marcel dans un anglais très *british*. Dites-lui, s'il vous plaît, que nous sommes les envoyés spéciaux de l'illustre magazine *Bien-être à la française*, ajoute-t-il en lui montrant une carte de presse fabriquée par ses soins.

Un instant plus tard, nous pénétrons dans le bureau de Cherinata – qui n'a de bureau que le nom. Un Mac est posé sur un tapis tressé. Des gros coussins bigarrés jonchent le sol, une fontaine glougloute gaiement dans un coin, des plantes vertes grimpent le long des murs et la baie vitrée largement ouverte sur le jardin laisse entrer une douce chaleur humide. La fameuse Cherinata arbore un magnifique sarong bleu nuit et des fleurs d'orchidée dans les cheveux.

Elle s'incline légèrement devant nous en joignant les mains devant son visage.

— Je vous merci, messieurs, d'avoir fait si long voyage pour rencontrer nous, nous dit-elle dans un français hésitant. Je rencontre enfin vous et suis honorée. Voulez visiter le centre maintenant ?

— Nous serions en effet heureux de visiter ce lieu qui paraît si paisible, lui dis-je, mais, si vous le permettez, afin de mieux appréhender votre philosophie et votre fonctionnement, nous aimerions d'abord vous poser quelques questions.

Marcel, qui semble avoir potassé le sujet des centres de ce genre, prend alors le relais et interroge notre hôtesse pendant quelques minutes, en utilisant des mots simples qu'elle comprend facilement.

— J'aimerais savoir ce qui a motivé la création de ce centre, interviens-je à mon tour. Vous avez dit à mon collègue que le fondateur est un ancien animateur radio, c'est bien exact ?

Cherinata rougit alors violemment.

— Hum... oui, exact. Une radio en France. C'est lui qui a appris à parler le français à moi.

— Serait-il possible de le rencontrer ?

— Non, impossible.

— Pourquoi ? Il n'apprécie pas les journalistes ?

— Non, c'est pas ça. Mais B. Steve n'est plus parmi nous. C'est Koman Citawati le manager de société. C'était associé de B. Steve. Si vous voulez, vous pouvez voir lui.

— Que voulez-vous dire ? B. Steve n'habite plus à Bali ?
— Non... Lui disparu. Parti un matin.
— Quoi ? Depuis combien de temps ?
— Cinq ans, me répond-elle, visiblement peinée.

Notre entrevue avec M. Citawati est brève. Il a un vol à prendre et ne nous accorde qu'une dizaine de minutes. Malgré les recommandations de Cherinata, je lui pose des questions sur Bradley. Je n'apprends rien de plus : il est parti du jour au lendemain, après avoir laissé un mot à son associé pour lui céder l'entreprise. Alors que M. Citawati est sur le point de prendre congé, je l'interroge *in extremis* :
— Avait-il une famille ici ? Des enfants ?
L'homme me rit au nez.
— Ce n'était pas son genre.
Je ne lui demande pas ce qu'il entend par là.
Je repars en taxi tandis que Marcel reste un moment pour visiter le centre en compagnie de Cherinata et prendre des photos, histoire d'assurer sa crédibilité auprès de la belle Balinaise. Dans la voiture, j'essaie de concentrer mon attention sur le paysage éblouissant. Mais je ne vois rien, je n'entends rien. Arrivé à notre chambre, un bungalow sur pilotis, je trouve Céline allongée sur le lit, un livre entre les mains. Elle me regarde en écarquillant les yeux, un sourire aux lèvres. Sourire qui s'efface rapidement quand elle déchiffre l'expression de mon visage. Je me

précipite dans ses bras qui m'enlacent tendrement. Et je fonds en sanglots. Comme un enfant.

En moi, tout se mélange. La prise de conscience que je ne retrouverai jamais mon père, le manque de cet homme que je n'ai pas connu, et un terrible sentiment de solitude.

Nous restons à Bali pendant une semaine et visitons les plus beaux sites de l'île, les plus intimes, les plus authentiques. Ceux qui ont dû plaire à mon père, s'il est bien celui que j'imagine. Un homme féru de yoga, de bien-être et d'huiles essentielles ne peut qu'apprécier ces lieux emplis de sérénité et de douceur. Chaque temple, chaque cascade, chaque refuge de tortues marines, chaque paysage m'émeut. Céline m'a même avoué qu'elle ne me savait pas aussi sensible. Moi non plus.

*

* *

En arrivant à l'aéroport de Marseille, une surprise nous attend. Gaël et Julie sont venus nous accueillir. Nous ne les avons pas revus depuis plusieurs mois, depuis qu'ils se sont installés à Serre-Chevalier. Ils nous proposent d'aller déjeuner dans les calanques de Cassis. Et c'est là, dans ce petit restaurant au bord de l'eau, sous ce franc soleil d'octobre, que nous comprenons l'excitation de nos amis.

— En fait, on a quelque chose à vous dire..., commence Julie d'un air grave.

— Qu'est-ce qui se passe ? Tu n'es pas malade, au moins ? demande Céline.

— Non, je vais très bien. Nous allons même très bien... Mon bébé et moi.

Nous ouvrons de grands yeux, sous le regard amusé de Gaël.

— Vous verriez vos têtes !

— Je devrais accoucher au mois de mai, ajoute Julie.

Après les embrassades et les effusions, le serveur nous apporte nos apéritifs : un jus d'orange pour Julie, deux bières pour Gaël et moi, et un jus de tomate pour Céline.

— Tu ne prends plus ton fameux verre de rosé, Céline ? s'étonne Julie.

— Euh... non. En fait, moi aussi j'ai quelque chose à vous dire. À toi aussi, Thomas. Je crois que je suis enceinte, moi aussi. Je ferai un test demain, pour en être sûre.

Je me tourne vers elle, ébahi.

— Excuse-moi de te l'apprendre comme ça, je n'en suis pas encore certaine, mais... j'avais envie de le partager avec vous. Tu... tu es content ? me demande-t-elle.

Je ne lui réponds pas, me contentant de l'embrasser. À ce moment-là, nous ne pouvons être plus heureux. Nous ne nous doutons pas une seconde que nous partageons là nos derniers instants de bonheur.

20

32 ans – 2009

— Gaël ? Tu es là ? Je ne t'entends plus ! Gaël ? Qu'est-ce qui se passe ?

À l'autre bout du fil, j'entends un son étouffé, une plainte, déchirante. Il est 3 heures du matin.

— Gaël ? C'est le bébé ? Il s'est passé quelque chose avec le bébé ?

— Non…, finit-il par me répondre, la voix cassée. Elle va bien, même si elle est prématurée…

— Alors quoi ? m'écrié-je enfin, au risque de réveiller tout l'immeuble.

— C'est Julie. Elle… elle est…

— Elle est quoi ?

— …

— Gaël, parle-moi !

— Elle est morte, souffle-t-il. Juste après l'accouchement.

— Quoi ? Mais comment ? Pourquoi ?

— On ne sait pas… Ils parlent d'AVC, d'autopsie. Ils devraient nous parler d'allaitement, de trucs de maternité, et là… c'est un cauchemar…

— J'arrive.

Dans notre chambre, Céline dort encore, les mains posées sur son gros ventre. Je ne veux pas la réveiller. Elle apprendra la nouvelle bien assez tôt. Je lui laisse un mot sur le frigo : « J'ai dû partir. Gaël a besoin d'aide. Je t'appelle dans la matinée. Je t'aime. »

Un instant plus tard, je file à toute vitesse vers la clinique du centre de Toulon. Julie a préféré accoucher ici pour être plus près de Céline, avec laquelle elle partage les peurs et les joies de sa prochaine maternité. J'ai l'impression de vivre un cauchemar. Ou plutôt de revivre un cauchemar. Car cette scène, je l'ai déjà vécue, il y a bien longtemps maintenant. Les circonstances n'étaient pas les mêmes, Julie était plus jeune et n'avait pas eu de bébé. Mais ce coup de fil désespéré de Gaël, je ne m'en souviens que trop bien. Et je sais quel visage il aura quand je le rejoindrai : livide, sans plus aucune trace de vie ou d'envie de vivre.

Comment cela est-il possible ? Pourquoi cela se reproduit-il, une fois encore ? J'ai cru pouvoir maîtriser son destin en lui faisant prendre ses compléments alimentaires, arguant que ça l'aiderait à tomber enceinte. Mais maintenant qu'elle y est parvenue, elle a sans doute arrêté d'en prendre. Et l'AVC l'a emportée, de nouveau.

Ce qui doit arriver arrivera. Qui suis-je pour en avoir douté ? Pour avoir cru que je pouvais changer l'ordre des choses ? À cause de moi, mon meilleur ami est veuf et un petit bébé se retrouve sans mère. Il n'a pas eu le temps de sentir son odeur, de goûter son lait, de puiser dans son regard l'amour infini qu'elle lui offrait sans condition. Et elle est partie, elle a rendu son dernier souffle avec cette dernière pensée : celle d'abandonner l'homme de sa vie et la chair de sa chair.

En arrivant à la clinique, je retrouve Gaël au service maternité. Il est seul dans ce couloir aux murs et au sol blancs. Blafard, il erre sans but, comme s'il craignait de s'asseoir, de peur de s'effondrer. Il relève la tête en entendant mes pas. Nos yeux rougis se croisent un long moment. Et puis lentement, je m'approche de lui et le serre dans mes bras, dépose sa tête sur mon épaule.

— Vas-y, ça soulage.

Comme s'il avait attendu mon feu vert, il ouvre les vannes et déverse ses larmes et sa tristesse contre moi. Je me sens tellement impuissant, tellement inutile, tellement dérisoire face à sa peine. Il se redresse, pose sa main sur mon bras.

— Pourquoi elle, Tom ? Je veux dire, elle est tellement merveilleuse, si forte, si courageuse, si généreuse. Pourquoi me la prendre alors que le monde est peuplé de salopards ? Hein ? Dis-moi ! Pourquoi laisser mourir la personne la plus humaine qui existe ? Pourquoi est-ce si injuste ? Et pourquoi ont-ils été incapables de la sauver ? On envoie des putains de fusées sur la Lune, on crée des robots qui ne servent à rien et on ne peut pas juste sauver une vie ? Valait-elle moins que tous ces foutus robots ?

Il n'attend pas de réponse. Ses jambes se dérobent et il s'agrippe à moi en pleurant. Je le retiens en me contentant de le serrer dans mes bras, sans chercher à refouler mes propres larmes. Aucun de mes mots ne le réconfortera.

Des bruits de pas nous réveillent. Nous avons passé le reste de la nuit ici, dans cette salle d'attente inhospitalière. Gaël se redresse à son tour, les yeux boursouflés.

— Au fait, tu ne m'as toujours pas présenté ta fille…, lui fais-je remarquer en buvant mon café.

Il me regarde un instant, semblant ne pas comprendre ma phrase. Puis, ses idées se remettent en place et son menton se met à trembler.

— Allez, viens, elle a besoin de toi. Comment s'appelle-t-elle, au fait ?

— On n'avait pas encore choisi. Mais Julie avait une préférence pour Ninon… alors ce sera Ninon.

Ninon est née avec deux mois d'avance et un tout petit poids, à peine plus de deux kilos. Nous l'observons dormir, à travers les parois de sa couveuse et les fils de sa perfusion.

— Regarde comme elle est belle, s'émeut Gaël. Regarde ses petits doigts, comme ils sont fins. Et son nez, c'est celui de Julie. Elle est... parfaite, comme elle.

— Vous voulez la prendre dans vos bras ? lui demande une infirmière que nous n'avions pas encore remarquée.

— Oh non, je ne sais pas faire... Je...

— C'est important pour elle, elle a besoin de sentir votre peau, votre odeur. Enlevez votre chemise et asseyez-vous ici, je vais vous l'apporter.

Il s'exécute en me lançant un regard affolé.

— T'inquiète, ça fout toujours la trouille la première fois. Mais on finit par y arriver !

L'infirmière s'approche et dépose très délicatement la petite Ninon sur le torse de son père, qui laisse alors échapper un sanglot. Puis elle les recouvre d'une couverture soyeuse. La petite fille entrouvre les yeux et relève sa tête vers Gaël qui lui sourit à travers ses larmes.

Je me tourne vers l'infirmière.

— Comment va-t-elle ?

— Assez bien. Il faudra qu'elle reste quelques jours avec nous, le temps qu'elle prenne un peu de poids, mais, malgré son jeune âge, elle est déjà bien tonique, regardez !

Ninon a en effet saisi le doigt de son père et le serre, avant de l'apporter à sa bouche.

— Ah, je crois qu'elle a faim. Je vous apporte son biberon.

Gaël saisit le biberon et le tend vers sa fille, avec l'aide de l'infirmière. Quand je pars, préférant les laisser faire connaissance, il ne le remarque même pas, complètement noyé dans le regard de son bébé. Je me souviens avoir contemplé mes filles comme ça, moi aussi. Un moment dont j'ai pu profiter davantage, cette fois-ci, maintenant que la peur de l'inconnu était moins présente. Un moment unique, si intense qu'il me provoque un petit pincement au cœur, encore aujourd'hui.

21

Première vie – 29 ans – 2006

La deuxième grossesse de Céline est idyllique. Elle ne souffre d'aucun des malaises et autres petits désagréments qui ont jalonné sa première grossesse. Ces derniers mois, elle a même une sacrée pêche et a tenu à repeindre elle-même les murs de la chambre de notre bébé.

Quand elle ressent les premières contractions, elle est en train de boire un chocolat chaud en lisant un magazine, tandis que je regarde un reportage passionnant à la télé.

— Thomas ? Je crois que tu ne pourras pas regarder la fin de ton émission.

— Pourquoi ?

— Parce que le bébé arrive. On doit aller à la maternité, ajoute-t-elle, avec un calme olympien, tandis que j'écarquille les yeux.

Nous prévenons ma mère qui a emmené Coraline au cinéma et nous filons à l'hôpital. Céline est immédiatement prise en charge par une sage-femme qui constate que le travail a déjà commencé. Elle conduit Céline en salle d'accouchement dans un fauteuil roulant. Pendant le trajet, ma femme me lance un regard rassurant, en souriant.

— Eh bien, je connais un bébé qui est pressé d'arriver, s'exclame l'obstétricien, après l'avoir examinée. Je crains que nous n'ayons pas le temps de placer une péridurale…

Dix minutes plus tard, le docteur dépose sur la poitrine de Céline notre merveilleux bébé. Elle ne crie pas, ne pleure pas. Elle se contente de serrer mon doigt et tente d'entrouvrir ses yeux. Des yeux couleur lilas que nous n'avions jamais vus auparavant, et qui nous ont amenés à choisir son prénom.

Le lendemain matin, Coraline vient voir sa petite sœur, lovée dans les bras de sa maman. Elle s'avance sur la pointe des pieds et au bout de quelques minutes d'observation, elle lui demande :

— Papa m'a dit que tu avais les yeux violets, c'est vrai ? Oh, mais oui ! Tu as les mêmes yeux que Bibou, mon doudou licorne. Alors, je pourrais t'appeler Bibou, toi aussi ? Ou alors Lilou ! Mais oui, ça te va super bien, ce prénom. Tu es d'accord, maman ?

Céline lui sourit et l'embrasse tendrement. Coraline continue de parler à sa sœur et lui explique tous les jeux qu'elle va lui apprendre quand elle rentrera à la maison.

À ce moment-là, je ne peux pas être plus heureux…

22

32 ans – 2009

Après l'enterrement de Julie, nous avons passé du temps avec Gaël, chez lui, pour l'aider à s'organiser avant que Ninon sorte de la clinique. Je lui ai donné un coup de main pour aménager la chambre rose et j'ai accroché au mur les cadres photos que je lui avais offerts. Des clichés des choses les plus douces que j'aie pu trouver, une boule de coton rose, le foulard bleu en soie de sa mère, un pétale de rose jaune orangé, et le visage de ses parents le jour de leur mariage. La semaine dernière, Gaël a ramené Ninon chez lui. Il a pris ses marques tout doucement, avec la meilleure volonté du monde, soutenu par sa mère. Et quand son courage s'émoussait, quand les larmes débordaient des digues qu'il s'efforçait d'ériger, sa mère prenait le relais. Il s'enfermait dans sa chambre et s'allongeait sur son lit, serrant dans ses bras le pull préféré de Julie, dans l'espoir d'y sentir encore son odeur.

*
* *

Six semaines après la naissance de Ninon, je retourne à la clinique, mais avec Céline cette fois. Elle est sur le point d'accoucher à son tour.

Dans la voiture, Céline serre les dents à mesure que les contractions lui vrillent le corps. À plusieurs reprises, elle étreint ma main violemment et me lance des regards désespérés. Je sais qu'elle a peur. Peur de retourner dans la clinique où son amie a perdu la vie, peur de perdre son enfant de nouveau, peur de ne pas en sortir vivante, peur de tout. À vrai dire, je ne suis pas plus rassuré. Cette dimension a tellement changé par rapport à la première que je ne peux même plus me raccrocher à mes souvenirs pour me tranquilliser.

Je n'ai aucune certitude sur l'enfant à venir, s'il portera des jupes ou des caleçons, s'il aura les yeux lilas ou noisette, s'il sera espiègle ou boudeur. Et surtout s'il sera en bonne santé. Et... si l'accouchement se déroulera bien pour Céline. Même si je n'ai aucune raison objective d'en douter, je ne peux m'empêcher de faire le rapprochement avec Julie, au moment où je gare la voiture sur le parking.

Je passe mes bras autour de Céline et l'aide à avancer jusqu'à l'accueil. On la fait asseoir dans un fauteuil roulant, on la conduit dans une chambre, on l'ausculte, on s'écrie qu'elle en est déjà à cinq ce qui, d'après l'air affolé de la sage-femme, semble indiquer que le travail est déjà bien avancé. On la transporte en salle d'accouchement et l'obstétricien lui explique que pour la péridurale, c'est un peu tard.

— Mais… tout va bien ? Ma femme et mon bébé vont bien ? ne puis-je m'empêcher de demander.

— Pour l'instant, tout se déroule à merveille, rassurez-vous.

Le « pour l'instant » me reste en travers de la gorge, mais je ne relève pas et me contente de caresser les cheveux de Céline, en lui murmurant des mots qui se veulent rassurants. On lui demande de souffler, de pousser, de ne plus pousser, d'attendre… Et notre enfant est arrivé.

— Regardez-moi cette jolie blondinette ! s'exclame la sage-femme en l'enroulant dans une couverture.

— C'est… c'est une fille ? demandé-je.

— Ah oui, pour ça, il n'y a pas de doutes !

— Et elle va bien ? interroge Céline en entendant son bébé pleurer.

— À première vue, elle va très bien. Je lui fais passer un petit examen de routine et je vous la rapporte.

Je me rapproche de Céline et l'embrasse du bout des lèvres.

— Bien joué ! Tu as assuré. Notre fille est magnifique.

— Pas trop déçu ? Tu aurais peut-être préféré un garçon, comme beaucoup d'hommes…

— Ça m'est complètement égal. Je suis ravi d'avoir une seconde fille !

Ma petite famille est enfin au complet. À cet instant, j'ai l'impression que la roue de mon destin vient de se repositionner dans un axe favorable en me rendant mes deux filles et mon épouse. Même si tout le reste semble s'écrouler autour de moi, l'essentiel, mon essentiel, mes raisons de vivre sont toujours là. Égoïstement, c'est tout ce qui compte pour moi.

— Elle se porte comme un charme, cette princesse, nous annonce la sage-femme en la déposant dans les bras de sa mère. Comment allez-vous l'appeler ?

Céline m'interroge du regard et j'acquiesce en souriant.

— Lila.

Lila est un beau bébé de trois kilos et sept cents grammes, avec les mêmes grands yeux couleur lilas que la première. Et Céline se porte bien. Je la laisse se reposer un instant, à côté de notre fille qui dort paisiblement dans son petit lit transparent, pour monter au dernier étage de la clinique.

Je pousse la lourde porte en bois sculpté de la chapelle avec un soupir. La dernière fois que j'y suis venu, j'étais accompagné de Gaël, le lendemain de la mort de Julie. Il y était resté près de deux heures, d'abord à agonir Dieu de reproches et jugements définitifs, puis à pleurer pour enfin s'endormir sur un banc.

Cette fois, c'est le soulagement qui me pousse à venir ici, soulagement que tout se soit bien passé, que Céline et Lila soient en vie et en bonne santé. Ma reconnaissance est telle que mes mains tremblent et que mes larmes s'échappent. Visage tourné vers Dieu, je m'adresse à lui pour la première fois depuis une éternité :

— Merci.

Le lendemain matin, Céline semble contrariée. Lila dort en permanence, à tel point qu'elle n'a toujours rien mangé. Elle a bien essayé de la réveiller mais la petite n'accepte ni le biberon, ni le sein. Le pédiatre est passé pour l'ausculter. Selon lui, il n'y a rien d'anormal. Certains enfants prennent davantage de temps que d'autres pour « se mettre en route ».

Dans l'après-midi, Coraline entre dans la chambre, accompagnée de ma mère. Ma fille aînée a trois ans à présent et, si elle attendait avec une impatience insupportable l'arrivée du bébé, elle paraît maintenant tout intimidée. Elle reste à côté de sa mère pour regarder de loin sa petite sœur, toujours endormie dans son berceau. Agrippant sa main dans la mienne, je fais les présentations. Elle s'approche alors sur la pointe des pieds, l'observe un long moment sans rien dire. Puis, elle court de l'autre côté du lit et fouille dans son sac. Elle en retire un petit lutin en velours bleu ciel et blanc, qu'elle vient déposer sur la main de sa sœur. Celle-ci paraît bien petite à côté de son nouveau doudou.

— Je peux la prendre dans mes bras ? demande-t-elle alors.

— Oui, si tu veux, lui répond Céline. Assieds-toi dans le fauteuil, papa va te l'apporter.

Je m'exécute, sous le regard attendri de ma mère et de Céline. Coraline est pour une fois d'une délicatesse infinie. Elle lui caresse la joue, tout doucement.

— Salut, Lila, murmure-t-elle. Moi, c'est Coraline, ta grande sœur. C'est moi qui vais t'apprendre plein de trucs. Mais pour ça, faut que tu te réveilles, hein, sinon, on va pas rigoler.

Ce monologue me rappelle celui qu'elle avait tenu dans l'autre dimension à sa sœur. Mon cœur se serre en y repensant.

— Papa m'a dit que tu avais les yeux violets, c'est vrai ? Je croyais qu'il n'y avait que les Barbie qui avaient les yeux violets. Tu me montres ?

Et là, contre toute attente, Lila entrouvre les yeux et tourne sa tête vers Coraline.

— Mais c'est vrai, t'as des yeux de Barbie ! C'est trop beau. Mes copines vont être jalouses !

Lila gesticule et grimace. Puis laisse échapper un cri. Elle a faim ! Je la prends dans mes bras, la dépose dans ceux de sa mère. Quelques secondes plus tard, elle boit goulûment le lait de sa maman, visiblement soulagée.

Je profite de cet apaisement pour aller chercher un café au distributeur. Je sais que je ne devrais pas, à cause du risque d'ulcère de l'estomac. Mais c'est le seul moyen à ma disposition pour m'aider à gérer l'explosion des émotions à laquelle je dois faire face.

La plupart du temps, j'arrive à calmer mes angoisses grâce à une technique de respiration que Sandrine m'a apprise. Malheureusement ça ne suffit pas toujours. Avant-hier, juste avant la naissance de Lila, j'ai ressenti comme des poignards dans la poitrine. J'avais dans la poche les anxiolytiques prescrits par mon médecin mais je ne les ai pas avalés. J'ai l'intime conviction que, si cette angoisse est toujours là, c'est pour me prévenir d'un danger qui se rapproche. Je veux rester alerte, quel qu'en soit le prix à payer. Pour protéger ma famille, je serais prêt à tout. Surtout après l'avoir attendue si longtemps.

23

33 ans – 2010

— C'est fini, Thomas. Tu dois l'accepter.

— Je ne peux pas.

Je sais qu'ils mentent, tous ces experts qui prétendent que les sols sont friables et que les risques d'éboulement sont considérables. Les sols se portaient très bien dans ma première dimension, et il n'y a absolument aucune raison pour que cela ne soit plus le cas aujourd'hui.

Pourtant nous nous retrouvons tous les quatre, ma mère, mes sœurs et moi, devant cette maison dont nous serons officiellement expropriés dès demain. Nous avons vingt-quatre heures pour la débarrasser de nos souvenirs. Et de tout ce qui s'y trouve encore.

Sandrine se met à pleurer. Maman lui propose d'aller marcher sur la plage ; Bénédicte se joint à elles. Pas moi. J'entre dans la maison, seul, et me dirige droit vers le miroir du couloir.

— Héloïse, tu es là ? Viens s'il te plaît, je dois te parler.

Rien ne se passe. Je ne vois que mon reflet dans ce miroir et constate que je ressemble de plus en plus à celui que j'étais dans ma première vie, avant que toute cette aventure commence. Mes tempes ont tendance à se dégarnir, les traits de mon visage s'affaissent légèrement et une myriade de rides constelle mon front. Celle qui s'est installée entre mes deux sourcils est la plus marquée.

— Héloïse ! C'est important.

La surface du miroir se trouble légèrement ; Héloïse apparaît.

— Je suis là, mon grand.

— Comment tu te sens ?

Elle hausse les épaules.

— Toujours morte.

— Mais… et la maison ? Ta maison ?

— Il y a des choses contre lesquelles on ne peut rien, mon grand. Celle-ci en fait partie.

Je marque une pause, craignant sa réponse à ma prochaine question. Je finis par me lancer :

— Et pour mon choix ?

— Ton choix ?

— Retourner dans ma première vie. Ça sera encore possible, même si la maison n'existe plus ?

— C'est ce que tu veux ?

Sa question me fait vaciller. Si je devais repartir aujourd'hui dans cette dimension-là, je retrouverais mes deux filles, mon travail et mes collègues, Céline serait toujours à mes côtés, j'aurais un père en vie même si je devais l'appeler Jean-Pierre, la maison du Fer à cheval serait toujours debout en haut de la falaise et surtout, j'aurais la tranquillité d'esprit qui me manque tant aujourd'hui. Mais je devrais également renoncer à ma carrière de photographe et ma nouvelle activité de galeriste qui me plaisent tant, à voir mes sœurs et ma mère heureuses, et à tout ce que j'ai construit ici. Je ne sais pas dans quel sens penchent les plateaux de la balance.

— Honnêtement ? Je n'en sais rien. J'en ai souvent envie. Ma vie d'avant était plus douce, plus simple, plus légère aussi. Et je n'avais pas la terrible impression d'être responsable des drames qui s'abattent sur mes proches.

L'image d'Héloïse se brouille un instant avant de réapparaître.

— On a toujours le choix, mon grand. Parfois, il faut seulement chercher un peu plus loin que le bout de son nez.

— Qu'est-ce que ça veut dire ?

Les voix de ma mère et de mes sœurs résonnent devant la porte d'entrée. Héloïse lève une main impérieuse coupant court à ma question.

— Écoute, me presse-t-elle, j'ai une dernière faveur à te demander. Je veux que tu conserves les malles qui se trouvent au grenier.

— Bien sûr, on ne va pas les jeter à la poubelle, mais chez moi c'est impossible, dans mon petit appartement je n'aurai jamais la place de…

La porte s'ouvre.

— C'est bon, nous sommes prêtes. Plus vite ce sera fait, et moins ce sera difficile pour nous tous ! Allez, hardi, petit ! lance ma mère sur un ton qui se veut enthousiaste.

*
* *

Le lendemain matin, je me réveille à l'aube. Aujourd'hui, la maison du Fer à cheval ne nous appartient plus. Des scellés vont être apposés sur toutes les ouvertures de la maison et des bandes jaunes vont en interdire l'accès, comme s'il s'agissait d'une scène de crime. J'ai l'impression que, par ma faute, mes grands-parents sont morts une fois encore.

*
* *

Fidèle à ma promesse, je me consacre à ma famille, m'efforçant d'oublier que je ne pourrai plus jamais aller à la crique du Fer à cheval, ni y emmener mes filles jouer sur la plage.

Lila a treize mois. Elle est dans une forme olympique, mais ne tient toujours pas assise toute seule et lâche tous les objets qu'on lui donne. Le pédiatre nous a orientés vers un spécialiste ; pendant qu'il l'ausculte, Lila lui sourit et essaie d'attraper sa moustache proéminente. Céline se ronge les ongles. Il nous explique qu'on va lui prélever un petit peu de sang pour qu'il puisse établir son diagnostic. Il ne nous reste plus qu'à attendre...

*
* *

Les résultats arrivent enfin, six mois plus tard. Nous sommes un peu plus confiants qu'à notre premier rendez-vous. Lila tient bien assise à présent et elle est beaucoup plus tonique qu'auparavant. Le verdict du médecin tombe comme un couperet :

— Nous avons trouvé une anomalie chromosomique qui s'apparente à la trisomie 21.

Céline saisit ma main, le regard affolé.

— Vous devez vous tromper, docteur, regardez, tout va bien maintenant. Elle reste assise et commence même à se déplacer en se tenant.

Le médecin soupire doucement, compatissant.

— Il s'agit de l'une des formes de la trisomie, dite « mosaïque ». Dans ce cas précis, le nombre de chromosomes atteints est différent de la trisomie que l'on qualifie de « libre ». Pour être plus clair, les personnes qui sont atteintes de ce type de trisomie mosaïque ont des symptômes plus légers que les autres.

Des images défilent devant mes yeux : les enfants que j'ai vus dans des reportages ou pendant le Téléthon, les paupières fendues, leur faciès si particulier, leurs gestes maladroits, leurs fauteuils roulants...

— Vous voulez dire que notre fille est handicapée ?

— La trisomie mosaïque est particulière : d'un sujet à l'autre, les symptômes sont très différents. Il arrive même qu'on ne la diagnostique pas avant l'âge adulte. Chez Lila, le taux de cellules trisomiques n'est que de dix pour cent, ce qui est très faible. Pour autant, je ne peux pas vous dire aujourd'hui comment elle évoluera, ni à quelles difficultés elle aura à faire face.

— À quoi devons-nous nous attendre ? questionne Céline.

— Cela peut aller d'un retard de parole à des difficultés de motricité ou des problèmes cardiaques. Mais nous n'en sommes pas là. Pour l'instant, Lila va bien et ne présente pas de retard particulier, d'après ce que vous me dites. Ce que je vous conseille, c'est d'être à son écoute, de l'aider à grandir à son rythme, qui pourrait être un peu plus lent même si, je le répète, rien n'est défini. Il faut lui faire confiance et vous faire confiance.

— Et… elle pourra avoir une existence… normale ? demande Céline.

— Tout dépendra de son évolution et de la manière dont elle sera prise en charge par des professionnels au moment où les difficultés se présenteront. Et, entre nous, qu'est-ce qu'une vie normale ? On a tous des petits problèmes, des incompétences, des inaptitudes. En ce qui me concerne, je n'ai pas de maladie génétique, mais j'ai un très mauvais sens de l'équilibre, je peux tomber dès que je ferme les yeux. Malgré tout, on vit avec, on fait face, on se débrouille comme on peut. Personne n'a une vie « normale » ou parfaite.

Une heure plus tard, nous ressortons de son cabinet complètement abasourdis. Notre petite fille, si belle et si affectueuse, est atteinte de trisomie. Et même s'il s'agit d'une forme très légère, ce mot nous terrifie. Parce que nous ne savons pas comment l'aider. Nous avons peur des épreuves qu'elle aura à traverser, si jeune. Céline la serre contre elle, le nez dans son petit cou pour qu'elle ne la voie pas pleurer.

Quand nous rentrons chez nous, Coraline nous accueille avec sa bonne humeur habituelle. Céline va coucher Lila qui dort dans ses bras ; j'en profite pour raconter à ma mère ce que le docteur nous a expliqué, en essayant de rester aussi factuel que possible. Elle me réconforte, me serre dans ses bras. Puis ajoute avec douceur :

— Je suis désolée d'ajouter une mauvaise nouvelle à cette horrible journée, mais je me suis promis de ne plus rien te cacher. Sandrine a appelé : les tractopelles sont arrivées devant la maison.

— Ils ne devaient pas la détruire avant l'année prochaine !

— C'est ce qu'on m'avait dit. Maintenant que nous n'en sommes plus propriétaires, ils peuvent apparemment faire ce qu'ils veulent...

Quand je me gare sur le parking de la crique, je repère la voiture de ma sœur. Un peu plus loin, sur la bute qui accueille la chapelle Notre-Dame, Sandrine est assise et regarde droit devant elle. Je la rejoins et suis son regard vers notre maison, attaquée par de monstrueuses tractopelles.

— Tu ne devrais pas rester là, lui dis-je.

— Je voulais la voir une dernière fois... Et toi ?

— Je ne voulais pas te laisser toute seule.

Elle sourit tristement.

— Tu as essayé d'aller là-bas ? demandé-je.

— J'y étais quand les engins ont débarqué. Toute la crique tremblait. Ce qui m'a fait le plus de peine, c'est quand ils ont écrasé la statue de Ganesh que Philibert avait rapportée de son voyage en Inde.

— Philibert a été en Inde ?

— Si je me souviens bien, il avait gagné ce voyage lors d'un prix d'architecture, quelque chose comme ça...

J'ignorais complètement que mon grand-père s'était rendu en Inde. Comme mon père. Quelle drôle de coïncidence...

Je regarde les crocs de la tractopelle se planter dans la façade de la maison, avec un bruit effroyable. Un nuage de poussière s'élève déjà dans le ciel et retombe sur les voitures garées sur le côté de la propriété.

Les paroles de ma grand-mère me reviennent en mémoire. « Parfois, il faut seulement chercher un peu plus loin que le bout de son nez. » Pris d'une impulsion subite, je me lève et me précipite vers la maison. Je franchis les barrières, passe en dessous du cordon de sécurité. Là-bas, des hommes portant un casque de chantier parlent ensemble mais ne me voient pas. Je contourne la tractopelle et me plante devant en criant.

— Attendez ! Stop ! **STOP** !

L'homme lâche ses manettes, arrête soudain son engin et me demande de dégager. Je m'approche de sa cabine.

— Écoutez, c'était ma maison. Je ne peux pas vous empêcher de la détruire, mais laissez-moi juste deux minutes. Je dois récupérer quelque chose à l'intérieur.

— Les murs et le toit tiennent à peine debout, ça risque de s'effondrer. Impossible ! répond-il en actionnant le contact.

Je comprends qu'il ne me laissera pas faire. Je me précipite alors vers la maison, profitant que sa pelle soit positionnée sur le côté est. À l'intérieur, la poussière m'empêche de voir quoi que ce soit. Je recouvre mon nez avec ma manche. Je marche à tâtons, ma main libre me servant de guide. Je trouve enfin ce que je cherche. La porte de la salle à manger. Celle que j'aurais dû pousser dans cinq ans avant de choisir la dimension dans laquelle je souhaite continuer ma vie. Mais elle est déjà éventrée, déchiquetée, laminée. Morte, tout comme mes espoirs. Je sors de ce qui ressemble désormais à une ruine, couvert de poussière et de larmes.

La tractopelle est de nouveau à l'arrêt. Le conducteur a dû s'interrompre en me voyant entrer, il discute avec les trois hommes que j'ai aperçus en arrivant. Deux d'entre eux portent un jean et des chaussures de sécurité. Le troisième est en costume. Un homme grand et carré. Je le reconnais immédiatement. Il s'approche de moi, lentement, le sourire aux lèvres.

— Monsieur Dumesnil, quelle joie de vous revoir ici.

Patrick Dessale.

— Vous avez l'air surpris, susurre-t-il. Je vous avais pourtant promis que nous nous reverrions. Vous l'aviez déjà oublié ?

— Que faites-vous ici ?

— Je visite ma propriété, jubile-t-il.

Mon estomac se met à brûler alors que les pièces du puzzle se mettent en place.

— Ne faites pas cette tête, monsieur Dumesnil. Quand nous aurons consolidé le terrain, précise-t-il en mimant des guillemets avec ses doigts, un magnifique complexe hôtelier remplacera cette vieille bicoque délabrée. Le quartier tout entier s'en trouvera valorisé et, grâce à moi, des dizaines d'emplois vont être créés.

— Vous avez détruit ma famille pour un simple article ?

— Vous avez détruit la mienne juste pour publier un scoop qui lancerait votre carrière. Je ne suis certes pas un enfant de chœur, mais j'aimais profondément ma femme. Je me donnais à cent pour cent pour ma ville, et elle prospérait. Peut-être auriez-vous dû réfléchir à tout ça avant de jouer les chevaliers blancs en vous regardant le nombril. (Il sourit froidement.) À présent, je vous laisse une minute pour dégager de ma propriété, avant que je vous fasse expulser.

Après lui avoir lancé un dernier regard assassin, je fais demi-tour, adresse un signe à Sandrine et m'engouffre dans ma voiture. Là, enfin, je m'autorise à gémir de douleur, les mains posées sur mon ventre brûlant.

24

35 ans – 2012

Après la destruction de la maison, j'ai connu une période de dépression. J'avais l'impression, pour ne pas dire la certitude, que tout s'effondrait autour de moi : mes espoirs de choisir ma destinée, la mort de Julie, l'amputation de Sandrine, le handicap de Lila, la disparition de mon père... Je n'avais personne vers qui me tourner. Je ne voulais pas ennuyer Gaël avec mes soucis, lui qui commençait tout juste à sortir la tête de l'eau. Mylène était particulièrement occupée par l'éducation de sa fille adolescente qui lui en faisait voir de toutes les couleurs. Sandrine était à Paris, où elle entraînait une équipe handisport, après avoir passé ses diplômes d'entraîneur sportif.

Quant à ma mère, je me suis souvenu que son cancer du sein avait été diagnostiqué en 2012. Elle avait subi une ablation du sein, suivi d'une chimiothérapie aussi destructrice que bénéfique, et d'une radiothérapie qui avait fini par brûler une partie de son poumon. Aussi, dès 2011, je lui avais conseillé de se faire examiner. Elle m'avait répondu que sa dernière mammographie ne datait que d'un an et qu'elle y retournerait l'année suivante. Après un convaincant chantage affectif, elle a fini par prendre rendez-vous pour une radio. Ils ont détecté une toute petite tumeur, de moins d'un demi-centimètre. L'oncologue qu'elle a consulté lui a expliqué qu'il fallait extraire la tumeur mais qu'*a priori* l'ablation du sein n'était pas nécessaire. En fonction des analyses qui suivraient l'intervention, il déciderait du traitement à suivre, même si, d'après lui, une radiothérapie suffirait. Je n'étais certes pas heureux d'apprendre que ma mère n'avait pas échappé au cancer du sein. Néanmoins j'étais soulagé de savoir qu'elle ne perdrait ni son sein, ni ses cheveux. Elle a préféré être opérée à l'hôpital de la Timone à Marseille, et non en Corse où elle habite désormais avec Pascal, ce qui m'a permis de l'accompagner plus facilement dans cette épreuve qui restait traumatisante. À sa sortie, Bénédicte l'a accueillie chez elle.

Et je me retrouve de nouveau seul avec mes problèmes, sans personne avec qui les partager. La seule qui aurait pu comprendre ma détresse, c'est Héloïse. Je l'ai appelée un nombre incalculable de fois, mais depuis la destruction de sa maison elle ne me répond plus, comme si elle avait été détruite en même temps…

Ma seule consolation est que les travaux de construction du complexe hôtelier de Dessale ont été retardés. La fameuse étude des sols à l'origine de l'expropriation n'a en fait jamais eu lieu. Des pots-de-vin ont été versés pour qu'un rapport, pondu *ex nihilo*, fasse état d'une fragilité du terrain, qui n'a donc pas été prouvée. Or, des géologues, apparemment plus consciencieux, ont réalisé une véritable étude des sols qui a confirmé que le terrain n'était réellement pas assez solide pour accueillir la construction d'un hôtel. Il a donc fallu entreprendre des travaux, aussi longs que coûteux, pour le stabiliser. Ce que Dessale avait été loin de prévoir dans son plan pour me nuire…

Je me répète que ça ira mieux demain. Mais demain ne m'apporte pas d'apaisement. Même les rires de mes filles ne parviennent pas à me sortir de mes tourments durablement. Je m'enfonce un peu plus chaque jour. Comme cela ne suffisait pas, j'ai déclenché un eczéma purulent sur les bras et les jambes qui a été soigné à hautes doses de cortisone, donnant à mon visage un aspect bouffi ridicule. Ensuite, ce sont des bronchites qui se sont succédé et qui ont laissé la place à des crises de tachycardie. Je passe mon temps dans les salles d'attente des spécialistes. Mon généraliste a fini par renoncer à soigner mon anxiété ; j'ai compris qu'il avait baissé les bras le jour où il m'a assené : « Quand on vous diagnostiquera votre cancer de l'estomac, ne venez pas me voir. » Un cardiologue m'a suggéré, après avoir examiné mon rythme cardiaque, de prendre rendez-vous avec un psychiatre.

J'ai refusé obstinément d'y aller jusqu'à ce que je tombe inanimé, un beau matin, au milieu de la cuisine, devant mes enfants paniqués.

Lors de mon premier rendez-vous, il a immédiatement diagnostiqué une dépression et m'a prescrit des anxiolytiques à faible dose. Son objectif était avant tout de me faire comprendre l'origine de cet état, et non de me gaver de médicaments. Avec lui, j'ai évoqué tous les malheurs qui me frappaient. Il m'a appris à exprimer mes sentiments, à les comprendre, à prendre du recul sur les événements, à les relativiser. Un jour, il m'a proposé de recourir à l'hypnose pour percer ce qu'il avait interprété comme un blocage de mon inconscient. J'ai refusé, de peur de perdre le contrôle sur mes confessions et de révéler les tenants et aboutissants de mon expérience. En revanche, j'ai accepté de recourir à la méditation.

Au fil des mois, mes sentiments délétères ont perdu en puissance et j'ai commencé à aller un peu mieux. Je crois que la méditation y est pour beaucoup. Elle me permet de calmer le flux incessant de mes pensées négatives et apaise ma boule d'angoisse. Certains jours, je ne la sens même plus. Mais je sais qu'elle est là, tapie dans l'ombre, prête à surgir à la moindre occasion.

*
* *

— Je suis sûr que tu t'inquiètes pour rien, elle est juste fiévreuse.

Céline me regarde comme si je n'y connaissais rien. Lila est dans son lit à se contorsionner. Ses yeux se révulsent par moments. Elle a attrapé la grippe que Coraline avait elle-même contractée à l'école. Malgré le traitement, la fièvre n'est pas encore tombée. Cela ne l'a pas inquiétée outre mesure quand il s'agissait de Coraline mais, lorsqu'il est question de Lila, c'est une autre histoire, comme toujours.

Elle a désormais trois ans. Elle s'est mise à marcher à deux ans passés. Elle porte des lunettes pour corriger sa myopie, commence tout juste à parler et attrape très souvent des angines. En dehors de ça, elle va très bien. Comme Lilou, c'est une petite fille curieuse de tout ce qui l'entoure et très câline. Elle a fait sa première rentrée des classes en septembre dernier et s'est déjà mis tous ses petits camarades dans la poche, ainsi que son institutrice, à force de les cajoler. Je craignais que son retard de parole et sa maladresse ne la mettent à l'écart mais, heureusement, à cet âge-là, les enfants ne se préoccupent pas encore des différences. À la sortie des classes, je la trouve systématiquement entourée d'un petit groupe de copains qui lui tiennent son cartable, son blouson et qui attendent que Lila les serre dans ses bras pour les remercier, comme elle a pris l'habitude de le faire. Si la vie pouvait toujours être aussi simple…

J'aime mes deux filles de tout mon cœur, mais, quand je regarde Lila, je vois aussi Lilou qui me manque cruellement. C'est comme si elle comptait double, comme si je devais lui apporter deux fois plus d'attention et de protection. Entre nous s'est créé un lien particulier, indicible et indestructible.

Le docteur nous a conseillé de rester vigilants et de retourner le voir dès que nous constatons un changement, une régression, une lenteur d'apprentissage. Céline a pris cette mission au pied de la lettre et passe son temps à la scruter, à observer ses moindres faits et gestes, à prendre des notes dans son cahier pour y noter des indicateurs qu'elle compare avec ceux de Coraline, en tout cas ceux dont elle se souvient, ce qui n'a donc rien de scientifique. Elle ne cesse de m'alerter sur le repas qu'elle a mis cinq minutes de plus à avaler aujourd'hui par rapport à la veille, sur la chute qu'elle a faite en allant à l'école, sur son inaptitude à tenir un crayon correctement. Lila est suivie par une psychomotricienne et une orthophoniste avec lesquelles elle a déjà fait des progrès notables, même s'ils ne sont pas assez rapides au goût de Céline.

Au début, nous l'avons confiée à Virginie, l'assistante maternelle qui a gardé Coraline avant son entrée en maternelle. Mais, chaque soir, Céline l'assaillait de questions auxquelles elle ne pouvait pas répondre avec l'exactitude qu'exigeait celle-ci, puisqu'elle s'occupait de deux bébés. Virginie a fini par rendre son tablier, ne supportant plus les soupçons de Céline sur son professionnalisme. Céline a arrêté de travailler jusqu'à ce que Lila entre en classe ; elle a repris son activité à mi-temps pour être présente à la sortie de l'école. Je lui ai conseillé d'être moins inquisitrice avec la maîtresse et son assistante de vie scolaire. Celles-ci nous ont assuré que s'il y avait le moindre problème, la moindre information à nous signaler, elles nous téléphoneraient immédiatement. Le ton implacable de la maîtresse a finalement convaincu Céline.

À la maison, la situation est difficile. Comme Céline consacre une grande partie de son temps libre à Lila, Coraline se plaint que sa maman ne s'occupe pas assez d'elle. Elle me saute dans les bras quand je rentre du travail. Mes horaires de travail à la galerie que j'ai ouverte dans le centre de Toulon ne dépendent que de moi et me laissent une liberté dont je profite avec bonheur. Nous descendons alors dans le parc faire une partie de ballon ou de voiture télécommandée, nous remontons finir les devoirs, puis elle prend sa douche et m'aide à préparer le repas. Cette complicité avec ma fille aînée me comble, d'autant que je ne l'ai jamais réellement ressentie dans ma première vie. Je travaillais alors beaucoup, et nous ne nous retrouvions que pendant les vacances et certains week-ends, quand je m'étais suffisamment reposé pour avoir envie de jouer avec elle et sa sœur.

Entre Céline et moi, c'est tendu. Elle ne me laisse passer que peu de temps avec Lila, et uniquement pour des activités qu'elle estime ne pas avoir besoin de contrôler. Cela se limite donc souvent à des moments tendres ou ludiques. Quand je lui fais comprendre que son désir d'aider Lila vire à l'obsession et qu'il peut être contre-productif, elle me répond que je me fiche de l'avenir de notre fille, que je suis résigné et passif. Cela crée des disputes qui ne s'arrangent que de plus en plus rarement sur l'oreiller. Comme son salaire est divisé par deux, j'ai du mal à compenser la perte financière, la vente d'œuvres et de photos d'art étant elle aussi impactée par la crise. Quant aux paris, ça ne fonctionne plus : il y a eu trop de changements, les résultats sont trop incertains désormais.

Toutes ces émotions se cristallisent entre nous quand Lila est malade.

— Tu ne vois pas qu'elle va mal, vraiment mal ! hurle Céline. Tu veux la laisser souffrir sans rien faire ?

— Le docteur nous a dit hier qu'elle avait une simple grippe et qu'elle aurait de la fièvre à trente-neuf degrés pendant quelques jours. Il ne s'est pas trompé. Elle a de la fièvre. Point. Elle n'est pas au seuil de la mort, lui réponds-je, de moins en moins patient devant ses excès d'hypocondrie.

— OK, mais le Doliprane devrait la faire baisser et ce n'est pas le cas. Comment expliques-tu cela, hein ? Je ne crois pas que ce soit une simple grippe. Ce pédiatre connaît très mal la trisomie mosaïque, il nous l'a lui-même avoué. Il ignore peut-être que cette maladie peut occasionner des fièvres très graves chez les enfants.

— Tu n'en sais rien non plus.

— Et toi non plus. Alors dans le doute, il vaut mieux consulter des spécialistes.

— Nous sommes allés douze fois aux urgences depuis que Lila est née et, à chaque fois, on nous a renvoyés chez nous parce qu'elle n'avait rien de grave.

— Et si cette fois-ci c'était sérieux et qu'on ne faisait rien ? Si elle meurt dans la nuit, tu ne te le reprocheras pas ? Tu vivras avec ça sur la conscience pour le reste de ta vie ? me demande-t-elle, larmes aux yeux.

— Ce que je te propose, c'est d'attendre encore une heure. Si la fièvre ne descend pas d'ici là, on ira aux urgences. Promis.

— Une heure ? Mais si…

Je ne lui laisse pas le temps de finir sa réplique. Je la prends dans mes bras, ce qui est devenu de plus en plus rare, et la berce doucement. Elle se met alors à pleurer, comme une enfant, à bout de forces. Quelques instants plus tard, elle s'endort sur le canapé. Quand elle se réveille, Lila joue avec ses dinosaures sur le tapis à côté d'elle et lui adresse un sourire qui ferait fondre le cœur des anges. La crise est passée pour cette fois.

Ma gorge se serre quand je réalise que la Céline de ma première vie n'aurait jamais réagi de cette façon. Elle était plus réfléchie, savait garder les pieds sur terre en toutes circonstances, même les pires. J'ai beau l'avoir retrouvée, elle me manque parfois.

Et, en même temps, je chéris ce nouveau foyer de tout mon cœur ; il est peut-être plus abîmé, mais il est aussi plus tendre, nos liens sont plus forts, nos blessures nous rapprochent. Je découvre des facettes d'elle que je n'avais pas même imaginées dans ma première vie, parce que j'étais incapable de l'écouter. Mais elle, était-elle plus heureuse ?

*
* *

Depuis l'accident de Sandrine, j'ai pris l'habitude de l'appeler régulièrement. Je ne le faisais pas, dans ma première vie, et j'ai eu tendance à être trop égoïste dans cette vie-ci, alors j'essaie de me rattraper. En général elle m'assure que tout va bien et on rigole sur tout et rien, mais cette fois-ci c'est différent.

— Salut, sœurette, comment vas-tu ?

À l'autre bout du fil, ma sœur ne me répond pas.

— Sandrine ? Tu es là ?

Je l'entends renifler et fermer une porte.

— Oui, je suis là… Tu tombes assez mal, en fait. On peut se rappeler plus tard ?

— Hors de question. Dis-moi ce qui ne va pas.

— C'est un jour sans. Pas le moral.

— Vraiment ? Mais pourquoi ?

— C'est un peu compliqué, Thomas. Et puis, je suis fatiguée, là.

— Sandrine, parle-moi. Je peux tout entendre.

— Je ne voulais pas t'inquiéter, avec tout ce que tu endures en ce moment, mais..., commence-t-elle avec un sanglot dans la voix. Depuis quelque temps, je me sens vide à l'intérieur. Je ne supporte plus de devoir me mettre une prothèse de jambe, de subir le regard des gens ou leur empressement à m'aider comme si j'étais impotente, je ne supporte plus de n'être pas comme tout le monde. Pourtant, avant je m'en fichais complètement, c'était ma différence, ma force et ma victoire sur la vie.

Elle marque un temps avant de reprendre.

— Je suis épuisée, Thomas. Je voulais montrer que mon infirmité ne faisait pas de moi un être diminué alors j'en ai fait encore plus que les autres. Je travaille douze à quinze heures par jour, même le week-end, je me stresse pour mes élèves, j'ai perdu le sommeil. Je sens bien que je tire sur la corde et que mon corps ne suit plus. J'ai d'horribles douleurs dans tout le corps mais je n'ose en parler à personne. Je n'en parle même pas à Bastien, il se sent déjà tellement impuissant face à ma souffrance. Ça le ronge de ne rien pouvoir faire pour m'aider. Je ne veux pas qu'on soit deux à souffrir. Alors je garde tout pour moi, j'entasse tout ça au fond de mon cœur, mais parfois, ça déborde.

— Et si tu acceptais d'être un simple être humain ? OK, tu as une jambe en moins, mais tu restes un être humain, avec ses faiblesses, sa fragilité, ses doutes, ses failles. Tout le monde t'aime comme tu es, pour ce que tu es et ce que tu as dans le cœur, ta joie de vivre, ton sens de l'humour, ta vivacité. En attendant, tu dois te reposer et prendre soin de toi, c'est bien compris ? Viens passer quelques jours au soleil, je m'occuperai de toi.

— OK, si tu insistes ! Mais dis-moi, c'est celui qui a fait un ulcère qui va me donner des leçons de bien-être ? me taquine-t-elle.

— Exactement ! lui réponds-je en riant. Je sais exactement ce qu'il ne faut pas faire, c'est l'avantage.

Elle rit à son tour.

— En tout cas, ça m'a fait du bien de te parler, admet-elle.

— Tant mieux ! J'espère que la prochaine fois que tu auras le moral dans les chaussettes, tu m'appelleras sans te faire prier ?

— Promis, grand frère !

Je raccroche, heureux d'avoir discuté avec ma sœur et de lui avoir redonné le sourire. J'aime ce sentiment d'être utile, d'aider les autres qui me fait oublier mes propres soucis.

Pourtant, je ne peux m'empêcher de penser que toutes les personnes que j'essaie d'aider finissent par devenir encore plus malheureuses que dans ma première vie. Même moi, je ne suis pas plus heureux. Je suis devenu caractériel, impatient, cynique, sans parler des crises d'angoisse qui me bouffent la santé. Parfois, je me dis qu'elle n'était pas si mal, cette vie d'avant, beaucoup plus calme, sereine et rassurante. Il faut croire que l'on ne réalise la valeur des choses que quand on les a perdues…

25

37 ans – 2014

Nous sommes le 21 avril 2014. Il est 10 heures. Dans un an exactement, je suis censé choisir mon destin. Mais à la place de la maison qui aurait dû abriter le point de passage, il n'y a plus qu'un gouffre immense, strié de poutrelles métalliques et de blocs de ciment.

Assis au pied de la chapelle Notre-Dame, sous la statue blanche de la Vierge qui contemple la mer d'un air las, j'observe ce trou béant et désespérant, comme si j'avais encore besoin de me convaincre que je ne dois plus m'accrocher à de vains espoirs. J'ai beau tourner et retourner le problème dans ma tête, je ne trouve pas de solution. Héloïse a pourtant affirmé que j'avais toujours le choix. Je m'efforce d'y croire, tout en me faisant à l'idée de devoir rester ici. Alors je fais de mon mieux pour recoller les morceaux.

Lila grandit et évolue bien. Si quelques retards persistent, Céline a compris qu'elle n'est pas en danger et a relâché la pression qu'elle avait posée sur ses épaules. Ma mère est repartie habiter en Corse et envisage de faire le tour du monde avec Pascal. Sandrine a passé quelques jours chez nous, avant de reprendre son travail à mi-temps. Elle m'assure qu'elle va mieux, ce que me confirme Bastien que j'appelle régulièrement. Gaël continue à élever Ninon en père célibataire. Il a bien eu quelques histoires mais il les a interrompues quand il sentait qu'elles devenaient trop sérieuses. Il ne souhaite pas faire entrer une nouvelle femme dans sa vie pour l'instant. Quant à Mylène, elle s'investit pleinement dans son travail et sa vie de famille, au Québec.

Je repense souvent à ma grand-mère. Je ne l'ai plus revue depuis la destruction de la maison. À me tenir ici, tout près de ce qui était chez elle, je me rappelle soudain notre dernière conversation. Elle m'avait demandé de conserver ses malles. Avec tout ce qui s'est passé, j'ai complètement oublié leur existence depuis que je les ai entreposées dans un garde-meubles.

Et si ces malles contenaient quelque chose d'important ? Je me relève si brutalement que mes pieds glissent sur le sol pierreux ; je me rattrape de justesse à une touffe de genêts en fleurs. Quand j'arrive devant mon box, au garde-meubles, la nuit commence à tomber et je n'ai pas pris de lampe de poche. Ce n'est pas la petite ampoule faiblarde qui pend au plafond qui va m'aider. J'ai entassé les malles d'un côté, les valises de l'autre et les boîtes de photos au fond.

Je descends un carton d'albums photos. Le premier n'est consacré qu'à ma mère, de son enfance jusqu'à sa majorité. Il est plus mince que celui qui retrace le premier mois de Coraline. Dans le second, je découvre des photos de mes jeunes années à la crique, en compagnie de mes sœurs et de mes parents. Bénédicte était déjà la plus sérieuse, toujours avec un livre sur les genoux ; Sandrine faisait des pitreries et mimait des poses de starlette, et, moi, j'avais un appareil photo autour du cou. Finalement, nous n'avons pas tellement changé.

Il fait de plus en plus sombre à l'intérieur du box ; j'utilise la lampe torche de mon téléphone portable pour lire les titres que ma grand-mère a inscrits sur chaque album : « Naissance de nos petits-enfants », « Mariage de Nicole », « Photos de mode de Nicole », et trois volumes intitulés « Voyages ». Je décide de feuilleter ces derniers, et découvre que mes grands-parents ont voyagé davantage que je ne l'imaginais. Mon grand-père faisait souvent des déplacements dans d'autres pays pour en étudier l'architecture, et il a continué même pendant sa retraite.

Je me souviens alors d'une allusion de Sandrine à la statue de Ganesh qu'il aurait rapportée d'Inde. Je tourne fébrilement les pages pour trouver la partie que je cherche. Bingo. Philibert devant le Taj Mahal, aux côtés d'autres architectes, me semble-t-il. En dessous, une date : octobre 1983. Deux ans avant sa mort... Sur les pages suivantes, je découvre d'autres photos apparemment prises dans d'autres régions de l'Inde. Essentiellement des bâtiments et des constructions traditionnelles, mais aussi une cérémonie de vaches sacrées, un enterrement très coloré, et de nombreux visages d'enfants souriants.

Parmi eux, un homme pose, souriant lui aussi. De type occidental, il a de grands yeux bleus et des cheveux châtains. La légende de la photo indique un nom : Bradley Stevens !

Comment se fait-il que mon grand-père ait photographié mon père en Inde ? Comment s'étaient-ils retrouvés là-bas ? Avaient-ils gardé le contact, alors que ma mère n'avait plus de nouvelles ?

Fébrile, j'approche la photo pour mieux voir ses traits. Mes yeux sont un peu plus foncés que les siens, comme ceux de ma mère. Il m'a transmis la forme de son visage carré et de son nez. Il est bronzé, porte la trace de ses lunettes de soleil. Derrière lui, je distingue un bâtiment avec une inscription à demi effacée : Y gi V sh tu. Ça me rappelle le nom de l'ashram où Marcel avait retrouvé le nom de mon père. Yogi Vishvketu.

La batterie de mon téléphone affiche une réserve presque épuisée. Je profite des derniers instants de lumière pour regarder ce que contiennent les malles. Dans celle du dessus, il n'y a que des rouleaux de papier recouverts d'esquisses et de plans. Dans celle du dessous, ce sont des livres, des romans anciens, des manuels d'architecture et des recueils de photos d'art. Dans la dernière, sous une pile de toiles peintes par mon grand-père mais jamais encadrées, je déniche plusieurs cahiers d'écoliers. Rien d'intéressant. Je me demande même pourquoi il a tenu à les garder, lui qui aimait le progrès et qui avait caché tous ses souvenirs au fond du grenier. Je prends l'un des cahiers, curieux de découvrir son écriture d'enfant. Mais la graphie n'est pas celle d'un gamin. Sur la page de garde, il a noté : « 1970-1975 ». Les pages suivantes sont recouvertes d'un texte écrit au stylo-plume. Les autres cahiers sont sur le même modèle, mais avec d'autres dates. Je les glisse dans le sac avec l'album photo « Voyages n° 3 » au moment où mon téléphone portable décide de rendre l'âme.

Quand je rentre chez nous, je partage mes découvertes avec Céline. Elle feuillette les cahiers avec un sourire doux, imaginant certainement que la nostalgie me pousse à vouloir faire revivre de vieux souvenirs. Elle part se coucher tandis que je commence ma lecture du premier cahier qui me tombe sous la main. « 1945 ».

« Je ne veux pas me souvenir de l'horreur que j'ai ressentie ce jour-là et de la nausée que je n'ai pu contrôler en arrivant à Dachau, avec mon régiment de la quarante-cinquième division d'infanterie. Je ne veux pas écrire ici les atrocités subies par les prisonniers. Des livres et des articles de journaux raconteront tout ça mieux que moi. Moi je veux oublier, fermer les yeux, effacer de ma mémoire tout ce que j'ai vu ce jour-là. Tout sauf une seule chose. Ou plutôt deux. Deux yeux couleur lilas. Je ne voyais qu'eux dans ce visage où les os transparaissaient sous la surface de la peau. C'était l'une des dernières femmes à quitter le camp. J'ai appris par la suite qu'elle avait cherché son frère et ses parents dans tous les baraquements avant de se décider à partir à son tour de ce camp de la mort. Quand elle m'a aperçu, elle a dévié sa trajectoire pour passer le plus loin possible de moi, comme si je pouvais lui faire du mal. Elle toussait beaucoup et tenait à peine sur ses jambes maigres et recouvertes de croûtes. Ce détour avait dû puiser dans ses dernières ressources d'énergie. Elle est arrivée à mon niveau et s'est accrochée au mur d'un baraquement, avant de tomber à genoux, à bout de forces. Je me suis approché d'elle, elle s'est recroquevillée sur elle-même comme un animal apeuré. J'ai voulu la rassurer. "N'ayez pas peur, nous sommes là pour vous libérer, vous pouvez me faire confiance. C'est fini, vous êtes libre." Elle ne m'a pas cru tout de suite. Elle s'est relevée et a fait quelques pas en direction de la sortie. Elle est retombée de nouveau, mais cette fois je l'ai rattrapée et je l'ai accompagnée jusqu'à ma Jeep. J'ai dit à mon adjoint que j'allais la conduire à l'hôpital. Quand je suis arrivé là-bas, j'ai dû la porter dans mes bras. Elle était plus légère qu'un enfant. Les infirmières étaient déjà accaparées par des dizaines de malades et je n'ai trouvé personne pour s'occuper d'elle. Je me suis assis par terre, je l'ai installée sur mes genoux. J'ai fermé les yeux pour ne pas voir la tête de ces gens qui passaient devant moi comme des morts-vivants. J'avais envie de pleurer. Comment des êtres humains avaient-ils pu être aussi cruels ? J'ai senti qu'on me touchait le bras. La jeune femme était toujours inanimée. Une infirmière s'adressait à moi. "Savez-vous son nom ?" m'a-t-elle interrogé. Je l'ignorais. Mais la tête sur mon épaule s'est redressée et j'ai entendu un faible son sortir de sa bouche. "Héloïse. Héloïse Hardeman." L'infirmière l'a aidée à s'asseoir sur un fauteuil roulant. Puis, elle a penché la tête pour écouter ce que la jeune femme lui murmurait. Elle s'est retournée vers moi et m'a demandé mon nom. "Philibert Martins." L'infirmière s'est penchée de nouveau vers elle et a reporté son regard vers moi pour me dire : "Elle vous remercie de ne pas lui avoir fait de mal." »

Je repose mon cahier et me frotte la nuque. Je croyais que mon grand-père n'avait pas fait la guerre. J'avance de quelques pages.

« Quelques jours plus tard, je suis retourné voir mademoiselle Héloïse. J'étais content de constater qu'elle avait meilleure mine. Quand elle m'a vu entrer dans la grande salle commune, elle s'est redressée sur son lit. J'osais espérer qu'elle m'attendait, mais je me trompais peut-être. Elle s'est rappelé mon nom. Elle m'a dit qu'elle avait recommencé à s'alimenter, mais pas trop, parce que son voisin de lit s'était jeté sur la nourriture à tel point qu'il en était mort. Elle m'a demandé si j'avais retrouvé son frère et ses parents, mais je lui ai répondu que je n'avais toujours aucune trace d'eux malgré les recherches que j'avais entreprises. Alors, très sérieusement, elle m'a prié de ne pas lui mentir, de lui avouer qu'ils étaient morts, si c'était la vérité, car dans ce cas, elle les rejoindrait au plus vite. Sa confession m'a bouleversé, bien plus que je n'aurais dû l'être. Je la connaissais à peine et je tenais à respecter la distance qu'elle avait instaurée entre nous. Mais je ressentais envers elle un instinct de protection irrépressible. »

Héloïse nous a toujours raconté qu'elle était fille unique et que ses parents étaient morts quand elle était enfant, emportés par une pneumonie. Elle a ensuite été recueillie par une vieille tante, que ma mère n'avait pas connue, mais qui l'avait tenue éloignée de la guerre. Je n'aurais jamais imaginé qu'elle avait vécu l'horreur des camps de concentration ! Comment se fait-il que nous n'en ayons jamais rien su ? Pourquoi n'avons-nous jamais vu son matricule tatoué sur son bras ? Je la revois alors, telle qu'elle m'apparaît dans mes souvenirs, avec ses robes et ses gilets à manches longues. Pas une seule fois je n'ai vu la peau de ses bras…

« Aujourd'hui, j'ai appris que les parents et le frère de mademoiselle Héloïse ont été retrouvés dans le charnier de Dachau. Ils ont pu être identifiés grâce à leur matricule. Je ne sais quelle attitude adopter envers Héloïse. Je n'ose lui révéler la vérité de peur qu'elle n'attente à ses jours. Les traitements sont parvenus à guérir sa pneumonie. Elle doit sortir de l'hôpital demain, mais je sais qu'elle n'a nulle part où aller. Elle n'en dit rien, pourtant je vois bien qu'elle se tourmente à ce sujet. J'aimerais trouver une solution pour lui venir en aide. [...]

« J'ai obtenu une permission de deux jours. Mon régiment a levé le camp, je les rejoindrai en Belgique. Je suis allé chercher mademoiselle Héloïse à sa sortie de l'hôpital. Elle ne ressemblait plus à la jeune fille à peine vivante que j'avais rencontrée. Si son regard restait terne et éteint, si elle sursautait encore au moindre bruit, elle avait recouvré de l'énergie et un bon appétit. Elle est montée dans la voiture que j'avais empruntée pour l'occasion, et nous avons roulé jusqu'à Strasbourg. Je l'ai invitée à boire un café dans un troquet, elle a commandé un chocolat viennois, une gourmandise qu'elle n'avait plus goûtée depuis cinq ans. Elle s'est mise à me raconter comment sa famille avait été embarquée par la Gestapo. Ses parents avaient une grande propriété dans le sud de la France, mais ils étaient en mauvais termes avec leurs voisins qui remettaient régulièrement en cause les limites des deux propriétés. Un jour, un ami d'Héloïse l'a informée qu'ils étaient venus témoigner contre eux et avaient prétendu qu'ils étaient juifs. Ce qui était faux, mais leur nom, Hardeman, ne prêchait pas en leur faveur… Sa famille a pris la fuite. Ils ont été arrêtés deux jours plus tard. Après plusieurs séjours dans des camps de transit, ils sont arrivés à Dachau. À ce moment-là, face à sa confession, j'aurais dû faire preuve de la même honnêteté et lui avouer la vérité sur ses parents, mais je craignais trop pour sa vie… Elle m'a demandé de la conduire à la Croix-Rouge où elle espérait trouver des solutions d'hébergement. Je lui ai répondu qu'un ami me prêtait une chambre de bonne, ici à Strasbourg, et qu'elle pouvait y rester aussi longtemps qu'elle le souhaitait. En vérité, je n'ai pas d'ami à Strasbourg, et cette chambre, je la louais avec ma solde. Elle a commencé par décliner ma proposition, mais a fini par accepter, pour une nuit seulement. […]

« Septembre 1945 – Je suis revenu à Strasbourg, après mon séjour à Paris. Nous avons défilé sur les Champs-Élysées le 28 août. La population exultait. Les femmes se sont littéralement jetées sur nous et nous ont embrassés. Je n'avais jamais éprouvé autant de fierté et de bonheur. Héloïse est restée dans le studio. Je n'ai guère eu l'occasion de la voir ces derniers temps, n'ayant plus droit aux permissions. Mais nous avons échangé quelques lettres dans lesquelles ses mots me laissent croire que notre relation amicale s'est renforcée, ce dont je me réjouis. Dans sa dernière missive, elle m'a raconté son enfance dans le sud de la France, les cigales, la mer, la chaleur du soleil. J'ai compris sa nostalgie. Je lui ai proposé de l'accompagner dans le Midi, profitant de ma démobilisation. Elle a accepté avec un emballement que je ne lui ai jamais connu. Dans le train que nous avons pris, j'ai commencé à lui avouer ce qui était arrivé à ses parents et à son frère. Elle ne m'a pas laissé terminer. Elle l'avait deviné, dès le jour où je l'avais appris moi-même. Elle l'avait lu sur mon visage. Mais, à ce moment-là, elle n'avait déjà plus la force de mettre un terme à sa vie. [...]

« Nous sommes arrivés sur cette petite crique enclavée qu'elle appelait le Fer à cheval en m'expliquant que ça portait bonheur. Nous sommes restés jusqu'au crépuscule, à regarder la mer qu'elle connaissait si bien, alors que moi, originaire de l'Aube, je ne l'avais vue qu'en photo. J'étais hypnotisé par le ressac des vagues sur les galets. À un moment, elle s'est tournée vers moi et m'a murmuré “Merci, Phil. Merci pour tout” et elle m'a embrassé, sous les premières étoiles de la nuit. »

Le cahier terminé, je cherche le suivant avec impatience. « 1946 ».

« La jolie demoiselle a pris soin d'attacher mon cœur auprès du sien. Nous nous sommes donc installés dans la petite maison qu'Héloïse tenait de ses défunts parents, en haut d'une falaise surplombant une crique aux eaux turquoise. J'ai trouvé facilement un emploi dans un cabinet d'architecte, l'agence Cugnet. Les besoins en reconstruction sont tellement grands qu'ils ont accepté ma candidature avec joie. De la guerre, du camp de concentration, et même de notre rencontre le jour de sa libération, Héloïse ne veut plus entendre parler, comme si elle voulait effacer de sa mémoire, de son esprit et, surtout, de ses cauchemars, toute trace de cette période si douloureuse. Au fil du temps, elle arrive à se persuader que tout cela n'a pas existé. Quand d'anciennes connaissances lui posent des questions sur la manière dont elle a vécu ces dernières années, elle prétend qu'elle a échappé à la guerre en vivant auprès d'une tante éloignée. Ceux qui ont appris par les ragots qu'elle et sa famille avaient été emportées par la Gestapo ont la décence de ne pas la contredire. [...]

« Décembre 1946 – Je me marie aujourd'hui et je suis fou de joie ! Encore plus heureux que le jour où elle a accepté ma demande. Je craignais qu'elle ne me réponde que c'était trop tôt, qu'elle avait besoin de plus de temps pour faire son deuil, qu'elle voulait que des membres de sa famille éloignée et dont elle n'avait plus aucune nouvelle assistent à la cérémonie, mais, contre toute attente, elle m'a répondu "oui" sans l'ombre d'une hésitation. En guise de fiançailles, nous avons organisé un dîner aux chandelles sur la terrasse surplombant la mer. C'est à cet instant qu'elle m'a ouvert son cœur, pour la première fois : "Mon Phil, mon Philibert chéri, je vous dois de m'avoir ramenée d'entre les morts de la plus belle des façons. J'ai une dette envers vous et je passerai le restant de mes jours à l'honorer, jusqu'à ce que la mort nous sépare et même au-delà." Nous avons trinqué à la limonade, faute de mieux, pour sceller sa promesse. »

Les pièces du puzzle se mettent en place progressivement. Je comprends que nous n'ayons jamais rien su de la vie qu'ils avaient menée pendant la guerre. Ils ont voulu l'oublier à tel point qu'ils y sont parvenus, du moins en apparence. Cela explique également qu'Héloïse n'ait pas eu la force de rester en vie quand son cher Phil avait rejoint le royaume des cieux, comme elle le disait elle-même.

Découvrir cette histoire aujourd'hui, alors qu'ils ne sont plus là ni l'un ni l'autre, me bouleverse. Pourtant, je ne peux me défaire de l'impression de jouer le rôle du voyeur et d'entrer dans leur intimité… Je pose ce cahier et pars à la recherche d'exemplaires plus récents. « 1983 ». Mon regard survole les premières pages rapidement, jusqu'à s'accrocher au mot « Inde ».

« Cinquième jour de notre voyage en Inde. Avant de rentrer, Germain, mon ancien camarade d'université, m'a annoncé son désir de visiter un ashram dans le nord du pays. Il a lu un article sur cet endroit où l'on pratique le yoga et la méditation, des pratiques très en vogue aux États-Unis. Intrigué, j'ai décidé de l'accompagner. Nous avons dû prendre deux trains absolument bondés – même le toit des wagons était envahi par la foule –, et un bus brinquebalant. C'était une petite bâtisse dont l'enseigne à moitié effacée indiquait "Ashram Yogi Vishvketu". On nous a attribué un guide francophone, cheveux longs et pieds nus. Il s'est présenté sous le nom de Brad. Nous nous sommes dévisagés un instant, puis il m'a demandé si nous nous connaissions. Son visage m'était en effet familier. Au bout d'un moment, il a évoqué la plage de Porto en Corse. La mémoire m'est revenue subitement. C'était le jeune homme qui avait accompagné ma nièce pendant nos vacances de famille, dans les années 1970. Il n'était resté qu'un jour ou deux mais m'avait fait forte impression. Nous sommes convenus de prendre un thé ensemble en fin de journée. C'est là qu'il m'a appris qu'il était rentré à Biarritz pour monter une station de radio locale. Mais il avait envie d'évasions, de découvertes, et de se retrouver, m'a-t-il dit. Il avait alors voyagé dans plusieurs pays et avait posé ses valises ici, dans cet ashram, pour y atteindre "sa nature essentielle et la sérénité" et servir de guide aux voyageurs. Il m'a demandé des nouvelles de ma famille. Je lui ai appris le décès de Sophie, ce qui l'attrista profondément même s'il l'avait peu connue. Je lui ai montré ensuite les photos que je conserve en permanence dans mon portefeuille, celles de mon Héloïse et de ma fille, ainsi que mes petits-enfants. Il a paru très intéressé. Quand je l'ai interrogé sur ses projets, il m'a répondu, un peu mystérieux, que pour l'instant il ne les connaissait pas, mais qu'il se laisserait guider par son maître spirituel, un certain gourou Osho… Nous sommes repartis le lendemain, à l'aube. Je n'ai pas eu l'occasion de le revoir avant notre départ. J'espère que son gourou n'était pas du genre dont on entend parler dans les sectes. »

Quel étrange coup du destin… Mon grand-père avait retrouvé par un simple hasard celui qui s'avérait être mon père, alors que tous deux ignoraient qui ils étaient l'un pour l'autre. Je repose les cahiers de Philibert sur la table, dépité. Osho, quel drôle de nom. Ça me dit quelque chose…

J'allume mon ordinateur et commence à consulter les informations que Google me propose sur Osho. Une biographie du gourou sur Wikipédia, des produits dérivés tels que des cartes de méditation siglées Osho, des tapis de yoga et même des sex-toys (ce coquin d'Osho étant également surnommé « sex guru »)… Et puis, dans la partie des annonces commerciales, une société, Osho Zen, qui propose des stages de méditation et de relaxation basés sur le chant « céleste ». Et pourquoi pas le silence des fleurs, tant que nous y sommes ? Amusé, je clique sur le lien et parcours le site de la société implantée à Cannes dans les Alpes-Maritimes. Dans la rubrique « Notre histoire », la photo du fondateur, un certain Maître Osho, crâne rasé et sourire de Bouddha, apparaît en haut de l'écran.

Je sens mon sang se figer dans mes veines. Cet homme, sur la photo, c'est le sosie, en plus âgé, de Bradley Stevens. Mon père.

*

* *

Je n'arrive pas à fermer l'œil de la nuit. Dans ma tête, des images se mélangent, des camps de concentration lugubres, des déportés au visage hagard, la crique du Fer à cheval et un gourou méditant en lévitation. Au petit matin, je monte dans la voiture et prends l'autoroute de Nice, direction Cannes. Je patiente jusqu'à l'heure d'ouverture du centre Osho Zen en me demandant comment je vais bien pouvoir m'y prendre pour rencontrer le directeur. Et que lui dirai-je ? Par où commencer ?

Mais mes craintes sont balayées par l'espoir qui me guide depuis près de vingt ans. Découvrir qui est mon vrai père, découvrir d'où je viens pour mieux comprendre qui je suis. Je crois qu'il s'agit là du seul but de cette expérience.

Au bout d'une demi-heure, des voitures se garent à côté de la mienne ; plusieurs personnes portant des vêtements amples et colorés entrent dans la société. La pression monte d'un cran.

Je prends mon courage à deux mains pour sortir de ma voiture. Au moment de franchir les portes coulissantes, je laisse passer un homme qui porte une large chemise orange et des tongs. Je relève la tête. Il est chauve.

— Je… euh, excusez-moi, mais… J'aimerais vous parler, bredouillé-je.

Il m'observe un instant, visiblement étonné, et un sourire se dessine sur ses lèvres.

— Thomas ? Quelle bonne surprise ! Heureux de te rencontrer enfin.

26

38 ans – 2015

— Je suis vraiment heureux de te rencontrer, Thomas. Et je te remercie d'être venu me trouver.

Son bureau ressemble beaucoup à celui que j'ai découvert au Graal, à Bali : des tapis colorés au sol, des gros coussins, des rideaux en voile et des statuettes de Bouddha. Un ordinateur est posé sur une tablette en bois exotique, à quelques centimètres du sol. Il me regarde en souriant, assis en position du lotus.

— Comment savez-vous qui je suis ?

Il esquisse une moue amusée.

— C'est une longue histoire. Mais si tu es ici, c'est que tu la connais en partie, n'est-ce pas ? Il y a trente-huit ans, j'ai fait la connaissance de Sophie, la cousine de ta mère. Nous avions sympathisé dans un pub. Nous sommes devenus amis, tous les deux. Elle m'a invité à l'accompagner en Corse pour assister à une réunion de famille organisée pour l'anniversaire de ton grand-père. Elle ne voulait pas y aller toute seule alors que tout le monde y serait en couple ou en famille. J'ai accepté ; elle m'a présenté comme son copain. J'ai tout de suite sympathisé avec ta famille, surtout avec ta mère. Nous nous sommes découvert des points communs, comme notre amour pour Frank Sinatra. Elle m'a demandé de lui chanter quelques chansons de son répertoire, en particulier *Fly Me to the Moon*. Elle me disait que les paroles de cette chanson avaient un vrai sens pour elle. En français, ça faisait : « *Emmène-moi jusqu'à la Lune, laisse-moi jouer parmi les étoiles, laisse-moi voir à quoi ressemble le printemps, sur Jupiter et Mars, en d'autres mots, prends ma main, en d'autres mots, bébé, embrasse-moi.* »

Je me tais, mais je connais cette chanson par cœur. Ma mère la chantait tout le temps quand j'étais petit.

— Ce jour-là, nous avons pique-niqué sur la plage située en contrebas de la villa, autour d'un grand feu de bois. Jean-Pierre ne se sentait pas bien, il était allergique aux piqûres de moustique et n'a pas voulu nous accompagner. Une soirée magnifique, sous les étoiles. Petit à petit, tout le monde est parti se coucher. Sauf Nicole et moi. Elle voulait que je lui chante *Fly Me to the Moon* encore une fois, rien que pour elle, *a cappella*. Elle était si belle, si enjouée, si douce… Nous avons passé la nuit ensemble. Le lendemain matin, Sophie nous a découverts sur la plage et a compris ce qui s'était passé. Elle m'a fait une scène, comme si nous étions vraiment en couple. J'ai préféré partir, c'était plus simple pour tout le monde. Et puis, je ne voulais pas que Nicole ait des ennuis avec Jean-Pierre. J'ai longtemps regretté ce choix, mais je me suis dit que c'était mon destin...

Ses paroles résonnent en moi avec un sens particulier. L'importance des choix, l'influence du destin et les prétendus hasards qu'il met sur notre route, j'ai eu tout le temps d'y réfléchir. Mais ça ne m'avance pas beaucoup.

— J'ai prétexté à ta famille que ma mère ne se sentait pas bien et je suis rentré chez moi. Et puis la France m'a manqué et j'y suis retourné quelques années plus tard pour y ouvrir le genre de station de radio zen qui se développait en Californie à ce moment-là.

« L'un de mes invités, Éric, m'a annoncé qu'il partait en Inde pour faire une retraite dans un ashram. Le concept me plaisait depuis longtemps. Je suis parti avec lui, j'y suis resté deux ans. C'est à ce moment que j'ai revu Philibert, par hasard. Il m'a parlé de ta famille et m'a montré les photos de tes sœurs et toi. Tu avais sept ans sur le cliché mais, dès que je t'ai vu, j'ai su que tu étais mon fils.

— Comment ?

Il dégage le col de sa chemise, laissant apparaître un grain de beauté assez gros dans son cou, exactement le même que le mien. C'est seulement à cet instant que je prends conscience que l'homme que je recherche depuis près de vingt ans, mon père biologique, se tient devant moi.

— Je n'ai rien laissé paraître devant ton grand-père, poursuit-il sans percevoir mon émotion. Si Nicole n'avait pas souhaité me mettre au courant de ton existence, elle devait avoir ses raisons et je n'avais pas le droit de m'immiscer dans sa vie. Pendant des années, j'ai essayé d'oublier que j'avais un fils quelque part. Je me disais que je n'étais que le géniteur et pas ton véritable père, que tu étais certainement mieux dans ta famille. J'ai poursuivi ma route, en donnant des cours de yoga et de méditation dans les centres où je passais. Et puis, un jour, j'ai découvert Bali et j'y suis resté quelques années. J'y ai même ouvert un centre.

— Oui, le Graal. J'y suis allé.

— Vraiment ? J'imagine que tu as rencontré mon collaborateur, Koman.

— Lui aussi m'a dit que tu avais tout quitté du jour au lendemain.

— C'est plus ou moins vrai. Plus précisément : je n'avais pas prévu de le faire, mais c'est effectivement ce qui est arrivé. J'étais rentré en France pour des vacances, prêt à revenir à Bali, mais quelque chose m'a retenu. Tout à coup, l'idée de quitter de nouveau mon pays m'était insupportable. J'ai appelé Koman et je lui ai cédé mes parts du Graal. Il l'a mal pris... mais je ne regrette pas mon choix.

— Pourquoi ?

— Pour toi. J'avais beau essayer de ne pas y penser, l'idée de ton existence, quelque part en France, ne cessait de me hanter. Et cet été-là, j'ai fini par tomber sur tes résultats du bac. J'ai su que tu habitais à Toulon ; depuis, j'essaie de suivre ton parcours. Ce n'est pas très difficile, entre les articles que tu as publiés dans la presse, tes expositions de photos et les avis de naissance de tes enfants. Mais je me suis juré de ne pas interférer dans ta vie.

Il se lève, s'approche pour me serrer dans ses bras.

— Je ne sais pas comment tu as fait pour me retrouver, Thomas, mais tu ne pouvais pas me rendre plus heureux. J'ai espéré ce moment si longtemps.

Mes yeux papillonnent pour retenir mes larmes. Je l'ai tellement cherché, tellement imaginé, tellement attendu et il est là, en chair et en os. Dans son regard, je lis la même émotion que la mienne.

Quelqu'un toque à la porte.

— Entrez !

Une femme entre. Blonde, les cheveux longs, pieds nus, vêtue d'une longue robe blanche, le visage souriant.

— Thomas, je te présente ma compagne, Fleur de lune. Chérie, voici mon fils, Thomas.

— Ah, le fameux Thomas ! s'exclame-t-elle avec un accent italien. Brad m'a souvent parlé de vous. Je suis absolument ravie de vous rencontrer !

— Fleur de lune anime des séances de chant céleste, explique mon père. C'est une nouvelle technique fondée sur l'expression orale de sons ancestraux qui a la particularité d'ouvrir nos chakras et de libérer les énergies négatives.

— Enchanté. Fleur de lune n'est pas votre vrai prénom, n'est-ce pas ?

— C'est celui qui me correspond le mieux aujourd'hui, élude-t-elle.

Ils ont l'air heureux. Moi aussi, je crois.

Peut-être que tout ce que j'ai traversé dans cette vie, toutes les fois où j'ai trébuché n'avaient d'autre objectif que de me conduire ici, devant mon père. Peut-être que c'est ça, le vrai changement de ma seconde vie.

*

* *

Un an est passé, pendant lequel mon père et moi avons essayé de combler trente-sept années d'absence. Je l'ai présenté à Céline et à ses petites-filles qui l'ont tout de suite baptisé « papy ». Il a été extrêmement ému de les rencontrer. Nous passons un week-end sur deux chez eux, dans leur maison cannoise. J'apprends à connaître Fleur de lune, une femme à la fois drôle et fantaisiste. Elle adore les filles et elles le lui rendent bien.

Lila leur offre tous les samedis un dessin de ses personnages préférés : la Fée Clochette, un beau papillon aux ailes turquoise et Croco, le crocodile que Clochette sauve dans l'un des épisodes. Depuis que Bradley lui a appris qu'il en avait vu des vrais quand il était en Inde, elle l'assomme de questions et s'est prise de passion pour ces animaux. Voir mon père en grande discussion avec ma fille me bouleverse.

Un soir, j'ai organisé une rencontre entre Bradley et ma mère au restaurant. Ils étaient tous les deux très émus de se revoir. Je les ai laissés seuls pour se dire ce qu'ils avaient sur le cœur depuis toutes ces années.

J'ai raconté toute ma vie à mon père ; la deuxième, bien sûr. Je lui ai confié mes crises d'angoisse et mes ulcères à répétition et il m'a longuement écouté. Il m'a conseillé de ne pas anticiper sur un avenir qui n'existe pas encore et de me concentrer sur toutes les merveilleuses choses qui m'entourent. Mes enfants, ma famille, ma nouvelle maison sur les hauteurs du mont Faron, mon métier qui me passionne. J'ai même expérimenté une séance de chant céleste avec Fleur de lune. Mais je n'ai pas réussi à me concentrer suffisamment, j'avais bien trop envie de rire…

Depuis que nous nous sommes retrouvés, j'ai l'impression presque tangible que le poids qui m'oppressait jusque-là s'est envolé, comme si j'étais parvenu au bout de la quête que je mène depuis tant d'années. J'ai enfin réuni toutes les pièces de mon puzzle. Je découvre chez lui des traits de ma personnalité, et même des tics, comme celui de se gratter le dos de la main, quand nous réfléchissons.

À l'anniversaire de Lila, il lui a offert un immense château gonflable pour le jardin, « pour jouer à Peter Pan, avec la Fée Clochette et Croco ». Elle a adoré.

*

* *

Cet après-midi, assis sur un banc, je regarde Lila pédaler de plus en plus vite sur son nouveau vélo. Jusqu'à présent, elle refusait systématiquement de monter dessus. Nous avions pourtant gardé celui de Coraline dans le garage, un beau vélo blanc avec ses petites roues à l'arrière et un klaxon argenté sur le guidon. Mais elle s'obstinait, prétextant qu'elle n'y arriverait pas, que c'était trop dur pour elle. Il est vrai que tous ses apprentissages psychomoteurs ont été un peu plus difficiles pour elle que pour d'autres enfants. Elle ne sait pas encore nager sans brassards, tient mal son stylo et trébuche souvent en courant. Mais sa psychomotricienne est formelle : la pratique du vélo sera excellente pour son évolution, mobilisant son équilibre, sa coordination, la musculature de ses jambes et sa concentration. Alors, pour ses six ans, nous avons décidé de lui offrir un joli vélo rose arborant la trombine de la Fée Clochette dont elle collectionne les figurines, en espérant que ça lui donnerait envie de s'y mettre.

Elle a déchiré un premier morceau de papier cadeau, et son regard est tombé directement sur les ailes de la fée. Elle a poussé un grand cri, a fini de défaire l'emballage à toute vitesse avant de monter dessus et de poser un pied sur la pédale.

— Attends ! Je vais t'installer les petites roues, ça sera plus facile, lui ai-je dit.

— Non, pas de petites roues. Je suis grande, m'a-t-elle répondu en appuyant sur la pédale, faisant avancer son vélo au beau milieu du salon.

— Si tu veux en faire maintenant, il te faut un casque de fée, a ajouté Sandrine en lui tendant son paquet.

Elle en a sorti un casque rose et vert scintillant.

Depuis cet instant, elle ne quitte plus son vélo, le faisant avancer en marchant, une jambe de chaque côté. Ce matin, nous avons donc organisé une sortie sur les plages du Mourillon, qui comportent de larges allées pavées. Elle s'est élancée sans l'ombre d'une hésitation, sans même vaciller. Elle affiche une mine aussi réjouie que la nôtre.

Il fait déjà chaud en ce mois d'avril. Céline et moi nous asseyons sur un banc pour la regarder faire ses allées et venues à bord de son bolide, de plus en plus vite et avec de plus en plus d'assurance, son petit sac à dos dansant derrière elle. Coraline encourage sa petite sœur à grand renfort de « Hardie, petite ! » une expression que je lui ai apprise en souvenir de ma chère Héloïse.

Elle me manque tellement. Nos conversations me manquent, ainsi que ses reparties aussi cinglantes qu'amusantes, sa force de caractère et son enthousiasme. Nous sommes en avril 2015, l'année où l'événement que je redoute tant est survenu dans ma première vie. L'année du choix.

J'ai beau creuser dans mes souvenirs, je ne me rappelle toujours pas ce qui s'est produit à ce moment-là. J'en arrive à douter qu'il puisse se reproduire. Tellement de paramètres ont changé entre cette vie-là et la précédente qu'il est peu probable que les mêmes événements se déroulent de la même façon.

Pourtant, mes insomnies quasi quotidiennes, mes brûlures d'estomac et mes plaques d'eczéma me maintiennent en état d'alerte permanent. J'essaie d'avoir recours à la méditation le plus souvent possible, et cela m'apaise parfois. Mais ça dure de moins en moins longtemps. J'ai la conscience terrible, profonde, que ma vie – que mes deux vies – sont sur le point de basculer.

— Thomas, on va chercher des glaces avec Coraline. Tu restes là ? me demande Céline, me tirant de mes pensées.

— Oui, je veille sur notre championne, lui réponds-je en faisant un signe à ma petite cycliste, toujours hilare.

Elle n'a pas l'air fatiguée du tout. J'aimerais avoir son énergie, mais mon manque de sommeil chronique me pèse de plus en plus. Lilou était pareille. Même après une journée à la mer, elle continuait à sauter partout et mettait un temps fou avant de s'endormir. Elle adorait aller à la plage, elle avait une préférence pour celle de la crique, moins fréquentée par les vacanciers. Comme Céline trouvait qu'elle était dangereuse, nous l'y emmenions rarement, ce qui donnait un air de fête à chacune de nos venues. Elle aimait mettre son masque de plongée et son tuba, et partir à la recherche des petits crabes ou des poissons argentés. Elle pouvait y passer des heures. Ensuite, elle revenait sur la plage et, armée de sa pelle en plastique rouge, elle se mettait à creuser des trous les plus profonds possible, jusqu'à atteindre le niveau de la mer et que l'eau s'immisce à l'intérieur, espérant que de petits poissons s'y glissent également. Parfois, les trous étaient tellement grands qu'elle pouvait y entrer et s'y cacher tout entière, nous provoquant de belles frayeurs.

C'est d'ailleurs ce que j'ai cru, en ne la voyant pas, ce jour-là, sur la plage. J'avais pris mon mercredi pour l'y emmener, tandis que sa sœur était chez une amie. Au bout d'un moment, je m'étais assoupi et je l'avais perdue de vue... J'ai cru qu'elle s'amusait une fois de plus à se cacher. Je me suis relevé et j'ai parcouru la plage de long en large, en vérifiant tous les trous qu'elle avait creusés. Elle n'y était pas. J'ai crié son nom, ameutant les baigneurs sur la plage. Personne ne l'avait vue, personne ne savait où elle avait pu partir. Il était 14 heures, et tout le monde somnolait sous son parasol. J'ai cherché des heures durant, m'équipant même de son masque pour la chercher sous l'eau. En vain. Elle avait disparu. Envolée, tout simplement. J'ai alerté la police qui a fouillé la plage à son tour, ainsi que les fonds marins. Céline m'avait rejoint, après avoir confié Coraline à ses parents. Elle avait le visage livide, les poings crispés, immobile, guettant le moindre signe, le moindre indice qui puisse lui ramener sa fille chérie. Quand les policiers sont sortis de l'eau pour nous annoncer qu'ils devaient s'arrêter pour la nuit, elle s'est jetée sur moi pour tambouriner mon torse en criant : « Où est-elle ? Pourquoi ne l'as-tu pas surveillée ? Pourquoi ? Pourquoi ? »

— Où est Lila ?

J'ouvre les yeux. Céline est là, devant moi, une glace à la main, aux côtés de Coraline. Dans l'allée, le petit vélo Clochette repose par terre. Lila n'est plus dessus. Elle n'est nulle part. Introuvable.

27

38 ans – 2015

Céline me foudroie du regard.

— Où est Lila ? répète-t-elle d'une voix plus aiguë.

— Je… je ne sais pas. Elle était là il y a un instant !

— Oh non, pas ça ! Par pitié…

Sans lui répondre, je m'élance dans l'allée sur une cinquantaine de mètres pour repartir ensuite dans l'autre sens. Je me penche au-dessus des bosquets, regarde derrière les poubelles des restaurants. Mon cœur s'emballe. Céline regarde partout elle aussi, et crie le prénom de Lila de plus en plus fort, bien vite imitée par Coraline, en pleurs, la glace dégoulinant sur sa main. Un policier municipal qui passait par là s'approche de nous.

— Quelque chose ne va pas ?

— C'est notre fille, Lila, s'écrie Céline. Elle a disparu. Mon mari la surveillait, la petite faisait des tours de vélo juste là devant, mais il a eu un moment d'inattention et...

— Quel âge a-t-elle ?

— Six ans.

— Comment est-elle habillée ? À quoi ressemble-t-elle ?

— Une jupe bleue et un pull blanc, avec des baskets blanc et rose qui clignotent. C'est une petite blonde. Avec des yeux bleus... lilas, ajoute-t-elle dans un sanglot.

— OK, je fais venir une équipe, déclare-t-il en saisissant son téléphone.

Cinq minutes plus tard, quatre policiers rejoignent le premier qui les met rapidement au courant de la situation. Ils se séparent ; pendant que les uns continuent de fouiller les alentours, les autres s'empressent d'aller interroger les personnes présentes. Le premier revient vers nous.

— Est-ce que Lila a fait une colère avant sa... disparition ? Quelque chose la contrariait ?

— Non, lui répond Céline. Elle était tellement contente d'essayer son vélo neuf. Elle n'arrêtait pas de sourire.

— Est-elle du genre à accorder sa confiance facilement, à parler à des inconnus ?

Nous nous regardons tous les deux, complètement désemparés.

— Oui, elle est très sociable et avec tout le monde, explique Céline, les larmes aux yeux. Elle a une sorte de maladie génétique qui la rend extrêmement ouverte avec les gens, elle les embrasse facilement, leur parle, même si elle ne les connaît pas. C'est ce qui la rend si… attachante.

— Bien, se contente-t-il de répondre en se grattant le sourcil. Ne vous inquiétez pas trop. Généralement, on retrouve les enfants assez vite ici, ils sont souvent allés vers les manèges ou ont suivi une mouette au bord de l'eau…

— Au bord de l'eau ? Mais elle ne sait pas nager !

— L'eau est à treize degrés ce matin, je ne pense pas qu'elle s'y serait jetée, non ?

— Non, je ne crois pas, Lila déteste l'eau froide.

Pendant cet échange, je regarde autour de moi, hagard, espérant voir ma petite princesse courir vers moi en criant : « Regarde, papa, z'ai trouvé un coquillaze ! » Je ne peux pas parler, je ne peux même pas ouvrir la bouche. J'ai l'impression que la boule de bile et d'angoisse tapie dans mon ventre depuis vingt ans vient d'exploser et me remonte le long de la trachée, brûlant tout sur son passage.

La voilà, l'horreur que j'ai tout fait pour fuir dans ma première vie. Ça me frappe comme un coup de poing en pleine face, sans aucune pitié. Nous avions cherché Lilou pendant deux jours. La police ne disposait d'aucun indice et tournait en rond. On avait passé en revue toutes les hypothèses possibles, surtout les plus sordides. Céline ne l'avait pas supporté, me tenant pour unique responsable. Elle avait emmené

Coraline chez ses parents et elles y étaient restées.

Je ne mangeais plus, je parvenais juste à respirer le minimum vital. Je ne savais plus où j'étais ni pourquoi j'étais aussi angoissé. Le troisième jour, je me suis levé et je me suis préparé pour aller travailler. Je ne me souvenais même pas que j'étais en congés, le temps que « j'aille mieux ». Je n'ai pas vu que le côté gauche du lit n'était pas défait, ni que les chambres de mes filles étaient vides. Je suis parti ce matin-là, à 7 h 30, comme les jours d'avant, costume cravate, mocassins en cuir, sacoche sous le bras. Je suis monté dans ma voiture et j'ai pris la direction du boulot. Au feu, j'ai remarqué qu'un nouveau panneau indiquant « crique du Fer à cheval » avait été installé. Sans savoir pourquoi, j'ai tourné à gauche au lieu de continuer tout droit. Et j'ai fui. Vingt ans plus tôt.

Mais cette fois, je n'ai pas le choix. Je dois faire face. Que je choisisse cette vie ou la précédente ne changera rien : j'ai perdu mes filles dans chacune des dimensions, et c'est ma faute. Je n'ai pas été capable de protéger mes enfants, malgré ce que mes vies m'ont appris. J'ai eu beau être plus présent, attentif et démonstratif avec elles, ça n'a pas suffi. Je ne manquais pas de leur donner le bain ou de leur lire une histoire tous les soirs, de leur faire la petite bébête qui monte dans le dos, de dessiner avec elles pendant des heures, de les emmener faire des tours de manège. Je profitais de chaque instant, sachant combien ils étaient précieux. Et je les ai perdues quand même.

*

* *

Les parents de Céline sont venus récupérer Coraline qui n'arrêtait pas de pleurer. Elle aurait voulu rester là pour nous aider à chercher sa sœur, mais nous lui avons promis que nous l'appellerons à la minute où nous la retrouverons. La nuit a fini par tomber.

Les policiers nous demandent de venir au poste pour faire notre déposition.

— Je ne vais pas bouger d'ici ! s'écrie Céline avant de s'écrouler, en larmes.

Je m'approche d'elle, pose une main sur son épaule. Elle me rejette durement.

— Tout ça, c'est ta faute ! Tu n'es pas capable de surveiller une gamine de six ans pendant dix petites minutes ?

Je m'assieds à côté d'elle et la prends dans mes bras, bon gré mal gré.

— Nous allons la retrouver, je te le promets.

Je ne sais pas d'où me viennent ces mots et cette soudaine assurance que je suis loin de ressentir. Je ferme les yeux, m'efforce de respirer le plus calmement possible, malgré mon anxiété. C'est ce moment. Celui que je redoutais, celui pour lequel je me suis entraîné pendant toute ma deuxième vie, sans le savoir. Il doit forcément y avoir quelque chose, un indice, n'importe quoi, qui m'aidera à savoir où elle est.

« Cherche la réponse dans ton cœur... », me conseillerait Héloïse. OK. Je revois Lila sur son vélo à l'effigie de la Fée Clochette. Un personnage qu'elle apprécie beaucoup. Un jour, elle m'a dit : « Quand ze serai grande, ze serai la fée Courgette, parce que z'adore les courgettes. Comme ça, ze pourrai rendre les zens heureux, comme Clochette. » Elle me demandait de regarder avec elle tous les films dont la fée était l'héroïne et s'entraînait à la dessiner presque tous les jours. Elle y parvenait de mieux en mieux. Elle avait plus de mal avec les papillons et Croco. Croco... Depuis sa discussion avec mon père, elle aimait tellement les crocodiles que je lui avais promis que nous irions en voir un vrai au zoo, dès qu'il rouvrirait.

— Non, ze veux y aller maintenant !

— Ma chérie, le zoo est fermé pour l'hiver. Il rouvrira dans quelques mois, en mai.

— Non, maintenant. Il doit avoir froid, le croco, tout seul, là-bas. Ze veux lui donner une couverture.

— Je suis sûr que le gardien lui donne tout ce qu'il faut et qu'il est bien au chaud dans sa cabane à crocodile.

— Nooon !

Elle était partie en courant et avait claqué la porte de sa chambre. C'était la première fois qu'elle se mettait dans un état pareil.

J'ouvre les yeux subitement et cours vers Céline.

— Le crocodile !

Céline tourne son visage blafard vers moi.

— Quoi ? Quel crocodile ?

— Celui du zoo ! Je suis sûr que Lila est là-bas.

L'un des policiers, qui m'a entendu, me répond :

— Impossible, monsieur. Le zoo est fermé en cette saison.

— Je sais. Mais Lila ne voulait rien entendre. Allons vérifier.

C'est forcément ça. Mon père est le seul véritable élément à avoir changé dans cette vie. C'est parce qu'il est entré dans la vie de Lila qu'elle est devenue passionnée de crocodiles ; ou peut-être l'était-elle déjà dans la première vie, mais ce sont ses discussions avec mon père qui m'ont permis de m'en rendre compte. En tout cas, c'est la seule piste que j'aie.

— Tu es sûr de toi ? me demande Céline avec un regain d'espoir.

— Pas vraiment, mais mon cœur me dit que c'est là que je dois chercher.

— OK, je te fais confiance. Je viens avec toi.

— J'envoie un agent et je préviens le gardien, m'annonce le policier.

Nous courons vers la porte du zoo, situé à l'extrémité des plages. Le portail est fermé mais, à travers ses barreaux, une petite fille aurait pu se faufiler.

— Il nous faut attendre le gardien, je n'ai pas les clés, nous apprend le policier.

Sans l'écouter, nous escaladons le portail en nous aidant d'une benne à ordures posée plus loin.

— Lila ! crie Céline.

— Où est la mare aux crocodiles ?

— Je crois qu'elle est sur la gauche, me répond-elle.

Nous courons le plus vite possible au milieu des cages vides.

— C'est là ! s'écrie Céline.

Un panneau présentant la photo de deux crocodiles est accroché au grillage. Mais de l'autre côté, en contrebas, nous ne distinguons rien d'autre qu'une mare boueuse et un enchevêtrement de branches. Le policier et le gardien nous rejoignent enfin ; ils braquent leur lampe torche dans l'enclos.

— Là-bas, regardez !

Derrière un rocher, nous distinguons un pied chaussé d'une basket blanc et rose qui clignote.

— C'est elle ! Lila !!!

Elle ne bouge pas, malgré nos cris.

— Comment peut-on entrer ? demandé-je au gardien.

— On ne peut rentrer que par l'autre côté et il faut une clé. Je ne comprends pas comment la petite a pu atterrir ici...

Il nous fait faire le tour des cages et ouvre la porte d'un bâtiment camouflé derrière la végétation. Enfin, nous pénétrons dans l'enclos, dont les occupants sont partis pour l'hiver, et nous précipitons vers Lila.

— Lila ? Tu m'entends ?

Elle ouvre les yeux et nous sourit comme si elle s'attendait à nous trouver là.

— Ah ! Ze savais que vous alliez venir. Le croco, il fait dodo dans sa maison. Z'attends qu'il se réveille.

Nous la serrons dans nos bras, en mêlant nos larmes à nos rires de soulagement.

— Tu vas bien ? s'inquiète Céline.

— Oui, mais z'ai un peu froid.

— Comment es-tu entrée ici ? l'interroge le gardien.

— Clochette et moi, on a monté sur les rochers là-haut et on a glissé jusqu'ici, comme un toboggan. C'était trop marrant. Mais après, z'ai pas pu remonter. Ça glisse trop. Maman ?

— Oui, mon bébé ?

— Et elle est où ma glace, tu l'as mangée ? Heureusement que z'avais mes Chocobueno dans mon sac à dos !

Céline la serre de plus belle dans ses bras. Mes larmes continuent d'inonder mes joues. Des larmes de soulagement de l'avoir retrouvée. Des larmes de délivrance. Comme si la malédiction qui pesait sur mes enfants était enfin conjurée.

Nous rentrons chez nous tous les trois, après avoir appelé Coraline et mes beaux-parents pour leur annoncer la bonne nouvelle. Lila profite de ce que l'appel est diffusé dans tout l'habitacle de la voiture pour intervenir dans la conversation et raconter ses aventures à sa sœur.

Cette nuit-là, nous la passons tous les trois dans notre lit, collés les uns contre les autres. Lila s'endort comme une souche, mais Céline met plus de temps. Elle l'observe dans l'obscurité, craignant certainement qu'elle disparaisse de nouveau si elle ferme les yeux. Alors, elle passe son bras autour de la petite pour la plaquer un peu plus contre elle, sentir son odeur, avant de laisser tomber ses paupières encore gonflées d'avoir tant pleuré. Quant à moi, je ne parviens pas à trouver le sommeil. Je suis tellement heureux que ma fille soit là, enfin parmi nous, en pleine forme. Il y a en moi une sensation étrange, toute nouvelle, qui m'interpelle. Il me faut un moment pour comprendre.

Ma boule d'angoisse a disparu. Complètement.

C'est seulement en me réveillant le lendemain que je réalise. Lilou. Quand j'ai quitté la dimension dans laquelle elle existait, nous ne l'avions pas retrouvée. Était-elle aussi dans ce zoo qu'elle aurait pu rejoindre grâce au sentier des Douaniers qui le reliait à la plage de la crique ? À cette époque, je passais beaucoup moins de temps avec elle : je ne savais absolument pas qui était la Fée Clochette, et Croco encore moins. Je n'aurais pas pu faire le rapprochement entre sa disparition et les crocodiles, à supposer qu'elle les aimait autant, même sans avoir rencontré mon père biologique. Je n'aurais jamais été capable de la retrouver. Et, quand le zoo aurait rouvert, il aurait été trop tard pour elle...

28

38 ans – 2015

Cinq jours ont passé depuis la disparition de Lila. Elle nous demande déjà quand elle pourra retourner au zoo et ne pense qu'à aller faire des promenades à vélo.

Nous sommes le 21 avril 2015. Je suis sur la plage de la crique du Fer à cheval, comme il y a vingt ans, jour pour jour. Je m'assieds sur les galets et regarde en haut, au-dessus de la falaise, l'endroit où notre maison était construite. À la place, des échafaudages, des poutrelles, des blocs de béton, des grues. L'hôtel est toujours en construction. Dessale a rencontré de très nombreux obstacles dans son projet : météo désastreuse, éboulement venant du haut de la colline, vols, démission de l'architecte en charge du projet, intervention du comité de sauvegarde du littoral et, pour finir, problème de sécurité sur le chantier ayant entraîné sa fermeture temporaire.

Il y a vingt ans, je n'avais aucune idée de ce qui m'avait amené ici. Qui sait ce que l'autre Thomas, le premier, serait devenu dans ce monde où sa fille avait disparu ? Aurait-il perdu la raison ? Aurait-il mis fin à ses jours ?

Héloïse m'a permis de revivre ma vie et de trouver la réponse à la question qui a hanté mon inconscient toutes ces années : qu'est-il arrivé à ma fille ?

Et je l'ai retrouvée, ma petite Lila, mon adorable princesse. Mais Lilou est restée là-bas, certainement dans le zoo, toute seule. Elle n'a qu'une petite gourde de jus de fruits dans son sac à dos et quelques biscuits. Elle est incapable de sortir de l'enclos, et les soigneurs et vigiles ne la trouveront pas avant trois jours au moins, si elle a de la chance.

Et moi, je suis là, sur cette plage, et j'ai un choix à faire. J'avais promis à Héloïse que je serais là, le 21 avril 2015 à 10 heures, et que je pousserais la porte du salon pour lui donner ma réponse. C'est ce que je vais faire, même si le salon n'est plus là. Héloïse me l'a promis : « On a toujours le choix. » Je veux croire que j'ai encore le droit de faire celui-là.

Je remonte le sentier autrefois bordé de pins centenaires et de lauriers roses, aujourd'hui défoncé par les allées et venues des camions. Je grimpe sur la dalle en ciment. Autour de moi, des piliers de béton, des plaques de plâtre et des parpaings. La dalle recouvre au moins quatre cents mètres carrés, bien plus que la surface de notre ancienne maison. Je n'arrive pas à me repérer. Yeux fermés, j'écoute les vagues en contrebas s'échouer sur la plage. Elles faisaient un bruit particulier quand j'étais sur la terrasse. J'avance d'un mètre, les yeux toujours clos, et me déplace sur la gauche. Là. C'est exactement le chant des vagues que j'entendais sur le pas de la porte d'entrée. Deux grands pas en arrière, un quart de tour sur la gauche. C'est là que la porte du salon devait se trouver. Il est 9 h 57. Plus que trois minutes. Mon cœur cogne dans ma poitrine.

9 h 59. Impossible de respirer.

10 h 00. Mes mains se mettent à trembler. Soudain, une lumière m'éblouit. Quand j'entrouvre les yeux, tout est blanc devant moi. De loin en loin se détache une silhouette évanescente, presque transparente. Héloïse.

— Tu as réussi, mon grand. Malgré toutes les difficultés que tu as rencontrées, tu es là, aujourd'hui, comme tu me l'as promis.

— Je n'étais pas sûr que ça fonctionnerait.

— Mais tu n'as pas renoncé. Tu as décidé de choisir ta vie et non plus de la subir, répond-elle en souriant. On dirait que cette expérience a porté ses fruits, finalement.

— Tu avais disparu…

— Parce que tu avais grandi. Tu étais à même de prendre tes décisions tout seul, sans personne d'autre pour te guider.

J'acquiesce, ému. Pourtant, il me reste un choix à faire. Un choix énorme, écrasant. Un choix que je ne suis pas prêt à faire.

— Et maintenant, je dois te poser une question, mon grand. Que décides-tu ? Veux-tu rester ici et continuer cette vie ou retourner dans l'ancienne ?

— Si je retourne dans la première dimension, dis-je du bout des lèvres, ma vie et celle de mes proches vont reprendre leur cours normalement, comme s'il ne s'était rien passé. Mais que va-t-il se passer dans celle-ci ?

Ma grand-mère esquisse un sourire tendre.

— Cette vie a été créée pour toi. Si tu la quittes, elle s'arrête aussitôt.

— Et si je reste ?

— Alors, les deux dimensions continueront d'exister en parallèle. Toi, tu vivras ici, et ton double existera dans la première dimension, avec tous ceux qui y appartiennent.

La vie est parfois cruelle. Auparavant, je me plaignais souvent de ne pas avoir fait les bons choix, ou de ne pas en avoir fait du tout. On m'a offert la possibilité de construire ma vie différemment, en étant conscient des erreurs que j'avais commises. Ça me semblait tellement évident, au début. J'étais tellement sûr de moi.

Mais aujourd'hui… Aujourd'hui, il n'est plus question seulement de moi. Choisir ma première vie, c'est abandonner Lila, Coraline et Céline – celles de cette vie. Semblables, et pourtant si différentes de celles de ma première vie. C'est accepter qu'elles disparaissent purement et simplement, comme si elles n'avaient jamais existé ; que je ne rencontre jamais mon vrai père, que ma mère reste soumise à Jean-Pierre jusqu'à sa mort. C'est enlever Ninon à Gaël, et Morgane à Mylène et Balkiss.

Pourtant, rester, c'est abandonner Lilou, ma princesse que j'aurais dû mieux écouter. La laisser dépérir, seule dans ce zoo, alors qu'il me suffirait d'un mot pour pouvoir la sauver.

— Je ne peux pas, dis-je tout bas. Je ne peux pas choisir entre mes deux enfants.

— Ne te pose pas la question dans ces termes-là, Thomas. Des tas de choses peuvent se passer, même si toi, le Thomas qui sait, tu n'es pas présent. Lilou va peut-être finir par réussir à sortir de l'enclos ou crier tellement fort qu'une personne l'entendra et viendra la libérer. À moins que ce ne soit la police qui retrouve finalement sa trace ? Tout est possible. On a tous le choix. Tu te rappelles ce que je t'ai conseillé il y a vingt ans ?

— Tu m'as dit de chercher les réponses dans mon cœur.

— Ferme les yeux et écoute-le.

Sous mes paupières closes, le visage de Lila apparaît, avec son sourire d'ange. Je sens quelque chose qui chatouille ma main et j'ouvre les yeux. Un papillon s'est posé dessus. Un grand papillon aux ailes lumineuses d'un profond camaïeu de bleus tel qu'on en voit dans les pays exotiques. Le même papillon qui m'a guidé, il y a vingt ans, jusqu'à la maison de mes grands-parents. Le même papillon que Lila dessinait sur tous ses cahiers, au-dessus de Croco et de Clochette... Il s'envole, et tourne un instant autour de moi avant de s'éloigner vers la mer où ses nuances bleutées se confondent bien vite avec les flots turquoise.

— Alors, mon grand ?

— C'est ce papillon qui m'a guidé jusqu'ici. Sans lui, Lila n'aurait jamais existé. Ma petite Lila si spéciale, si fragile. Elle a encore tellement besoin de moi. Quant à Lilou... Elle a toujours été plus indépendante. L'abandonner me crève le cœur et je ne me le pardonnerai jamais, mais je n'ai pas le droit de choisir sa vie plutôt que toutes les autres. Toutes les existences de cette deuxième dimension, parties en fumée du jour au lendemain à cause de mon égoïsme. Je leur ai donné la vie ; je n'ai pas le droit de la leur reprendre.

Je prends une soudaine inspiration. Le visage de Lila apparaît avec ses grands yeux bleus, sa bouille hilare et ses petits bras qu'elle tend vers moi quand je rentre à la maison. Mes ongles s'enfoncent dans mes paumes de mains serrées.

— Je reste.

— Tu en es sûr ?

— Non, je ne suis sûr de rien. Mais je reste là, j'ajoute en essuyant la larme qui échoue sur ma joue.

— C'est très courageux, dit-elle d'une voix pleine de tendresse. Allez, hardi, petit !

— Alors... adieu ?

— Non, c'est juste un au revoir, me répond ma grand-mère à mesure qu'elle disparaît.

Le nuage de coton se dissipe peu à peu. Et je me retrouve là, tout seul, au milieu du chantier.

*

* *

Mon cœur est plus lourd que jamais lorsque je pousse la porte de la maison. Lila se jette dans mes bras, comme d'habitude. Elle se blottit contre moi ; je la retiens un peu plus longtemps que les autres jours. Une larme coule malgré moi sur ma joue.

— Je t'aime, papa, chuchote-t-elle tout naturellement.

Je la serre un peu plus fort.

— Je t'aime aussi, ma puce.

Debout dans le couloir, Céline nous observe, le visage tendu.

— Tu peux venir dans la chambre, s'il te plaît ? Je dois te parler, dit-elle un peu trop vite.

Comme si elle retenait ses larmes. J'embrasse Lila et rejoins Céline. Assise sur le lit, elle attrape un coussin et le colle contre elle. De son autre main, elle saisit la mienne. Elle est glacée. Je sens la morsure du froid rejoindre celle qui s'est installée dans mon cœur depuis que j'ai dit adieu à Lilou.

Elle prend une grande inspiration et finit par lâcher :

— Écoute, Thomas, ce que je vais te raconter est complètement dingue et difficile à croire. Mais je te demande de m'écouter attentivement, jusqu'au bout, d'accord ? Voilà...

Ses doigts serrent ma paume plus fort, presque convulsivement.

— Je viens d'une dimension parallèle à la nôtre. Une dimension semblable à celle-ci dans laquelle j'ai vécu jusqu'à mes trente-six ans, avec toi et nos deux enfants. Un jour, Lilou a...

— Disparu, j'achève à sa place.

Elle en reste bouche bée, trop choquée pour prononcer un mot. Je ne sais pas si j'ai envie de rire ou de hurler.

— J'ai vécu exactement la même chose que toi. C'est ma grand-mère Héloïse qui m'a permis de venir dans cette dimension.

Céline bafouille, sourit à travers ses larmes, soulagée de n'avoir pas besoin de me convaincre.

— Moi, c'est Katia qui m'a proposé le marché.

Katia, c'était la petite sœur de Céline, morte à vingt ans dans un accident de voiture.

— Mais c'est...

— ... complètement dingue ! complété-je.

— Et pourtant évident. Ça explique toutes ces différences, des choses qui ne pouvaient pas être liées à mes choix. Comme ta carrière.

— Tu te souvenais de la disparition de Lilou...

— Non, je l'avais oubliée, jusqu'au moment où celle de Lila s'est produite.

— Moi aussi, je l'avais oublié. Tout ce que je savais, c'est que mon traumatisme était lié à elle, d'une manière ou d'une autre. C'est pour ça que je la protégeais autant. J'ai cru qu'elle était morte dans la première vie.

— C'est pour ça que tu m'as d'abord repoussé ?

— Je voulais éviter de reproduire les mêmes schémas, qu'on se remette ensemble, qu'on ait cette adorable petite fille que j'avais si peur de perdre de nouveau. Mais je n'ai pas pu. Chaque fois que je te rencontrais, mon cœur me suppliait de ne pas écouter mes peurs et de t'accorder ma confiance. Nos destins sont entrecroisés, quelle que soit la dimension dans laquelle on se trouve.

Elle se blottit contre moi et pose sa tête sur mon épaule. Nous restons là un long moment. Nos corps se balancent imperceptiblement, comme si nous voulions nous bercer l'un l'autre, comme si nous voulions nous consoler. Elle relève doucement la tête.

— Quand dois-tu faire ton choix ?

— Je l'ai déjà fait.

Elle déglutit, me serre plus fort contre elle.

— Je ne pouvais pas vous perdre… Perdre tous ceux de cette réalité. Mais Lilou…

— Je la sauverai.

Mes yeux s'écarquillent alors que je comprends son intention.

— Tu y retournes ?

— Je ne peux pas l'abandonner. Pas maintenant que je sais que vous continuerez à vivre ici.

— On peut les sauver toutes les deux, murmuré-je.

Elle acquiesce, trop émue pour poursuivre. Ma gorge se serre un peu plus.

— Quand ?

— Ce soir, à 18 heures.

Un silence plane entre nous. De nos deux vies, jamais nous n'avons été aussi complices. Sûrs de nos choix, parce que c'est la bonne chose à faire. Et pourtant…

— Et nous ? demandé-je, la gorge serrée.

— Notre deuxième vie a été formidable et j'en ai apprécié chaque minute. Mais j'aimais aussi le premier « toi » de tout mon cœur. Il m'a souvent manqué, ces dernières années. Je prendrai soin de lui, c'est promis.

— Mais toi, tu ne seras plus là…

— Et je le regretterai chaque jour qui passe. Tu me manqueras ; Coraline et Lila me manqueront bien plus que je ne peux l'imaginer. Partir, c'est me déchirer en deux, abandonner toute une vie, tu le sais mieux que personne. Mais c'est le prix à payer pour sauver Lilou. C'est ma mission, comme la tienne a été de retrouver Lila. C'est parce que tu as changé que tu as pu la retrouver.

— Tu crois ?

— Tu es devenu un père formidable, attentionné et attentif. C'est ce qui t'a permis de la retrouver. Moi, j'étais tellement préoccupée par sa santé que je ne m'intéressais pas suffisamment à ses centres d'intérêt. Merci. Merci d'être devenu celui que tu es. Je crois que pour ma part, j'étais meilleure dans ma première vie.

Je l'embrasse, et elle pose sa tête sur mon torse.

— Tu prendras soin de nos deux princesses ? demande-t-elle entre ses larmes.

— C'est promis.

Une promesse qui me déchire le cœur, mais que je tiendrai quoi qu'il en coûte.

Nous passons le reste de la journée tous les quatre, à la maison. Céline fait des crêpes et nous jouons à un jeu de société, qui se termine en partie de chatouilles sur le lit. Je fais bonne figure, je souris pour ne pas pleurer, profite autant que possible de ces derniers instants heureux en famille.

Pour passer dans l'autre dimension, Céline doit se rendre sur la tombe de sa sœur, au cimetière. J'ai voulu l'accompagner mais elle refuse, prétextant que ce sera trop dur pour nous deux. Elle préfère qu'on se dise au revoir ici, chez nous.

— C'est plutôt un adieu, n'est-ce pas ? lui fais-je remarquer.

— Je t'aime et je continuerai à t'aimer, quoi qu'il arrive.

Elle embrasse longuement les enfants et leur dit qu'elle doit partir quelque temps pour le travail. Quand elle se retourne vers moi, je vois à quel point elle peine à retenir ses larmes. Je l'enlace tendrement, comme la première fois, sur ce building de New York.

— Ne m'en veux pas, me souffle-t-elle à l'oreille.

— Je ne t'en veux pas, au contraire. Je te remercie du sacrifice que tu fais. À présent, va sauver Lilou.

Je plonge mon nez dans son cou et respire son parfum fleuri à pleins poumons. Puis je l'embrasse, avec la passion du désespoir. Une dernière fois.

Épilogue

Les vagues se succèdent, ne laissant aucun répit aux galets. Le temps est brumeux aujourd'hui mais il fait déjà chaud. Un nageur vient de se jeter à l'eau. D'ici quelque temps, la construction de l'hôtel sera enfin terminée et les touristes afflueront. Pourtant, Dessale n'en profitera pas. Il a revendu le terrain il y a quelques mois. Au lieu du complexe de béton qu'il avait envisagé de construire, ce sera un petit hôtel de charme entouré de bungalows au toit de chaume qui me fera bientôt face.

Je ne suis pas revenu ici depuis un an. Depuis le 21 avril 2015.

Un an sans Céline. Une éternité. Un calvaire. Comment parvenir à faire croire à nos enfants, à nos familles, à nos amis, que Céline avait disparu, sans aucune autre explication ? Comment trouver la force de déclarer sa disparition à la police sans leur fournir aucune piste, aucun indice ? Comment puiser l'énergie nécessaire pour faire semblant de la chercher, d'espérer son retour, alors qu'au fond de moi je savais qu'elle ne reviendrait jamais ? Je ne sais pas où j'ai puisé ce courage. Peut-être dans les yeux de mes filles. Mais surtout pour être à la hauteur du sacrifice que Céline a fait en nous quittant pour sauver Lilou.

L'enquête sur sa disparition a été classée sans suite la semaine dernière, faute d'éléments tangibles.

Les premiers temps, Coraline pleurait beaucoup et se réfugiait toutes les nuits dans mon lit. Lila me demandait régulièrement « Tu sais où est maman ? » et, quand je lui avouais que je l'ignorais, elle me répondait « Ne sois pas triste, papa, je sais que maman va bien. Elle veille sur nous, même si on ne la voit pas en vrai ». Puis elle grimpait sur mes genoux et m'enlaçait de ses petits bras tout doux. Je ne sais pas de quelle planète elle vient, mais je soupçonne fortement Héloïse de nous l'avoir expédiée du royaume des anges.

Le temps a pansé les plaies, les leurs comme les miennes, avec une infinie lenteur. Aujourd'hui, nous avons trouvé un semblant d'équilibre, tous les trois. Sandrine est revenue s'installer dans le Sud avec Bastien, elle passe beaucoup de temps avec elles et déborde d'imagination pour leur faire découvrir de nouvelles activités. Coraline se confie souvent à elle, elle lui parle de sa maman, des aventures qu'elles ont vécues toutes les deux, du manque qu'elle ressent de ne plus lui faire de câlins. Je suppose qu'elle préfère s'adresser à ma sœur plutôt qu'à moi pour m'épargner, même si je lui répète tous les jours que je suis là pour elle et qu'elle peut tout me dire. Nous visionnons régulièrement le diaporama de nos photos de famille, assis sur le canapé, emmitouflés dans une couverture qui nous enveloppe tous les trois, ne laissant dépasser que trois bols de chocolat chaud.

Mes amis ont également été très présents, ces derniers mois. Mylène est même revenue du Canada avec Morgane pour passer quelques jours à la maison. Gaël et sa fille étaient là aussi.

Je grimpe sur la butte et m'assieds au pied de la chapelle Notre-Dame, d'où j'ai une vue imprenable sur la Méditerranée. Elle a cette couleur turquoise dont elle aime se parer le lendemain des jours de mistral, mais je ne parviens pas à l'apprécier. Je ne vois qu'un paysage gris et froid, malgré la chaleur de cette journée de printemps. Aujourd'hui, Céline me manque particulièrement.

9 heures. Je dois partir travailler. Je redescends la colline en prenant garde de ne pas glisser sur la terre recouverte d'épines de pin.

Au moment où j'approche de ma voiture, je remarque une femme adossée contre la portière. Une femme dont je rêve chaque nuit depuis douze mois. Céline. Je soulève mes lunettes de soleil pour être sûr qu'elles ne me jouent pas un mauvais tour. Elle me sourit, vient se jeter dans mes bras.

— Je n'arrive pas à y croire. C'est vraiment toi ? lui demandé-je.

— En chair et en os !

— Je pensais ne jamais te revoir… Je suis tellement heureux, tu n'imagines même pas !

— Oh que si, j'imagine parfaitement, répond-elle en se blottissant contre moi.

Nous profitons de ce câlin inespéré.

— Raconte-moi. Qu'est-ce qui s'est passé ? la pressé-je au bout d'un moment.

— Quand je suis arrivée dans l'autre dimension, je suis allée chercher Lilou au zoo.

— Elle y était ?

— Oui, exactement au même endroit, mais elle a dû être hospitalisée. Elle souffrait de déshydratation et d'hypothermie après avoir passé deux nuits dehors. Heureusement qu'elle avait ses biscuits et sa gourde dans son sac à dos, sinon…

— Elle est restée hospitalisée longtemps ?

— Deux jours seulement. Mais elle avait eu peur que nous l'ayons abandonnée. Nous sommes rentrées à la maison avec toi. Enfin, l'autre toi.

— Et ensuite ?

— Ensuite, nous avons repris une vie plus ou moins normale. J'ai passé beaucoup de temps à rassurer Lilou, et à lui répéter que nous l'aimions à la folie. J'ai eu du mal à retrouver ma place dans ma première vie. C'est là que j'ai réalisé à quel point j'avais changé ici. Je devais m'efforcer d'oublier ce que j'avais vécu ces vingt dernières années, ainsi que ceux qui y étaient présents. J'ai dû reprendre mon ancien boulot au service gestion-comptabilité, mais je ne désespère pas de regagner le poste que j'occupais ici.

— Et... Thomas ?

— Il est resté le même, avec sa peur du changement et son esprit cartésien. Cette partie-là de toi me manquait. Mais... toi aussi, tu me manques. Tellement. Je ne cesse de penser que tu es ici, sans moi pour t'aimer, avec nos deux merveilleuses filles qui ont perdu leur maman. Il ne se passe pas une seule journée sans que je pense à vous, à elles, à la douleur qu'elles ont dû éprouver quand elles ont appris ma disparition. Je m'en veux énormément.

Ses yeux s'emplissent de larmes et je resserre mon étreinte pour fondre nos deux peines en une seule, comme si elles pouvaient s'annuler l'une l'autre. En vain.

— C'était le prix à payer pour sauver Lilou, reprend-elle. Aussi douloureux qu'il soit, pour elles comme pour nous.

— Tu es toujours là, tu sais, dis-je doucement. Tu fais toujours partie de la famille. Nous parlons de toi tous les jours avec les filles. Elles vont mieux, elles ont retrouvé leur joie de vivre et leurs jeux d'enfant. Elles continueront leur route, comme nous. Elles auront une vie faite du meilleur comme du pire, mais elles sauront y faire face.

— J'en suis sûre. Grâce à toi, elles y arriveront.

Elle se hisse sur la pointe des pieds et place ses mains autour de mon visage avant de m'embrasser passionnément.

— J'ai bien cru que je ne te reverrais jamais, lui murmuré-je à l'oreille.

— Tu dois te demander pourquoi je suis revenue ?

— Oui, mais j'ai peur de te poser la question.

— Ce matin, quand j'ai ouvert les yeux, j'ai réalisé que cela faisait un an que j'étais retournée dans mon ancienne vie. Un an sans toi. Une éternité. Un calvaire. Alors, je suis allée sur la tombe de ma sœur et j'ai pleuré. Je crois qu'elle a entendu ma souffrance. Au bout d'un moment, elle m'est apparue pour me faire une proposition : revenir dans la seconde dimension, mais seulement pour une journée par an. Le 21 avril. Cette nuit, je repartirai.

— Mais... pourquoi ?

— D'après ma sœur, deux âmes sœurs ne peuvent rester séparées trop longtemps. Ce serait une question de vie ou de mort ou d'équilibre cosmique, je n'ai pas bien compris. Alors, elle a trouvé ce procédé qui me permet de continuer à te voir, même si ce n'est qu'une fois par an. Pour m'offrir la chance de vivre avec les deux facettes de l'homme que j'aime, et combler une toute petite partie du vide que j'ai laissé dans ta vie. Ça doit te paraître un peu cruel, non ?

Je caresse ses cheveux et m'enivre de son parfum.

— Ce sera notre journée et elle illuminera les trois cent soixante-quatre autres. Quant aux enfants, je crois que…

— Qu'il ne faut pas le leur dire, n'est-ce pas ?

— Peut-être plus tard, quand elles seront plus âgées… En attendant, je pourrai te donner de leurs nouvelles, te montrer leurs photos, te faire partager leur vie.

— C'est plus que je n'aurais pu espérer… D'ailleurs, raconte-moi. Que s'est-il passé ici cette année ?

Une ombre passe au-dessus de nous. Le papillon aux ailes d'azur se pose un instant sur les cheveux de Céline avant de tournoyer et de s'envoler vers les eaux turquoise de la crique du Fer à cheval.

Je comprends alors que le bonheur est semblable à ce papillon. Il est éphémère, volatile et insaisissable. Mais quand, par chance, il se présente à nous, nous devons prendre le temps de nous délecter de sa beauté et l'apprécier tel un trésor.

Une fois encore, ses battements d'ailes tournent les pages de ma nouvelle vie. Une vie qui n'a certes rien d'idéal, mais qui vaut néanmoins la peine d'être vécue. Et plutôt deux fois qu'une.

Céline et moi n'avons sans doute pas plus d'une soixantaine de journées à passer l'un avec l'autre. Mais ce seront les soixante plus belles journées.

MERCI !

Pourquoi avoir écrit un livre sur le thème du choix ? Peut-être parce que j'ai toujours du mal à choisir, justement ! Mais aussi parce que, paradoxalement, j'ai la conviction que l'on a toujours le choix dans la vie, même si nous manquons parfois de courage pour faire ceux qui nous rendraient réellement heureux…

J'ai écrit une première version de ce roman en 2015. L'histoire est restée la même, même si quelques détails ont été modifiés pour la rendre plus haletante et pour mieux vous faire partager les sentiments de mes personnages. En le relisant, j'ai été à la fois ravie de les retrouver et surprise de me laisser embarquer une fois encore par les émotions qui m'avaient ébranlée lors des premières séances d'écriture.

On me demande souvent d'où me vient l'inspiration. Je suis bien incapable de répondre à cette question. Tout ce que je sais, c'est que certains événements, certaines personnes touchent mon cœur ou ma curiosité à un moment donné et se retrouvent un jour, par le truchement de mon imagination, couchés sur le papier comme des photos-collages, par petits bouts disparates qui finissent par former un tout à peu près cohérent.

C'est le cas ici. Les thèmes que j'évoque dans ce roman (le handicap, le deuil d'un enfant, la recherche des origines...) me tiennent particulièrement à cœur car, s'ils ne me concernent pas directement, ils touchent des personnes qui me sont proches.

Alors merci à ces personnes de m'inspirer, mais aussi à ces épisodes douloureux de ma vie qui me font grandir et que j'apprends à transformer en force dans mes romans.

Merci à Stéphanie Ricordel, mon éditrice, de croire en mon histoire et d'avoir accepté de la publier, tout comme Marie Pic-Pâris Allavena que je remercie pour sa confiance. Merci également à Agnès Marot qui m'a aidée à retravailler mon texte avec talent.

Merci à tous les libraires pour leur confiance et leur soutien lors des séances de dédicaces et des salons, mais aussi aux représentants qui me représentent si bien !

Merci aussi, évidemment, à tous mes lecteurs, et en particulier à tous ceux qui me suivent avec une fidélité et un enthousiasme particulièrement touchants sur mes réseaux sociaux. Je leur ai proposé d'utiliser leur prénom dans ce livre. Près de trente personnes ont accepté ! Pour satisfaire tout le monde, j'ai dû détourner certains prénoms (Gaël est en fait Gaëlle, Héloïse s'écrit normalement sans H...). Certains des personnages ne sont pas très sympathiques mais n'y voyez aucune volonté de ma part de manifester mon animosité à leur égard...

Et il y a tous ceux que je n'ai pas cités parce que ce serait trop long (et surtout parce que j'aurais trop peur d'en oublier) qui, par un commentaire, une phrase, un sourire m'ont encouragée et soutenue, ceux que je sais derrière moi, et que je remercie du fond du cœur.

Enfin... J'aimerais remercier mes enfants, Alexian et Clément, et mon mari Fabrice, qui ont dû supporter mes états d'âme (« C'est nul, j'arrête tout ! »), mes questions décalées au milieu du repas (« Donne-moi une marque qui a cartonné au CAC 40 en 2001 »).

J'aimerais aussi remercier mes parents, mes premiers lecteurs, aussi exigeants qu'encourageants, et ma belle-maman pour son soutien indéfectible. Je voudrais aussi donner un coup de chapeau à ma sœur Laurence et mon beau-frère Éric, qui m'ont inspiré certains passages poignants de ce livre. Ils ont traversé des moments extrêmement difficiles et les ont surmontés avec un courage et une force de caractère qui m'inspirent chaque jour.

J'espère que cette histoire vous aura ému, surpris, questionné, emporté. Si c'est le cas, n'hésitez pas à en parler autour de vous. C'est en effet le meilleur moyen pour que d'autres lecteurs la découvrent à leur tour. Et si vous souhaitez me faire part de votre avis, je serais ravie de lire votre message et découvrir ce que mon histoire vous a apporté. Vous pouvez m'écrire à cette adresse : marilysetrecourt.auteur@gmail.com.

De tout mon cœur, je vous remercie.

Marilyse

De la même autrice

Au-delà des apparences, 2014.
Une autre vision du bonheur… (recueil de nouvelles), 2014.
Le Bon Dieu sans confession, 2015.
Otage de ma mémoire, 2016.
L'Ombre du papillon, 2016.
Et j'ai choisi de vivre, 2017.
Vise la lune et au-delà !, Éditions Eyrolles, 2018.
Une vie plus belle que mes rêves, Éditions Eyrolles, 2019.
Pas besoin d'être un super-héros pour réaliser mes rêves, Éditions Eyrolles, 2019.
Du chaos naissent les étoiles, Éditions Eyrolles, 2021.
50 exercices pour rebondir grâce aux émotions positives, Éditions Eyrolles, 2021.

*

* *

Pour retrouver ou contacter l'autrice :

Mail : marilysetrecourt.auteur@gmail.com
Page Facebook : https://www.facebook.com/marilysestories/
Compte Instagram : https://www.instagram.com/marilysetrecourt.ecrivain/

*
* *

Réécris ta Vie !

Si vous le souhaitez, vous pouvez me rejoindre sur le site Réécris ta Vie, un espace dédié au coaching en évolution personnelle et professionnelle, à votre épanouissement, et à la réalisation de vos rêves.

Vous y trouverez des programmes de coaching professionnel et ikigaï, des modules de développement personnel et des formations qui vous permettront de réécrire votre histoire, une histoire passée, présente et future et qui correspondra réellement à la vie que vous méritez !

Pour le découvrir, scannez le flashcode ci-dessous ou rendez-vous sur le site https://reecristavie.com !

Composition et mise en pages
Nord Compo à Villeneuve-d'Ascq

Deuxième tirage 2022

Imprimé en France par CPI Bussière
en juin 2022
Dépôt légal : février 2022
N° d'impression : 2065652

Cet ouvrage est imprimé sur du papier bouffant
Novel 56 g, papier issu de forêts gérées durablement.